浅井亜紀子［編著］

天馬山

北朝鮮からの引揚げ者の語り

春風社

はしがき

「どの人たちも体ばかりか心に刻まれた傷は生々しく、底なし沼のように深い。それでも笑みを浮かべながら、社会にて適応しようと逞しく生きてきた。同じ時代に生きる私たちはどう受け止めたらいいだろうか」。写真家の大石芳野氏の写真集『戦争は終わっても終わらない』の中で見つけた言葉である。

本書は、戦後七〇周年の区切りに、「戦争時代に朝鮮半島で生活して引揚げた人々の体験」を後世に伝えるために編集された記録である。

私の父は、現在の北朝鮮とロシアとの国境近くにある港町、清津《せいしん》で生まれ、終戦の際、中学生の時に朝鮮半島の北から逃げて、アメリカが統括した南へと苦難の逃げ道をたどり、最後に日本へ引揚げるという難民の経験をした。父は、その時代の体験を語ろうとしなかった。母からは、小さい頃より「お父さんは、戦争で両親を亡くして、とてもつらい思いをしたのよ」と聞かされていた。父は、「昔のことは思い出したくない。昔の話より、僕の歌を聴いてほしい」と言っていた。父は歌が好きで、大学時代から合唱を始め、会社勤めをしても合唱を続け、退職しても、地域の合唱団で歌い続けていた。個人でヴォイストレーニングを受けながら、オペラも歌った。とても優しいテナーの声で、音楽好きの私の友人の中に父の声のファンがいるくらいだ。

二〇一一年、私は父に、異文化コミュニケーションの授業の中で、青少年時代に過ごした朝鮮や引揚げの体験を学生たちに話してみないか、とたずねた。過去のことを家族に話すことはつらいかもしれないが、若い人に話すとなると事情は異なってくる。若い人と接し、自分の体験を語ることにより、社会に対する最後の義務を果たすことができると感じるかもしれない。

二〇一一年一二月、父には北朝鮮からの引揚げ体験（終戦前の清津は朝鮮の都市であったが、本書では便宜的に北朝鮮と記述する）、母には満州からの引揚げの話をしてもらうことにした。講義の準備のために父から戦争体験を聞き取り、私が全く知らなかった、父の苦難の過去を知ることになった。

一九四五年八月一三日、ソ連軍が清津の港へ侵攻してきた時、父は清津中学校二年生の一三歳であった。すぐに避難をしなければならない。しかし、祖母が病に伏しており動かすことができなかった。父の妹は三歳の幼な子だった。祖父は家族自決を決めたようだった。父に「尚、一緒に死のう」と言った。しかし、父は「私は生きたいです」と答えた。祖父は急いで家にある食料や衣類をリュックにつめ、父を裏口から見送った。銃弾がビューンと飛ぶ中、父は一人山へと逃げた。それが両親と妹との最後の別れとなった。引揚げ途中、叔母家族と偶然出会い、寒さと飢えの中で冬越えをし、春になって逃避行を再開、三八度線を山越えし、釜山から引揚げ船に乗って博多にたどり着いた。広島の親戚は被爆し郊外で細々と暮らしていたが、父を受け入れてくれた。旅順から引揚げた兄と再会、親戚に助けられながら戦後を生き抜いた。父の話は私にとって大きな衝撃だった。父は学生たちに言った。「妻と出会い、結婚して、初めて本当の幸せを知りました」。私はその時初めて、父が心奥深くにずっと封印していた暗闇を知った。父はその闇を決して家族には見せず、もくもくと働いて家族に愛を注いできた。

約二〇〇名の学生たちは、父の語りに耳を傾けてくれた。時には父のユーモアに笑い、父の涙声に涙し、心で聴いてくれた。学生たちの父の辛い決断に対する驚きや感動のコメントに、世代も時代も越えて自分の想いが伝わったことに父は安堵したようだった。長年心の内に秘められた父の苦痛の想いは、消えることは決してないが、教育という場を通して、紐解かれ、聴く人の心と結びついた。そのとき、私は、戦争体験者の苦難を生かすという意味が初めてわかったような気がした。

大勢の日本国民が、戦争の犠牲となり命を失った。戦争は、遠い歴史の事実だけではない。私たち一人ひとりの中に埋め込まれている。戦争体験者の語りに耳を傾けることで、自分の中に畏敬の念を育み、自分がどのように人と関わり、生き、平和を実現することができるか、を考えることができる。

本書の第Ⅰ部は、父佐藤尚の朝鮮での暮らしと引揚げとその後の記録である。第Ⅱ部と第Ⅲ部は、北朝鮮の清津中学校で勉強していた生徒たちが戦後に発行した同窓誌『天馬山』に掲載された記録である。清津中学校は、一九三九年に創立され、一九四五年八月の終戦時までの六年間で、一期生から六期生が学んだ。天馬山とは清津にあった山の名前である。同窓誌『天馬山』は、終戦から四三年経た一九九一年に刊行され、二〇一三年を最後に二五巻で閉刊した。その中から、清津の中学校時代、引揚げ時の思い出を綴った二八名による計八〇本の記録のうち、本書への転載についてご本人またはご家族からの承諾が得られた一九名分の話が収録されている。住所不明などで連絡がとれなかった同窓生の記録の部分的な引用については、石川一郎同窓会会長から許可をいただいた。

本書表紙の題名『天馬山』の毛筆文字は、同窓誌の表紙にあったものである。文字の筆者は不明であるが、力強く美しい文字で、石川会長の許可を得て使わせていただいた。天馬山は清津の街のどこからでも見える高い山だったというが、同窓生にとっての大切な故郷・清津を象徴している。

同窓誌には、朝鮮での学校教育、教師や生徒の構成、学徒動員など、占領地での戦時教育が詳しく書かれている。同窓誌は、清津中学校創立五〇周年記念に、卒業生の日韓合同同窓会が韓国で開催されたのをきっかけに発刊された。一期生の藤原治初代同窓会会長は「数少ない卒業生が、今日まで生きのびて健在で顔を合わせることができた幸運をお互いに喜びあい、もっぱら、童心に帰って語らいあったことは、大いに意義のあった四泊五日だった」「在韓同窓生はちゃんとした組織を作り、毎年年末にきちんと同窓会をやっているということを聴き、日本の同窓生として恥ずかしい思いがしました。日本でも来年からはきちんとした同窓会を作り、会報の定期的発刊並びに同窓会の開催を相談の上持つようにしようと決心して帰って来たわけです」と書いておられる。清津中学校では、五〇年後に日韓合同同窓会を持つほど、日本人と朝鮮人が親しく学んでいた。同窓誌には、日本占領下での現地の人々との関係について様々なエピソードが綴られている。

北朝鮮からの引揚げは、日本が経験した戦争に伴う人の流れ全体の一部である。ソ連の侵攻を受け、満洲国から大勢の日本人がシベリアやモンゴルに強制抑留された。その同じ流れが北朝鮮にもあった。『天馬山』にも清津や羅津、元山で重労働を強いられた後シベリアに連行されたという記録がある。しかし、残念なことに、北朝鮮との国境は現在も閉ざされており、占領下の北朝鮮での生活、戦後の引揚げ事情、抑留などに関し歴史的な検討は十分になされていない。

本書は、日本の占領地での生活や学校教育、現地の人々との関係、引揚げの実態を知る貴重な回想録である。しかし、清津中学校同窓会会報に、同窓生たちが互いの情報を交換するために書かれたものであり、個々人の様々な経験と思いを自由に語っているため、一つの記録に様々な内容が含まれている。したがって、本書の目次どおりの分類には必ずしもなっていないことをあらかじめお断りしておきたい。本書が、日本の戦争の歴史を知るための資料として読まれ、また、その歴史の流れにある各人の現在の立ち位置を確認し、将来の生き方を考えるきっかけとなれば幸いである。

引用文献

大石芳野（二〇一五）『大石芳野写真集　戦争は終わっても終わらない』藤原書店
沼崎照夫（一九九八）「はるかなる天」『天馬山』第一一号、五五―八一頁、清津中学校同窓会事務局
藤原治（一九九一）「会報発刊にあたり」『天馬山』創刊号、二頁、清津中学校同窓会事務局

同窓誌『天馬山』の出版に添えて[*1]

清津中学校の同窓誌『天馬山』は、同窓会解散まで二十五巻を発行しましたが、今回、その多くをまとめて出版していただけることは、本当にありがたいと思っています。清津のことは、遠い昔のことで、忘れてしまっていることも多いので、記録が残されるということはとても大事なことです。清津中学校の卒業生はもう高齢になり、他界したものが多くいます。

私の清津からの引揚げの思い出として印象深いのは、引揚げた時に私が着ていた清中の制服のポケットに入っていた手帳に記した言葉です。清中時代は佐藤先輩[*2]に目をかけていただきましたが、佐藤先輩がご卒業されるときに贈ってくれた文章です。

「おらも大きくなったら柳生様のようにならう、そんな小さい望みを持つんじゃない。え……なぜ？　富士山をごらん、富士山にはなれないよ。あれにならう、これにならうと焦るより富士の様に黙って動かないものに作り上げろ。世間には媚びずに世間から仰がれる様になれば、自然と自分の値うちは世間の人が極めてくれる」。[*3]

この先輩の文章に深く共感し、今も覚えています。
あれから、長い年月が流れました。この本が、後世の方々に、戦争の記録としてだけでなく、平和へのメッセージとして、読んでいただけることを切に願っています。

二〇一六年四月二八日

清津中学校同窓会会長　石川一郎

注

＊1　本文章は、石川氏の言葉を著者が聞き取り書き起こしたものを、石川氏に修正していただいた。
＊2　佐藤先輩は、著者の父・佐藤尚の兄・佐藤雄、つまり著者の叔父にあたる。
＊3　本書第2章内「ある先輩への便り」を参照されたい。

目次

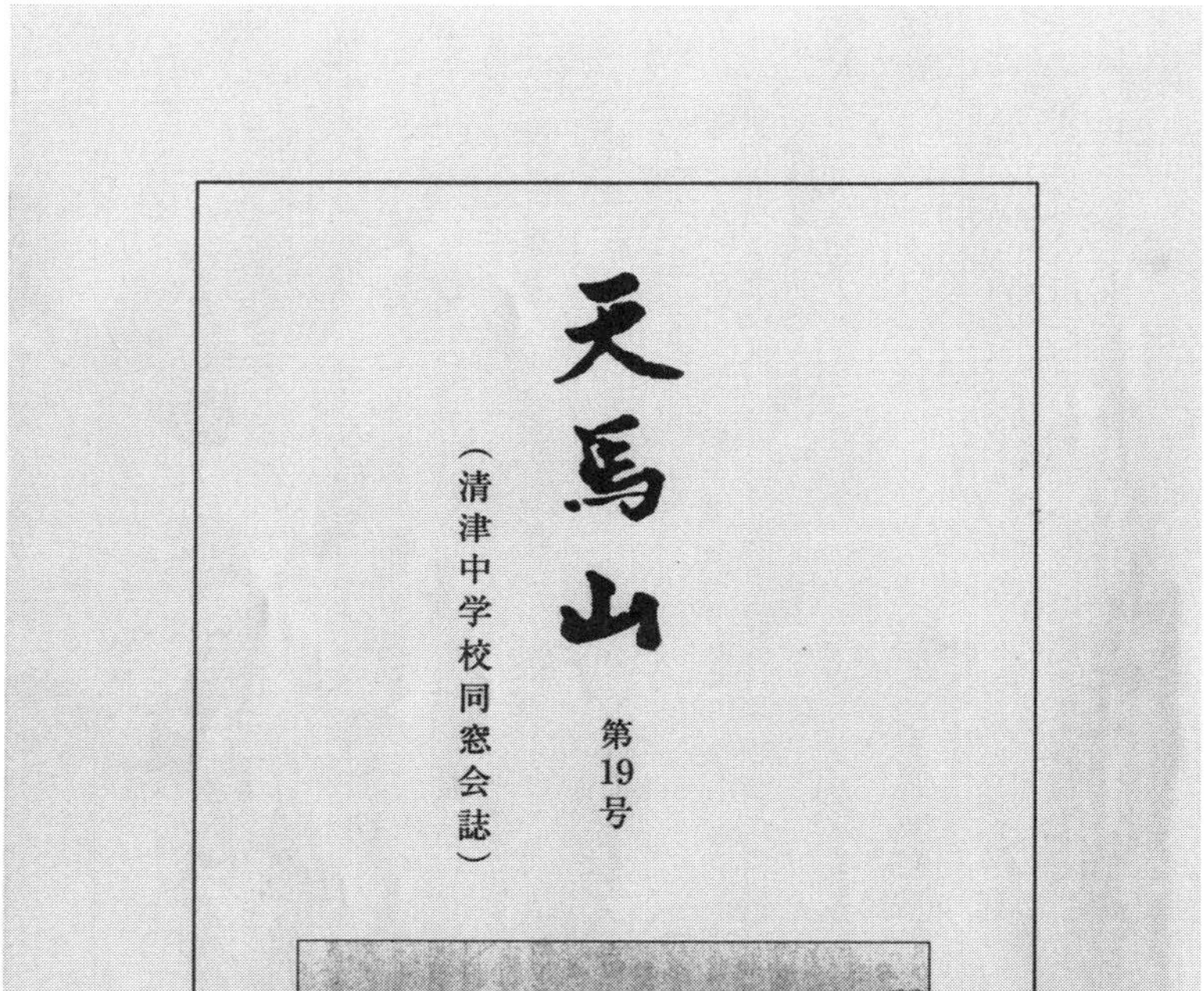

清津中学校同窓会誌『天馬山』第19号表紙

写真：赤尾覚編・構成、写真集『慕情北朝鮮』望郷出版社より

概説

日本人の朝鮮半島への移動、そして引揚げ

ここでは、第一節で、なぜ日本人が朝鮮半島に移動したかについての時代背景、第二節では、北朝鮮にある清津とはどのような街であったか、また清津中学校の教育内容、教員と日本人や朝鮮人生徒たちとの関係はどうであったか、第三節では、北朝鮮からの引揚げの困難とその背景について概説する。

第一節　近代日本における人の移動

一　背景としての人口増加と植民地政策

明治から昭和にかけて、日本の国内外の人口移動は、主に次にあげる四つのルートがあると、蘭（二〇〇八）は分類している。それらは、①農村から都市部への移動、②内国植民地であった北海道への移動、③植民地や勢力圏（外地）への移動、④北米、南米、アジアへの国境を越えた移動、である。本書が取り上げる朝鮮半島への移動は、③の植民地や勢力圏への移動に分類されるが、その背景には、人口増加、日本の近代化、植民地政策の推進がある。

日本の人口は、明治から昭和の前半にかけて急増した（図［概］－1）。一八六八年の明治維新の日本の人口は三五〇〇万人と推定され、人口増加率は〇・五％ほどであった。しかし、その後次第に増加し、一八九七（明治三〇）年には年率一％を超え、それが一九三五（昭和一〇）年まで続き、一九三六年には

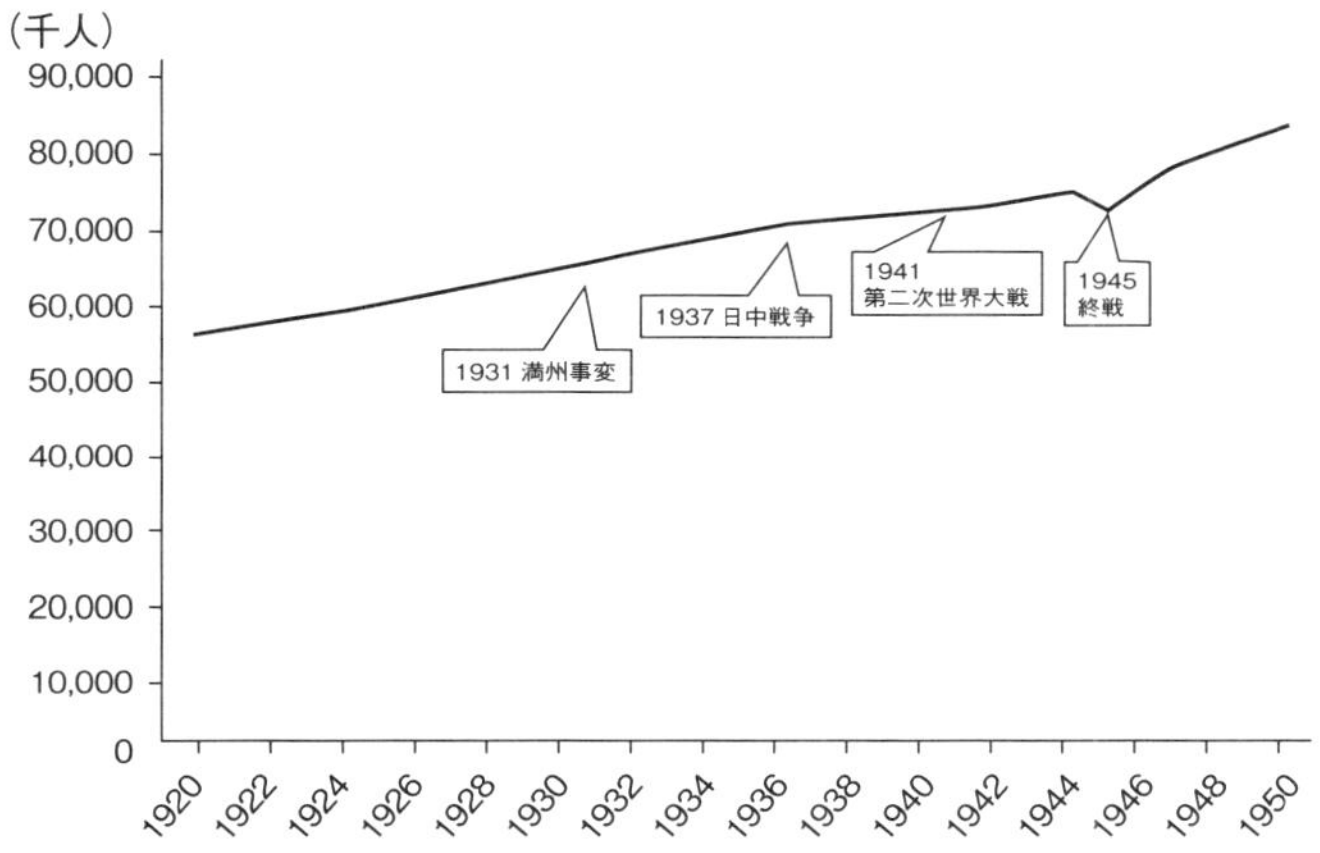

図［概］−1　日本の人口の推移（総務省 2015）

表［概］−1　外地からの引揚げ者（厚労省 1997より作成）

帰還者の国・地域別内訳（単位：人）

	軍人・軍属	民間	計
満州	41,916	1,003,609	1,045,525
中国	1,044,460	496,977	1,541,437
韓国	181,209	416,110	597,319
台湾	157,388	322,156	479,544
北朝鮮	25,391	297,194	322,585
千島・南樺太	16,006	277,540	293,546
大連	10,917	215,037	225,954
東南アジア	655,330	56,177	711,507
太平洋諸島	103,462	27,506	130,968
フィリピン	108,912	24,211	133,123
旧ソ連	453,787	19,171	472,958
沖縄	57,364	12,052	69,416
オーストラリア	130,398	8,445	138,843
香港	14,285	5,062	19,347
仏領インドシナ	28,710	3,593	32,303
本土隣接諸島	60,007	2,382	62,389
蘭領インド	14,129	1,464	15,593
ニュージーランド	391	406	797
ハワイ	3,349	310	3,659
計	3,107,411	3,189,402	6,296,813

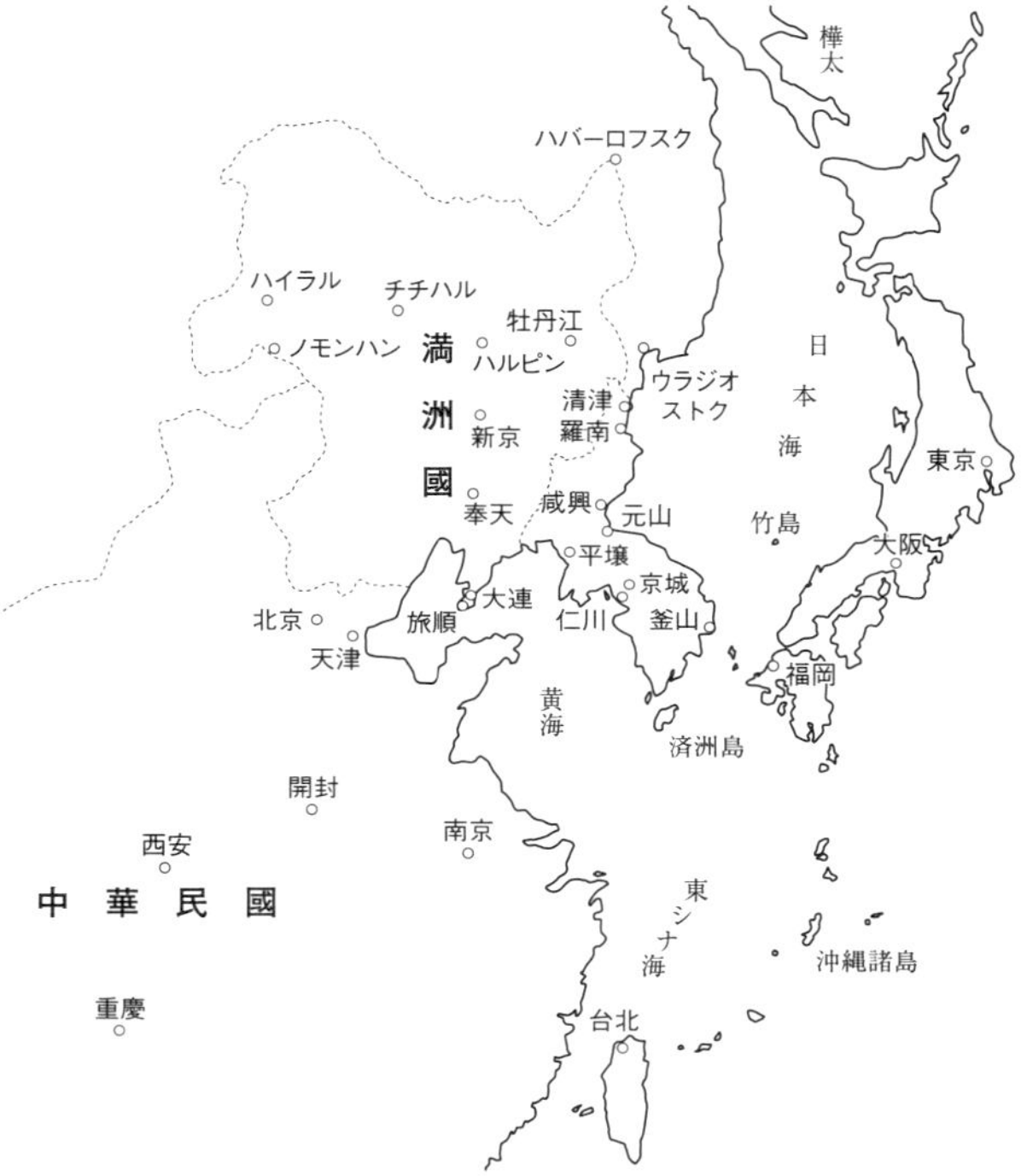

七〇〇〇万人を超えた（黒田・大淵二〇〇四）。江戸時代、二五〇年間で人口が二五〇〇万人と約三倍の増加がみられる（総務省二〇一五）。人口増加の背景には、日本の近代化と、戦争、植民地政策があった。

　近代化とともに多産多死から多産少死へと変化し、特に農村部で人口増加は著しかった。農村部の次男以降の男子は、田畑を継ぐことができず、職を求めて都市へと移動し、都市化が拡大した。日本の近代化政策の中、人口増加が著しく進んだ。しかし日本の食糧生産は人口増加に追いつかず、食糧不足が深刻化していった。明治政府は、飢餓と貧困が進む中、移民政策を推進した。米国、南米、そして、中国や朝鮮にも送ることになった。

こうして日本の植民地政策による新たな勢力圏に多くの人々が移動した。終戦時に海外に行った軍人および一般人は約六三〇万人、一般人はそのうちの約半数を占めていた（厚生省一九九七）。終戦時に三八度以北の朝鮮から引揚げた日本人は約三二万人（民間人は約三〇万人）であった。また、韓国には約六〇万人（民間人は約四二万人）。満洲国は約一〇四万人（民間人は約一〇〇万人）、台湾には約四八万人（民間人約三二万人）、中国には約一五〇万人（民間人は約五〇万人）が引揚げた（厚労省一九九七、表［概］－1参照）。

二　日本と世界の動き——日清戦争から終戦まで

日本は、日清戦争（一八九四年～一八九五年）で勝利し、清の属国だった朝鮮を、「大韓帝国」として独立させた。さらに、ソ連主権下の満州南部を主戦場として日露戦争（一九〇四年～一九〇五年）が起こり、勝利した。日清戦争、日露戦争での勝利をきっかけに、日本は、帝国主義路線を進め、朝鮮半島へ本格的に進出した。一九一〇年には韓国を植民地として併合し（日韓併合）、朝鮮半島での植民地政策を推し進めていった。

一方、日本は、ヨーロッパで起きた第一次世界大戦に日英同盟を理由に参戦し、連合軍側（イギリス、フランス、ソ連、アメリカ）につき、三国同盟（ドイツ、イタリア、オーストリア）と戦った。ヨーロッパが戦場になっている間に、同盟国イギリスの敵であるドイツの租借地青島を攻撃し、中国への勢力拡大をねらった。日本は勝利し、ドイツの権益を日本に引継ぎ、旅順、さらに大連、南満州鉄道の租借機関を延長するなどの条約を結んだ。第一次世界大戦で、戦場になったヨーロッパと違い、日本は戦場にならなかったため、戦後輸出が好調となり、機械、化学、薬品などの重工業が発達し、好景気を迎えた。

第一次世界大戦（一九一四年～一九一八年）中、日本は戦争による好景気を味わったが、一九二〇年の戦後恐慌、一九二三年の関東大震災によって、日本経済は低調をきわめた。一九二九年、米国ニューヨーク・ウォール街に端を発した世界恐慌の余波を受け、銀行の倒産が相次いだ。また、天候不順による農作物の不作が重なり、増加し続ける人口に対する食糧不足という危機的状況に追い込まれた。

国内の極度な貧困状態と高い失業率という苦境を脱するために、日本は植民地政策を進め、一九三一年の満州事変[*1]をきっかけとして、一九三二年に清の最後の皇帝溥儀《ふぎ》を担ぎ出し、関東軍の傀儡政権による満洲国を建国した。日本政府は、七大国策[*2]の一つとして移民政策を打ち出し、満州へ開拓団を送った[*3]。朝鮮半島への移住についても、上層部から一般人、農漁民まで、様々な保護や補助を与え人々の移動を促進した（次項参照）。

日本人の中に、困窮する生活を抜け出したい、また、満州や朝鮮という別天地で、新しい生活を築きたいという動きが、政府の移民政策の推進により活発化し、多くの日本人が移動していった。近代化を可能にした人口増加と都市化、国内の経済状況の悪化と食料不足が朝鮮半島への移動の背後にある。

中国は、日本の満州進出を侵略行為とし、国際連盟に訴えたが、日本は国際連盟を脱退し、日中関係が悪化した。一九三七年、北京郊外の盧溝橋事件をきっかけに日中戦争が始まった（一九三七年～一九四五年）。日本軍は、中国の首都南京を一九三七年一二月に攻撃、占領して、戦線を拡大し、武昌、漢口、広州と主要都市を占領していった。中国軍も、首都を重慶に移して抗戦し、長期戦となった。一九三八年、日本は拡大する戦線に対応するために、国民男子を戦線に送り込む国家総動員法を制定した。

一九三九年、ヨーロッパでヒトラー率いるナチス・ドイツのポーランド侵攻により第二次世界大戦が始まった。日本はドイツとファシズムが台頭するイタリアとの間に日独伊三国同盟を結んだ。しかし、イギリスを支援するアメリカとは対立を深める原因になった。資源を求めてサイゴンなど東南アジアに進出する日本に対して、アメリカは経済制裁を行った。

一九四一年、日本とアメリカはワシントンで交渉をするが、中国からの日本軍撤兵、日独伊の同盟廃棄、中国からの撤退を条件に出され、日本側はそれを拒否した（ワシントン軍縮会議）。主力艦は英米日間で五：五：三の配分が決まった。さらにロンドンで開かれた軍縮会議で、補助艦も削られ、日本国内では不満がたまっていた。同年一〇月に日本はハワイの真珠湾を攻撃し、太平洋戦争が始まった。開戦後まもなく、太平洋上の島々を占領していった。一九四二年二月シンガポール、三月ジャワ島を占領したが、一九四二年六月のミッドウェー海戦での惨敗をきっかけに、米軍の猛反撃を受け、硫黄島、沖縄戦と次々に敗北した。最終的に一九四五年八月一五日に終戦を迎えた。

三　日本人の朝鮮移住

日本は、一八七五年の江華島条約*4による釜山の開港（一八七六）以来、元山（一八八〇）、京城（一八八二）、仁川（一八八三）、清津（一九〇八）と次々開港し、それとともにできた居留地に、多くの日本人が移動した（図[概]－2参照）。一八七四年（明治九）年には、朝鮮半島にいる日本人はわずか五四人であったが、その後増加の一途をたどり、日韓併合の一九一〇年には、一四万人を超え、一九一七（大正六）年には三三万

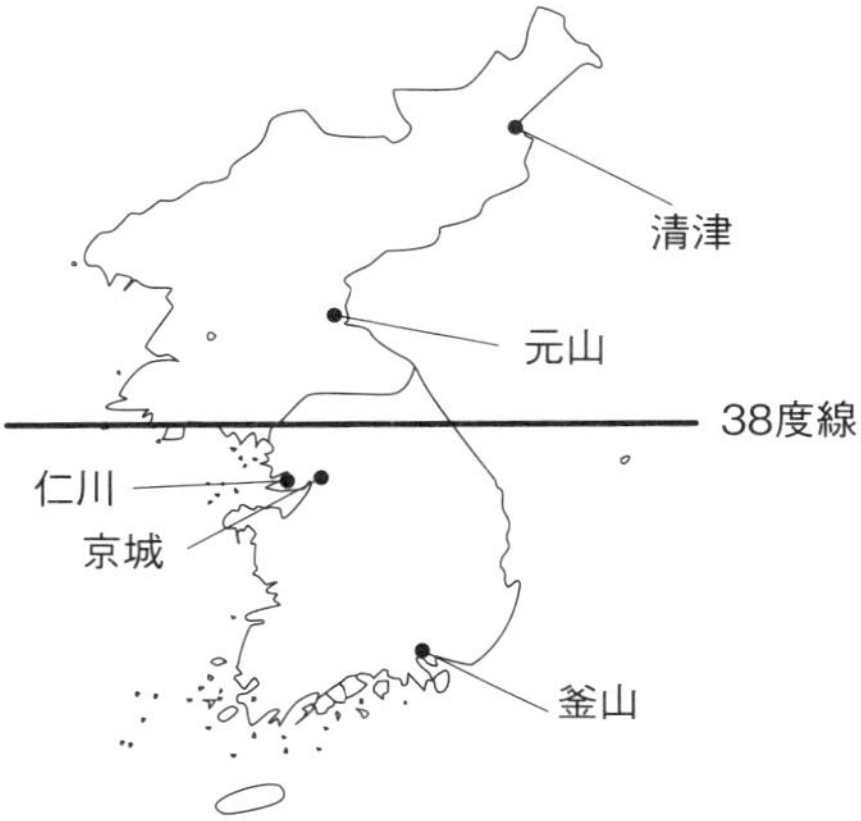

図［概］－2　朝鮮半島の主な都市

表［概］－2　事由別朝鮮渡航者数（1880～1904年）(木村 1989)

年次	事由別朝鮮渡航者数									
	公用	留学	商用	要用・その他諸用	職工	雇奴婢・出稼ぎ	農事・漁業	遊歴	計	海外渡航者総数
1880	174	5	350	332	73	0	0	0	934	1,510
1885	30	6	186	142	17	24	0	2	407	3,461
1890	22	10	970	450	85	219	33	2	1,791	8,166
1895	144	90	3,665	1,787	517	2,919	1,265	4	10,391	22,411
1900	141	39	1,205	1,492	184	1,045	219	2	4,327	41,339
1904	274	13	1,871	2,250	489	216	0	0	5,113	27,377

表［概］－3　職業別内地人移住者数（1917年）(大鎌 1972)

職業	戸数	人口	割合*
公務・自由	27,533	89,064	26.7
商・交通	25,874	96,338	29.0
工	12,263	44,328	13.3
農・林・牧	9,447	37,605	11.3
漁・製塩	2,741	11,293	3.4
その他	11,694	41,169	12.4
不明	3,805	12,659	3.8
合計	93,357	332,456	100.0

＊人口全体に占める割合

人になった（大鎌 一九七二）。

日本人は、どのような目的で朝鮮に移動し、どのような職業についていたのだろうか。日露戦争の頃、朝鮮の内陸部へは農業従事者が移動し、朝鮮や樺太の沿岸部には漁業従事者、関東州や満州鉄道の沿線には、満鉄社員や中小商工豪奢が進出した（吉原 二〇一三）。

韓国併合までの朝鮮への渡航者の変化を一八八〇年から一九〇四年まで五年ごとにみると（表［概］−2）、朝鮮への韓国併合までの渡航は、どの年も商業目的が三割から五割を占めている。日韓併合以降も、商業に従事している者が全体の二九・〇％と最も多かった（表［概］−3）。

商業とは、朝鮮産の農作物を扱う輸出貿易、中国、日本の長崎を経由する英国産の綿布などの中継貿易、大阪・瀬戸内海方面からの雑貨、綿製品の輸入貿易、また金融の関係者が含まれる（吉原 二〇一三）。公務員には、朝鮮総督府関係の警察官などがいた。工業には、豊富な朝鮮の資源を求めて鉄鋼業や重工業に従事する者がいた。農業従事者が少ないのは、植民地政策を進める上で、朝鮮人からの小作権を取り上げるのが困難であったこと、また、日本内地の農業経験と資金力のある農民を引き付けるのは難しかったことを大鎌（一九七二）は指摘している。*5

朝鮮への日本人の移動を後押ししたのは日本政府であった。日本政府は、朝鮮の植民地化を安定させるために、資産家から一般人、農漁民まで様々な層の人々に対して、保護や補助を与えた。航運部門では、日本郵船、大阪商船などの大資本の汽船会社に対し、日本と朝鮮間の航路を開設するための補助金を与えた。*6 銀行部門では朝鮮での支店開設の資金援助、貸下げなどの特権を与えた。一般人や漁民に対しては、渡航の便宜を図るために渡航制限を緩和し、日露戦争の頃には旅券なしで自由に渡航できるようにした。

元山開港時には、商人が出店しやすいように資金を援助し、朝鮮通漁組合へも補助金を交付した（木村一九八九）。このように、朝鮮半島での日本人勢力を高めるために、一般渡航者、商人、漁民の朝鮮移住を促す積極的な政策が講じられた。

第二節　清津中学校

一　朝鮮における清津

清津は、もともと小さな漁村だったが、日露戦争中に、日本軍の兵員や物資の引揚げ基地として利用されていた。一九〇六年の韓国統監府[7]の設立とともに、清津理事庁[8]が開設され、清津日本人会が結成された。一九〇八年四月一日[9]、清津は日本側の要求によって開港され、一九一〇年の韓国併合によって清津府となった。次第に、官公庁、銀行、学校、インフラが整備されていった。日本政府による政策として進められた日本と朝鮮の回路の強化は、朝鮮と満州の交通幹線とあいまって、日本（内地）、朝鮮、満州間の物資を運ぶ動脈となった。清津もその重要な地点の一つだった。

清津の町がさらに発展したのは、一九三二年の満州国成立以降である。清津は、魚や鉄鉱石などの豊富な天然資源があったため、これらの加工や製造するための工場が立ち並んだ。様々な魚が獲れたが、なかでも鰯《いわし》がよく捕獲され「鰯清津」といわれるほどだった。一九三六年当時の『報知新聞』（一九三六・四・

二七）には、「清津の鰯　生鰯が一変して爆弾や化粧料に　鰯の清津加工工場が続出」という見出しの記事が出た。鰯の油は、食用、石鹸の原料、また、爆弾の原料にも使用されるとあり、清津港の近くに鰯加工工場が立ち並んでいた。

清津のもう一つの重要な産業は製鉄である。清津には、日本製鐵所と三菱製鋼所があった。日本は、明治以降、軍事用に鉄を自国で生産できるように官営で八幡製鉄所が建設され、日露戦争、第一世界大戦を背景に、鉄産業が発展していった。一九三四年には、一所五社[*10]の統合により日本製鐵株式會社（日鉄）が発足、一九三九年に日本製鐵の第五次拡張計画の中で清津製鉄所が建設され、一九四二年に始動した。清津は、茂山をはじめとして豊富な鉄鉱資源が確保でき立地条件もよかったため、日本内地と満州をつなぐ港湾都市として整備されていった。

清津の町は、天馬山という山によって、東西に分けられている。天馬山の形が羽の生えた馬のような形をしているところからその名がつけられた（倉田 一九九四）。天馬山以西の浦項洞《ほこうどう》地区から羅南《らなん》に至る輸城《ゆじょう》デルタ一帯は、重工業地帯で、計画的な市街地が作られているが、天馬山以東の港湾地区は昔の面影を留める旧市街である。

友永（二〇〇三）は、『天馬山』第十六号に以下のように記している。

「街の表情も、東部高秣山下の大和町、敷島町周辺を始点として西へ双燕山の山裾に沿って明治町、弥生町、港町と続く大通りと、港に沿った水上警察署、漁港の船溜まり、立ち並ぶ倉庫群の前を通る海岸通りとが合流する税関、海軍武官広場の前に建つ朝鮮銀行の角を北に登った北星町へと商店街を連ねて行き、さらに街路は西へ、憲兵隊、府庁、我が母校清津公立国民学校へ通じる天馬山山麓へと向かい、やがて天馬山を越えて浦項町へと伸張し、さらに街並みは広漠たる輸城平野へと押し広がって新駅付近から南へ漁港、西港および工業地帯へと産業発展に歩調を合わせて変貌を遂げ、活気ある新興都市風景を抽出していった」（五頁）

清津の人口は、一九四四年時点で、清津と羅南合わせて約一五万人（軍人を除く）、そのうちの日本人は約三万人だった（友永二〇〇三）。人口の増加と共に、子供の数も増え、学校の数も増えていった。清津には、羅南中学、清津中学、清津商業、清津工業、清津水産、羅南女学校、清津女学校、七つの公立中学校があった。

本書が取り上げる清津中学校は、「清津浦項町と輸城の中間の山手の小高い丘に立つ白亜二階建ての校舎」（高島一九九六、『天馬山』第九号）であった。小高い丘の校舎からは、清津駅、三菱精錬所、日本製鐵、輸城川、輸城平

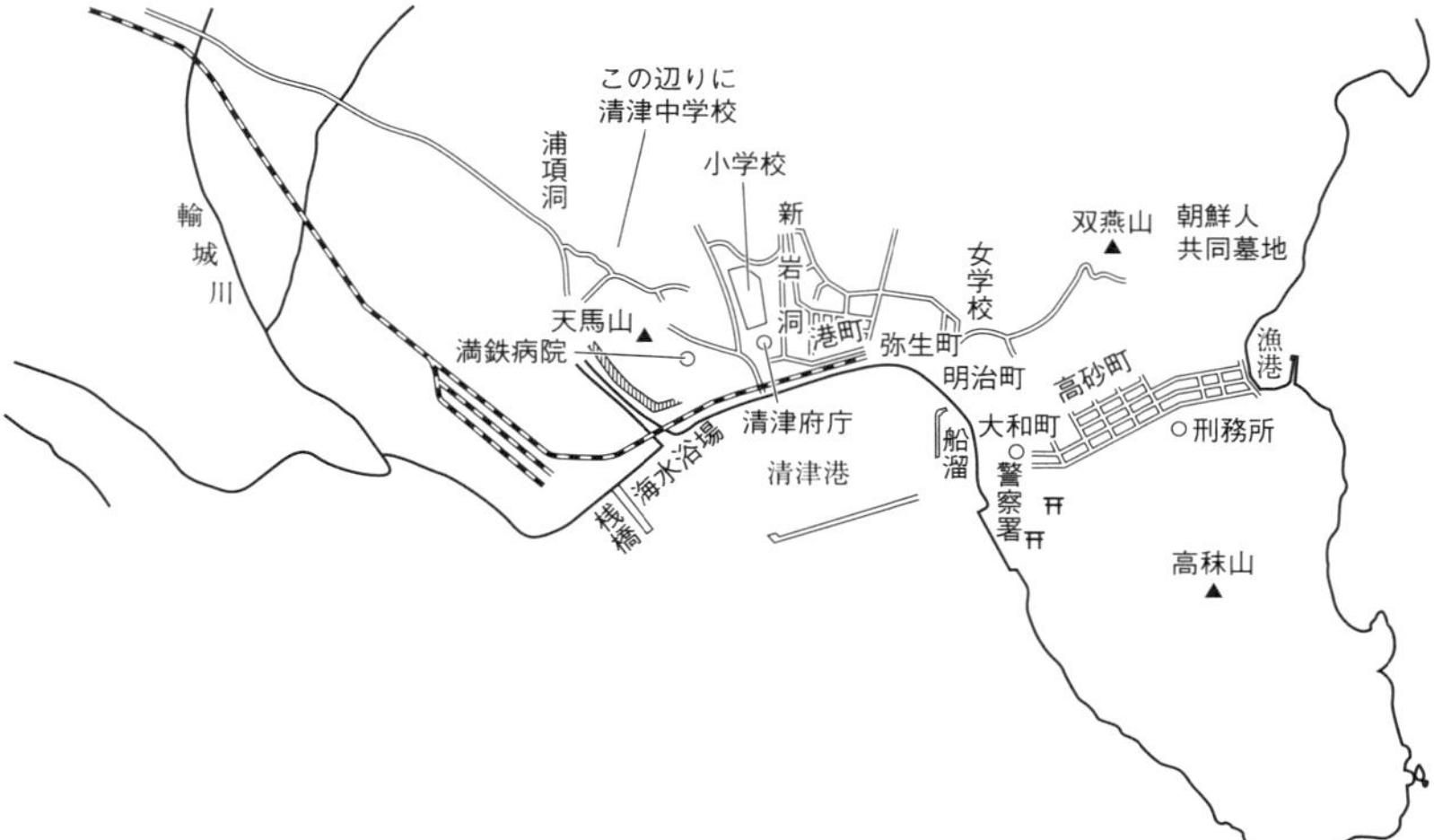

野、羅南、日本海が遠望できる、望絶佳の自然に恵まれた理想的な環境であったという（高島 一九九六）。

二　清津中学校

清津中学校は、一九四〇年に設立され、校舎ができるまでの約二年間は清津商業学校に間借りしていた。一九四一年班竹町《はんちく》（当時は青岩洞班竹面）に新校舎が建てられ、清津商業学校から移転した。戦争が激しくなり中学校は五年生までだったが、さらに四年に短縮され、二学年同時に卒業したという（『天馬山』第九号）。中学校は義務教育ではなく、入学試験が実施された（巻末資料参照）。昭和一七年度入学志願者募集要項には、募集人員は約五〇名、募集人数を超えると入学試験が行われた。試験科目は国語と算数である。入学受験料は二円。合格者の学資金は、授業料が毎月四円、旅行積立金が一・五〇円、学校総力連盟費一円、講演会費一円とある。その他教科書は二八円、解剖器、木剣が六・五円、制服（夏用）八円、制帽六円、剣道用具三五円とある。同窓誌には「当時の巡査の月給が三〇円前後」（李 二〇一三）と書かれているので、決して安いわけでない。下宿生は下宿両月二五円とある（『天馬山』第十号）。同窓誌には、「新設校であるが成績優秀な人が行った」という記述がある（武部 一九九七）。

三　教員とカリキュラム

中学校の教員として、倉田豊茂校長先生、佐藤秀五郎先生（教頭、英語）、佳山如九先生（生物）、田島美男先生（体育）、伊藤蔵之助先生（数学）、大西聰明先生（国語）、高島傳吉先生（漢文）、安藤一郎先生（美術、清津高女と兼務）、磯田先生（理科か地理、事務員としても兼務）、中先生（剣道）、福生先生（道場清武館、警察など兼務）、赤坂先生（教練、兼務で週三日勤務）、主任事務官、給仕、用務員（夫婦）が記録されている。

日本人だけでなく朝鮮人の先生もいた。佳山先生の本名は「崔」で、強制的な創氏改名で、字を分解して佳山にされたという（高島 一九九六）。佳山先生は、日本の広島高等師範学校（現広島大学）で生物を専攻しており、清津中学校で教えていた。終戦時、清津中学校は完全に焼失したが、四年後に校舎が新築され、佳山先生が校長に就任したという（萩原 一九九一）。

戦時中で、内地では英語はすべて禁止であったが、清津中学校では英語が教えられていた。「教室での授業は平常通り続けられた。英語は使用禁止が叫ばれる中、佐藤先生の語学は全く変わることなく最後まで続けられた」（萩原 二〇〇七、二頁）。また、佐藤先生が、昼食後一〇分間、『論語抄』の一文「学而第一」を読み合わせたという記録がある（田中 一九九八）。

清津中学校の朝礼では斉唱が行われた。清津中学校はできたばかりで校歌はなかったというが、初代山川校長の時に詩吟を斉唱した。岩崎行親の「皇紀二千六百秋（ばくたりにせんろっぴゃくしゅう）」から始まる「国体詩」を唱えたという（木場 一九九七）。国体詩は、皇室は天照大神の子孫であり、天皇を中心とした国を讃える歌である。倉田校長に代わると、斉唱はなくなり、「生徒信条」[*11]を教えられたという。生徒信条には、臣民として国に仕えることなどが書かれている。

学校のクラブは、ラッパ部（ブラスバンド部は敵国の楽器を使うからという理由で解散したという）と剣道部があった。ラッパ部は、行進曲や、君が代や軍事的な曲を演奏する役目があった。また、剣道部は、先にも引用されていたように、生徒たちの剣術、体力、精神力を鍛えるため厳しく指導された。クラブも軍事教育の一部として考えられていた。

戦争の進む中、勤労動員、軍事教育は強化されていった。三菱鉱業などの製鉄所、食糧生産は畑での農作業に従事させられた。軍事教育には、体力検定、行軍、分隊戦闘訓練、手旗信号の訓練、グライダー訓練、海軍体操などが行われた（萩原 一九九三）。体力検定は、戦力となる青少年の体力向上を目的として、走力、跳力、投力、運搬、懸垂の五種目について行ったという（飯澤 二〇〇八）。

四　教員と生徒の関係

清津中学校には、一学年約五〇名の生徒がおり、日本人と朝鮮人の生徒が半々であった。そこにはどのような人間関係があったのであろうか。同窓生たちは次のように述べている。

「教頭の佐藤秀五郎先生は単身赴任で、級友数人と共同生活を始めたのがこの並びの中の一軒でした。私も近いので時々訪ねていた」（萩原 一九九九）

「佐藤先生は赴任当初は女学校の裏の一軒家を借り、東村君（鄭国）と徳山君（李桂轍）と三人で自炊生活をしていたのだが、私の家が近かったので時々遊びに行ったり、お袋がお菓子の差入れをしてくれたりで先生とは何となく親しみ易い田舎のトッツァンみたいな感じで接していた。叱ることはあっても生徒を殴るようなことはなかった。その他の先生でも生徒を殴るような先生は一人もおらず、また殴られるのを見たこともなかった。先生というのは殴らないものだと転校するまで理解していたのだった。ところが之が全く甘い理解だったことをハルピンに行って嫌というほど知らされるようになったのである」（藤原　一九九三『天馬山』第五号）

上記は、日本人教師が朝鮮人生徒二人と家を借りて自炊し、共同生活を行っていたという記録である。また、教員から生徒を殴るといった身体的暴力はなく、生徒は教員に親しみを感じていたことがわかる。藤原氏は転校したハルピンの中学校との比較でハルピンでは教員が厳しかったようで、占領地のどこの中学校でもいえることではないが、少なくとも清津中学校では教員と生徒との間には親しい関係があったことがうかがえる。

また、朝鮮人の同窓生の李氏は、教師について次のように述べている。

「先生方も、感じの良い、悪いはあったにしても別に差別することなく公平に教えてくれたと思います。ただ、剣道と教練の先生には虐められよく殴られました」（李『天馬山』第二十五号）

教員は、朝鮮人と日本人の生徒の間で差別することなく公平に扱っていたのがわかる。ただし、剣道と教練の先生は、生徒に厳しく、体罰があったようであるが、朝鮮人だからというのではなく、日本人の生徒にとっても厳しいものであった。

「清中では剣道部しかないので全員剣道をやらされたわけだが、何といっても中先生のシゴキには参った。寒稽古なんかになると中先生の集中特訓が始まる。〝メーン〟と打っていくと軽くかわされ、竹刀を首根っこにあてられて思い切り振り廻されると、たまらず道場の羽目板めがけてふっ飛んで、いやという程身体ごとぶつけられてしまう。〝ハァハァ〟い、乍ら一休みしようと思うと、真向上段から〝パカァッ〟と脳天を割られるような勢いで先制の竹刀が降りてくる。避ける間もあらばこそ〝ビシッ〟とまともに喰ってクラクラッとなる。いたいけな一四、五歳の少年をつかまえて何とひどいことをするのか、こん畜生!」(藤原 九九三、八-九頁)。

剣道においては、日本人教員は、日本人生徒にも朝鮮人の生徒にも相当な厳しさで訓練をしたようである。

五　生徒同士の友情

日本人と朝鮮人の生徒同士の関係はどうであったのか。李尚俊氏は日本人と朝鮮人の生徒の間では差別はなく、両者の仲は良かったと述べている。

「清津中学は、内地人と朝鮮人の半々でしたが、たいてい朝鮮人の方が一~二歳年長でしたので同級生同士では、朝鮮人の方が内地人をいじめる場合が多かったようです。席は身長順で、近くになった日本人の生徒とは、付き合いましたが、特別に親しくなった日本人はいませんでした。また、汽車通学でしたので、同じ汽車通学の朝鮮人や日本人の上級生とも親しくなりました。特に康徳駅長の息子とは、日本人でしたが仲良くしていました。今、振り返ってみても、日本人とは喧嘩した覚えはありません」（李二〇一三『天馬山』第二十五号）

李尚俊氏は、汽車通学の朝鮮人や日本人の上級生と親しくなり、また、仲良しの駅長の息子が日本人だと書いている。李氏は、清津中学校の第一回の日韓合同同窓会で司会を務めた（萩原一九九三、九頁）。また、同窓生の大見氏が一九八〇年に倒れ、意識不明のまま入院され闘病している中、李尚俊氏が漢方を韓国より送られ、大見氏の妹が感激したという記述がある（石川一九九三、二二頁）。日本人と朝鮮人の同級生同志の交流の親しさが伝わってくる。

生徒同士の間では、民族の違いよりも、むしろ体格など身体の大きさの方が意識されていたようである。軍事訓練の中で、常に体格の良さが優劣として意識されていたと考えられる。「体格の良い生徒は軍関係に進んでいたが、私はクラスで一番背が低く、体格も小柄で、貧弱だったため、それには全く無縁であった」（萩原二〇〇七『天馬山』第二十号）。次の日韓合同同窓会の思い出の記録には、体の大きい小さいで遊ぶ仲間が違っていたと記録されている。

「清津で近所の大邸宅に住んでいた辛命満君も病床にあって出席できず、よろしくとの伝言が届く。同じチビ仲間のなかよしだった（私は卒業時一番低く小さかった）。

同級生でも体の大きい方と小さい方では遊ぶ仲間が違っていたようで、李柱轍君と顔を合わせ『あまり記憶にないな』とお互いにニヤリ。でも彼は、私の家に近い女学校のそばで、佐藤先生や鄭国模君と共に自炊の共同生活をしており、何度も訪れていたのだが」（萩原一九九七『天馬山』創刊号）

清津中学校の生徒の中で、日本人と朝鮮人の生徒同士の間で親しい交わりがあり、教師からも公平に扱われていた。しかし、日本人植民者による朝鮮人支配という植民地構図は明らかであった。清津中学校の朝鮮人の生徒の中には、将来、日本人に対抗できる権力をもちたいと願うものがいたという記録がある。

「当時、すでに特別志願兵制度がありましたが、朝鮮人の中には、憲兵を志願した者が多くいました。これは、憲兵が警察よりも権力を持っていたので、日本人に対する反発から志願したもののようでした。清津中学に入った時は、内地の大学に通学し、高文官試験に合格して総督府の役人になるのが夢でした。しかし、日本の敗戦とともに、その夢は消えてしまいました。戦時中は、配給制度があって、日本人の方が優遇されていました。また、神棚を渡されましたが、家では神棚を拝まずに、押し入れの中に放り込んだままでした。戦争の末期には、農地を持っていなかった日本人や月給取りの朝鮮人が食べ物に不自由していました。終戦の報に接した時は、前からある程度知っていましたから、『やっぱり、負けたか。でも、これで独立できる』と皆で喜びあいました」（李二〇一三『天馬山』第二十五号）

学校の中では教師が朝鮮人生徒にも日本人生徒にも公平に接していたが、統治者としての日本人による朝鮮人への不平等な扱いは明白で、統治への反感は当然存在していた。朝鮮人の生徒が警察よりも憲兵を志願し、総督府の役人を目指すことは、日本による植民地支配の体制に同化し、より力のある立場を目指したことを意味する。しかし同時に、日本への「反発」や抵抗の意味もあったことが読み取れる。日本の敗戦は、朝鮮人にとって植民者からの解放という喜びであった。

第三節　北朝鮮からの引揚げ

一　引揚げの苦難

一九四五年八月、ソ連軍が満州との国境から、朝鮮には海から侵攻してきたことにより戦況が一変した。清津へは、八月九日の朝にソ連軍がB29による機銃掃射で攻撃し、一三日には清津港より上陸、内陸へと侵攻してきた。一五日の敗戦を受け、日本人は、自国へ向かって引揚げを開始した。手持ちの食糧や貴重品などをリュックにつめ、持てるだけ持って、ソ連の攻撃の銃弾が飛ぶ中を逃げた。

しかし、終戦の前に、清津の警察署は九日、府庁は一一日、鉄道は一二日にすでに避難を始めていた。一般市民が疎開を始めたのは一三日であったが、この時はすでに無警察状態であった（田崎二〇〇八）。北朝鮮人のこれまでの植民地政策に対する報復もあり、緊急に家から持ち出したわずかの金銭、衣類、食糧が略奪された。軍関係者は、ソ連軍に捕まり、シベリア送還となった。

八月下旬、朝鮮半島は、勝戦国のソ連と米国の間で三八度に国境線が引かれ、北はソ連、南は米国が管轄することになった。終戦時に北朝鮮に居留していた約二七万人、その他日ソ開戦後、旧満州に居留していた一般日本人で北朝鮮に南下してきた引揚げ者約七万人が、北緯三八度線でソ連邦軍によって交通を遮断され、北朝鮮各地の学校、民家に収容された。このうち約三万人は再び旧満州に戻ったという（厚労省 一九九七）。

北朝鮮からの引揚げ者は列車を利用しようとしたが、何万もの人々が駅に殺到したため、列車に乗れず、徒歩で長距離の移動を強いられた。列車は無蓋列車（屋根がない列車）もあった。列車に乗れても、三八度線による封鎖のため、北朝鮮の駅で降ろされた（元山、咸陽など）。

北朝鮮に残された者は生活手段のない老幼婦女子が多く、ソ連軍が指定した場所に集められ管理され、現地日本人会の援助を受けて難民生活をしていた。寒さが厳しくなり、冬越えを余儀なくされ、その間にも、不潔な環境の中、蚤《のみ》や虱《しらみ》にまみれながら、飢えと寒さという極悪の環境に置かれた。ソ連軍により、労働に駆り出され、墓掘りも大事な仕事だった。食糧及び衣料の不足、発疹チフスなどの伝染病の流行のため多くの死亡者を出した（厚労省 一九九七）。

本書に収録されている同窓生の立石氏の記録は、家族での引揚げの凄まじさを伝えている。立石氏は家族七人であったが、咸興日本人抑留所で厳寒のさなか、栄養失調と発疹チフスで、父と弟が死亡、その後、母と妹二人も死亡した。「母は食欲が無く、やがて死を迎えた。虱を噛んだのか、その死顔の唇には虱とその血が付着していた。親切な朝鮮人の方たちが大八車で母の死体を運び出し、何処かに葬って下さったと聞いているが、それが何処かわからない。立石ヤス　三十八歳　十二月三十一日」（立石二〇〇二『天馬山』第十五号）。また、立石氏は、「虱が人を食い殺した話」と題して、ある男性に無数の虱が隙間なくへばりついていた様子も記録している。立石氏はなんとか病状から回復し、次々と人々が死ぬ中、六〇歳の男性と自分しか死体処理をできる人がいなかったため、二〇人から三〇人の死体を埋めたという。寒さと不衛生の中、七人の家族のうち五人を失った立石氏は、その後にしめくくっている。「私たち家族よりも、もっと、もっと酷い目にあった北からの引揚げ者が大勢いる」。

引揚げ者の死亡者数は、約三万五〇〇〇人と推定される（ＮＨＫ二〇一三）。咸陽では、冬の間に、引揚げ者三万人のうち一割の三〇〇〇人は死ぬと見込んで、日本人が墓を掘らされたが、実際は三割もの人が亡くなった（ＮＨＫ二〇一三）。このようにして終戦直後から一九四六年三月までの間に京城（ソウル）日本人世話会に収容された者は約四万三〇〇〇人に上った（厚生省一九九七）。

北朝鮮の都市部で残留した日本人は、不安な中、引揚げ命令を待っていたが、昭和二一年の春、山野でも宿泊できるようになると、各地日本人会の統括の下に百、千の集団となり、引揚げ列車により北緯三八度線まで南下した。三八度線の険しい山を徒歩で越えるか、または小舟などに乗って、南朝鮮側に入った。日本人会及び米軍の援護の下、釜山から日本に船で引揚げた。一九四六年三月下旬から六月前に南朝鮮に脱出した人は約一〇万に上った（厚生省一九九七）。

二　朝鮮における引揚げ事業の遅れ

日本政府は、引揚げ事業には、消極的であった。日本国内の食糧不足の状況で、とても多くの引揚げ者を受け入れることはできないと、引揚げ者に対し、できるだけ現地で忍耐し、現地の人々と共生をするようにという方針を出した。外務省は、一九四五年八月一四日（ポツダム宣言受諾日）、在外公館あてに「三か国宣言受諾に関する訓電」を送り、「居留民はできる限り現地に定着させる方針」をとるとともに、現地での居留民の生命、財産の保護については、万全の措置を講ずるよう具体的な施策を指示した（厚労省一九九七）。

後に公開されたソ連側の公文書類より、勝戦国のソ連軍と米国軍は、引揚げ者が飢えで死んでいる事実について、把握していたということが明らかになった。終戦後の早い時期に、両国の軍は、引揚げ者の輸送や食糧をどう負担し合うかを話し合ったが決裂し、引揚げ者の食糧や輸送の分担についての決定は先送りされたという（ＮＨＫ二〇一二）。そのうちにも、多くの日本人が亡くなった。米ソ協定に基づく北朝鮮からの正常な引揚げは、一九四六年一二月一八日まで待たなくてはならなかった。一九四八年七月六日までの間、二万二二〇一人が引揚げた記録があるが（厚生省一九九七）、これまでに、すでに多くの日本人が自力で引揚げを終え、大勢の日本人が亡くなっていた。

このように、日本人の引揚げを援助したのは、日本政府や日本軍ではなく、各地域の日本人会であり、また、朝鮮人による援助などの民間レベルのものであった。日韓併合後から、朝鮮独立運動のパルチザンにみられるように、朝鮮人の反日感情は様々な形でうずまいており、日本の降伏以降、朝鮮人たちの怒りが噴き出ていた。反日感情の高まり、日本人狩り、物取り、武装した強盗団の出没などの記述が同窓誌にも書かれている。しかし、同時に、朝鮮人からの励ましや応援、引揚げに関する情報提供、衣食住の提供など、様々な支援が記録されている。沼崎氏の「はるかなる天」では、太郎という主人公の形で北朝鮮からの脱出が詳細に書かれており、その中に、集落で朝鮮人の女性から道の先にある危険について「行くな行くな、戻れ」「日本兵が殺された」「トラックでロスキーへ運ばれた」「行くな、戻れ。殺される」と情報を得たり、朝鮮人の青年から引揚げに必要な朝鮮語を教わったりしている。また、列車に乗る時に日本人であることを見逃してくれたり、列車の中で日本人であることがばれた時に、自分の命をはって助けてくれた朝鮮人青年のエピソードが書かれている。国に見捨てられたのも同然の混乱状態の中で、同胞意識をもって援助をしてくれた朝鮮人がいたことは看過すべきではない。

このように、北朝鮮からの引揚げの悲劇は、日本の政府から見放され、また戦勝国同士の話し合いの決裂による援護の先送りという、国レベルの問題が背後にあった。

注

＊1　一九三一年に満州鉄道で起きた爆発が満州事変のきっかけとなった、満州駐在の関東軍（日本の陸軍）が、中国の仕業であるという理由で満州全体を占領していった。しかし、この爆発は、関東軍自らが仕掛けた自作自演の事件だった。

＊2　広田内閣（一九三六年三月〜一九三七年二月）の七大国策とは以下であった。1．国防の充実、2．教育の刷新改善、3．中央・地方を通じる税制の整備、4．国民生活の安定（災害防除対策、保護施設の拡大、農漁村経済の更生振興及び中小商工業の振興）、5．産業の統制（電力の統制強化、液体燃料及び鉄鋼の自給、繊維資源の確保、貿易の助長及び統制、航空及び海運事業の振興、邦人の海外発展援助）、6．対満重要国策の確立、移民政策（二十カ年百万戸送出計画）及び投資の助長等、7．行政機構の整備改善

＊3　満州への移民政策として、「二十カ年百万戸送出」が打ち出された。満州へは、農従事者が中心に渡った。

＊4　その時に「五族協和」「王道楽土」という言葉がスローガンで使われていた。「五族協和」とは、満州人、日本人、蒙古人（モンゴル）、漢人（中国）、朝鮮人をさす。「王道楽土」には、アジア的理想国家（楽土）を、西洋の武器による統治（覇道）ではなく、東洋の徳による統治（王道）で造るという意味がある。

＊5　日本と朝鮮の間で結ばれた条約で朝鮮の開国や日本の一方的な領事裁判権を定めるなど、不平等な内容であった。日朝修好条規ともいう。

＊6　農民の移住については、半官半民の東洋拓殖株式会社が、日本政府の植民地政策に協力しながら、重要な役割を果たした。日本の農民の朝鮮への移住から広範囲な事業を展開した。主な事業は、朝鮮人の農地を取得し朝鮮人小作人を使用する農事経営事業、農民の募集や移民の事業、および建物の建造販売などに必要な資金の融資など金融事業の三つであった（大鎌一九七二）。

＊7　汽船会社はその補助金で、航路を開設していった。一九一二年の時点で、大阪商船は、釜山、仁川、木浦、鎮南浦に支店を置き、清津、城津、平壌、元山、群山などの都市に荷客取扱店を配置した（木村一九八九）。

＊8　第二次日韓協約に基づき、日本が京城（ソウル）に設置した朝鮮支配機関。一九四三年の韓国併合後は、朝鮮総督府に引き継がれた。

＊9　在朝日本人の裁判を行う。

＊10　清津では、四月一日は清津港開記念日で、官公庁や学校は休みだったという。

＊11　一所は八幡製鉄所、五社は輪西製鉄・釜石鉱山・三菱製鉄・九州製鋼・富士製鋼である。

清津公立中学校生徒信条

一．明朗純真ニシテ忠良有為ナル躍進日　本皇國臣民タランコトヲ期ス可シ

一．気節ヲ尊ビ進取勤勉以テ至誠奉公ノ念に燃ユル青少年タランコトヲ期ス可シ

一．操取堅確ニシテ信愛協力以テ日本一ノ中学生タランコトヲ期ス可シ

引用文献

飯澤政夫（二〇〇八）「私の予科練」『天馬山』第二十一号、二八–四七頁。（本書収録）

蘭信三（二〇〇八）『日本帝国をめぐる人口移動と国際社会学』不二出版

蘭信三（二〇一一）『帝国崩壊とひとの再移動：引揚げ、送還、そして残留、アジア遊学』勉誠出版

大鎌邦雄（一九七二）「東洋拓殖株式会社創立期の実態」『北海道大学農経論叢』第二十八号、七〇–九三頁。

木村健二（一九八九）『在朝日本人の社会史（朝鮮近代史研究双書七）』未來社

厚生省（一九九七）『戦後五十年史』ぎょうせい

倉田健歩（一九九四）「思い出すままに」『天馬山』第七号、二〇–二一頁。

黒田俊夫・大淵寛（二〇〇四）『現代の事項問題：シリーズ・人口学術一』原書房

厚生労働省（二〇〇七）『中国在留邦人への支援に関する有識者会議資料』http://www.mhlw.go.jp/wp/hakusyo/kousei/06/dl/1-1a.pdf（二〇一五年九月一〇日検索）

高島傳吉（一九九六）「清中十か月の思い出」『天馬山』第九号、三三–三九頁。（本書収録）

田崎信治（二〇〇八）「北朝鮮脱出記」『天馬山』第二十一号、一–二六頁。（本書収録）

立石正博（二〇〇二）「私の北朝鮮・清津から海州まで」『天馬山』第十五号、一〇–一七頁。（本書収録）

立石正博（二〇〇九）「朝鮮引揚げで思い出したこと」『天馬山』第二十号、一二–一四頁。

田中礼蔵（一九九八）「思い出すままに」『天馬山』第十一号、一九–二〇頁。

沼崎照夫（一九九八）「はるかなる天」『天馬山』第十一号、五五–八一頁。（本書収録）

萩原良夫（一九九三）「四十五年ぶりの訪韓記」『天馬山』創刊号、四–一三頁。

萩原良夫（一九九九）「思い出すままに　わが街・清津」『天馬山』第十二号、一五–二八頁。

萩原良夫（二〇〇七）「終戦前後」『天馬山』第二十号、二–七頁。

藤原治・石川一郎・木場雄俊・武部昭五・飯澤政夫・斉藤博康（一九九七）「座談会　わが清中を語る」『天馬山』第十号、一―一二頁。
森田拳次（二〇一二）『満州からの引揚げ：遥かなる紅い夕陽』平和記念資料展示館
吉原和男（二〇一三）『人の移動事典：日本からアジアへ、アジアから日本へ』丸善出版株式会社
総務省（二〇一五）『我が国の推計人口　大正九年～平成一二年』総務省統計局、http://www.stat.go.jp/data/jinsui/2.htm#series（二〇一五年九月六日検索）
李尚俊（二〇一三）　無題、『天馬山』第二十五号、一三―一五頁。

引用資料

ＮＨＫ（二〇一三）「知られざる脱出劇　～北朝鮮・引き揚げの真実～（ＮＨＫスペシャル）」http://cgi2.nhk.or.jp/archives/tv60bin/detail/index.cgi?das_id=D0009050135_00000（二〇一六年四月二三日検索）

資料　日本の戦前戦後の歴史

一八九四年　日清戦争（〜一八九五）
一九〇四年　日露戦争（〜一九〇五）
一九〇五年　第二次日韓協約
一九一〇年　日韓併合　日本は韓国を植民地化
一九一二年　明治から大正に改元
一九一四年　第一次世界大戦（〜一九一八）
一九二三年　関東大震災
一九二九年　世界恐慌
一九三一年　満州事変
一九三二年　満洲国建国
一九三七年　日中戦争　（〜一九四五）
一九三八年　国家総動員法
一九四一年　第二次世界大戦
一九四三年　学徒動員
一九四五年　ポツダム宣言により終戦
　　　　　　南北分割占領統治（三八度線、北側ソ連、南側米国）
一九四五年八月一三日　ソ連軍、清津侵攻
一九四六年一二月　朝鮮からの引揚事業
一九四八年　大韓民国、朝鮮民主主義共和国独立

第Ⅰ部

北朝鮮と私――佐藤尚のライフストーリー

一　朝鮮への移動

佐藤尚の父、米松《よねまつ》は、岐阜県郡上八幡で生まれた。米松は、佐藤家の長男で妹が二人（綾子と伊勢子）、弟（結核で死亡）がいた。米松は、体格ががっちりしていたというが、朝鮮に渡る前に、どのような暮らしをしていたのか、どのような仕事についていたのかは、尚は知らないという。しかし、一九二〇年前半の頃、米松は新しい生活を求めて、朝鮮に渡ったという。一九一八年に第一次世界大戦が終わり、戦後恐慌となり、日本経済は低調であった。郡上八幡での生活もおそらく厳しかったのではないかと想像される。

一方、母方の祖父、近藤逸八は、広島県温品《ぬくしな》出身で、肉体的にも精神的にも頑強な男だった。アメリカに渡り、そこで稼いだ資金を元手として、満州や朝鮮に広い土地を購入した。当時、朝鮮では、日本人の居住区と朝鮮人の居住区は分かれていたが、逸八は主に朝鮮人を顧客として質屋

尚の家系図（引揚げ時を中心に）

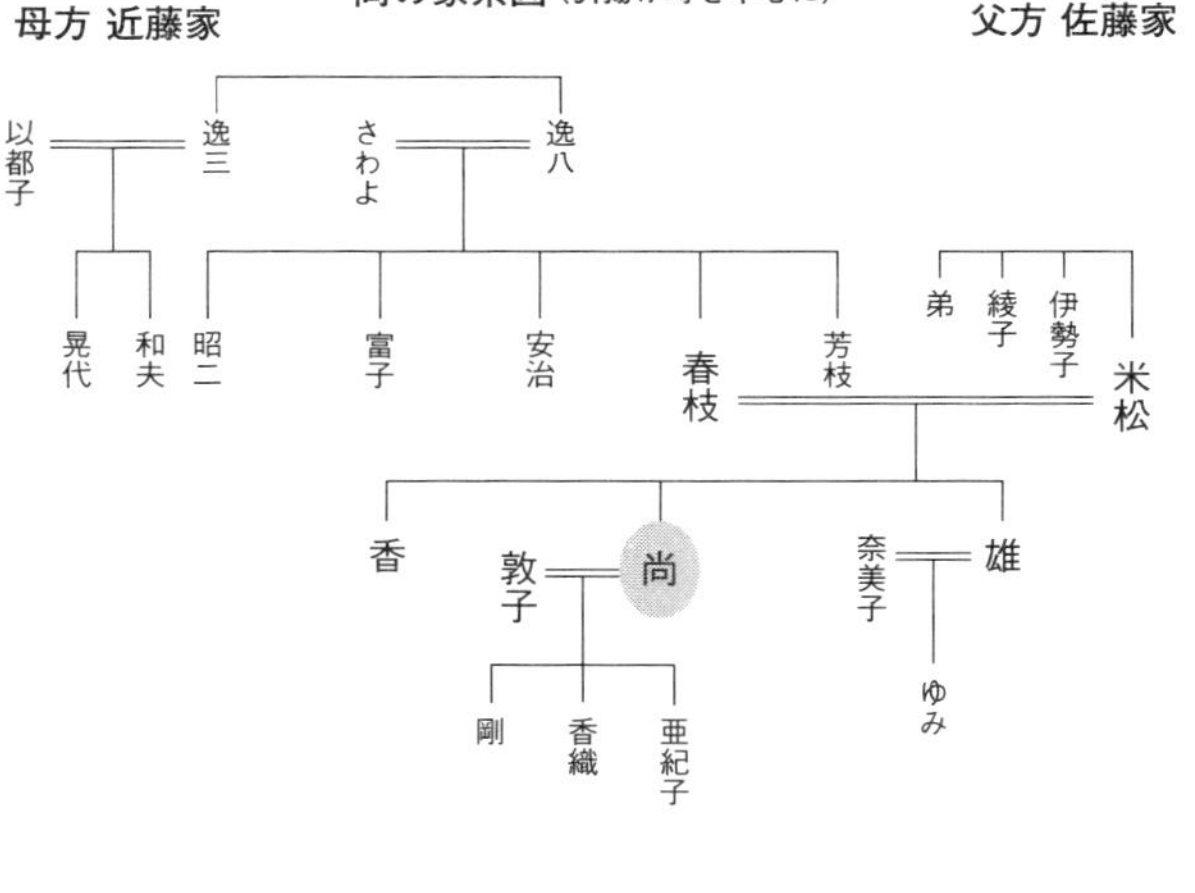

を営むため、朝鮮人の居住区に店を構えた。商いは順調で、清津に大きい家を建て、山も持っていた。質屋を実際に商うのは祖母さわよだった。後に、逸八家族が終戦前に引揚げたあと、逸八の二女で尚の母である春枝が質屋を引き継ぎ、尚たちもそこに住んだ。

二　尚の誕生から幼少期

尚は、現在の北朝鮮にある港町の清津で生まれた。父親米松は警察官として朝鮮で働いていた。警察官の上司である逸八は、凛々しく体格も立派で人柄もよい米松を気に入り、次女春枝と結婚させた。清津は自然の美しい土地だった。ある時、丘にいっぱい咲いているすずらんを摘み花束を作って母親にプレゼントした。母親は、香りをかいで、とても喜んだ。また、尚が四歳ぐらいの頃の記憶だが、兄が小学校に行っている間、晴れた太陽がさんさんと注ぐ中を母親と山に行った。山に入っていく道を、母親と二人で一緒に歩いたのがとても印象に残っている。山には低木があり、アカシアの花も咲いていた。この情景は、北原白秋作詞、山田耕筰作曲の童謡「この道」の歌詞「この道はいつか来た道　ああそうだよ　あかしやの花が咲いてる。この道はいつか来た道　ああそうだよ　お母さまと馬車で行ったよ」と重なって尚の記憶に残っている。

尚が幼少の頃。富子叔母の手作りの衣装を着て

三　小学校入学から低学年——羅津、上三峰で

米松は、警官を辞め、中小企業に小口の金を貸す金融組合（信用組合）に勤めた。金融組合の支店長をしていた頃、清津から西の羅津に引っ越した。尚が小学校に入学した時期であった。自宅は二階建てで、一階は事務所、二階は住居としていた。羅津では米松はちょっとした名士だったという。

尚の母、春枝は、夫の米松に学歴がないことを嘆いていた。米松は信用組合を辞めて、よい仕事がみつからなかった時期があった。親はお金には厳しく、朝鮮人の行商人が売りに来るお菓子を買ってもらえなかった。

羅津の冬は寒く、水をまくと氷ができて、それが翌朝はスケートリンクになる。尚はスケート靴を持っていなかったので滑れなかった。スケート靴を持っていた友達が滑るのを見ているだけだった。小学校一年から二年の一学期まで羅津で過ごし、二年の二学期に北の内陸に入った上三峰《かみさんぼう》へ引っ越した。そこは田

母と尚（中央）、兄

尚（左）と妹の香

舎で、小学校は全学年二クラスしかなかった（一、三、五年と二、四、六年の合同クラス）。兄の雄と尚は一緒のクラスだった。

ある日、学校で先生が「日本の国を始めたのは誰ですか？」と質問をした時、尚が「神武天皇」と答えた。一緒のクラスの雄は、尚が小学校二年生で答えられたことに驚き、父母に報告した。その時、両親にほめられ、とても嬉しかったことを覚えている。兄とは、友達のようによく遊んだ。

羅南にて

四　清津での暮らし――小学校時代

上三峰は田舎で中学校がなかったため、兄の中学進学のために、尚家族は清津に移った。清津では、母の父、逸八が質屋を営んでいた。自宅の敷地が広く、庭に、にわとり小屋があった。逸八は、広い山の斜面に段々畑を作り、桃やさくらんぼなどの果物や枝豆をたくさん植えていた。朝鮮人の作業員を雇っていた。祖母さわよが、果物でよくジャムを作ってくれた。朝鮮づけ（日本風で、とうがらしの量をやや控えた浅漬けのようなもの）を作り、庭の中ほどに保存していた。猫も飼っていた。家にはオルガンがあり、尚は時々弾いた。

逸八は、碁がうまく、よく友達がやってきて一緒にやっていた。尚は競馬に連れていってもらったことである。逸八は、馬の持ち主で、審判台から馬を観ていた。尚にとっては、とにかく「立派なおじいさん」だった。

清津は大きな町で日本人も多かったため、清津小学校は日本人生徒のみであった。小学校は日本人男女別のクラスで、男二クラス、女二クラスあった（一クラスは四〇人〜六〇人くらい）。一学年約二〇〇人はいた。

小学校で学ぶ教科は、国語・算数・理科・歴史・地理・音楽で、内地と同じ文部省編纂の教科書を使っていた。音楽では、日本の文部省唱歌「春がきた」「秋の夕日に」などを歌った。音楽室で、先生のオルガンに合わせて歌った。小学校には、二宮金次郎像が置いてあった。生徒は制服を着て通っていた（写真）。

体操の時間には相撲をやった。尚は相撲が強かった。五年生の時に、母親にふんどしを作ってもらい、クラスの代表選手として対抗戦に出た。しかし、惜しくも敗れてしまった。

近藤逸八の家（住居と質屋）

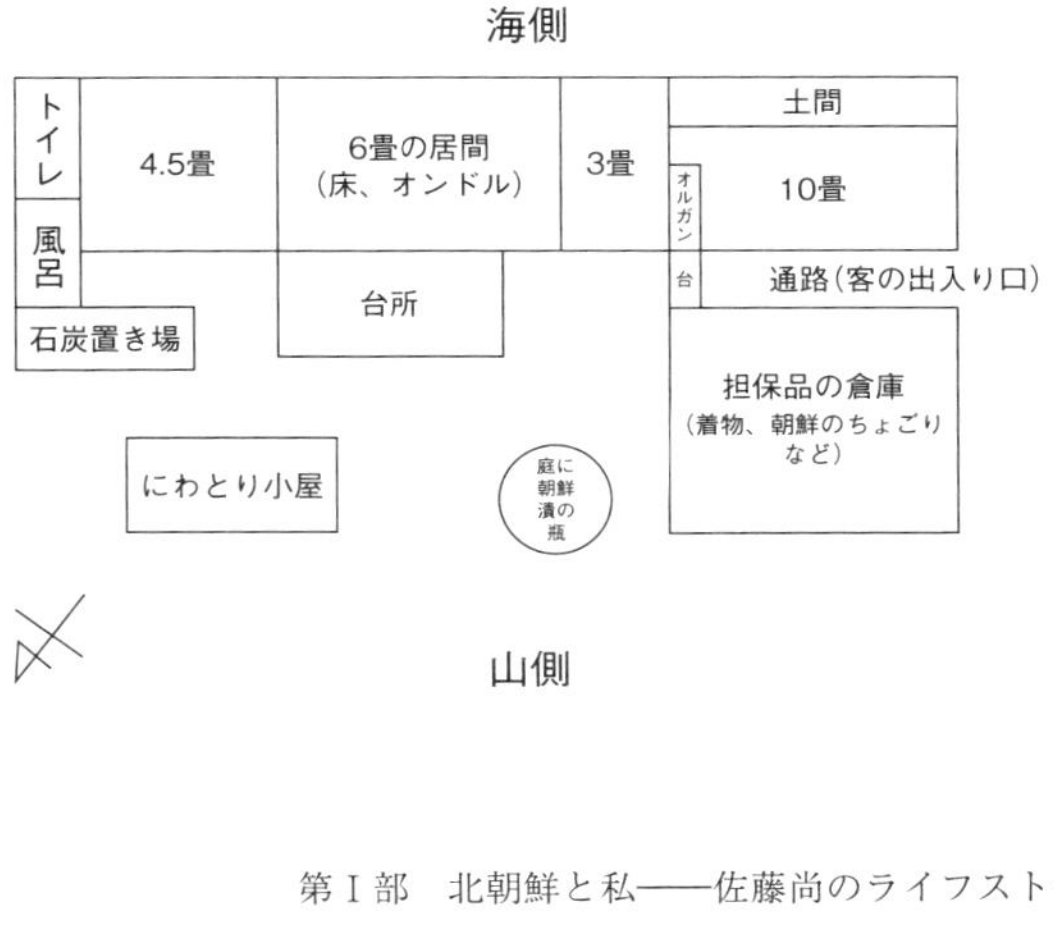

小学校五年生の時の担任の先生は、師範学校を卒業してすぐに赴任された永田先生という方だった。尚は永田先生に目をかけてもらい、級長もした。永田先生の最初の授業は面白かったのを覚えている。黒板に、鳥と獣の絵、真ん中にこうもりを描いて、「おまえたちはこうもりになるな」と教えた。何事もあいまいにするな、という意味である。勢いがある先生だった。

永田先生には、よく作文を書かされた。先生から、自分の気持ちを書く作文がよいと教えられた。ある時「親切」について作文を書きなさいとおっしゃった。尚は「親切をしたことがありません」から始まる作文を書いた。「婦人が探し物をしていましたが、いっしょに探してあげました」と、自分が初めて親切をした経験について書いた。先生に、講壇にあがって作文を読めと言われ、尚はみんなの前で読んだ。この時が講壇に立った初めての経験だった。

小学校の弁当は、毎日明太子だった。朝鮮人の行商が、

清津小学校2年生（後列右から4番目の前が尚）

明太子やフグを売りに来ていた。明太子は、たらいにたらこを塩漬けし、唐辛子を入れて作った。祖母さわよは、朝鮮人の行商からフグをたらいでたくさん買った。フグの内臓を取り除き、皮と身を切って、串にさして、屋根に干していた。フグをストーブで焼くと、いい匂いがプーンとした。

兄の雄は清津中学校に一期生として入学した。しかし、雄は中学一年の冬に病気になり、広島の温品にある母春枝の実家に療養のために帰った。雄は広島の滞在中、健康のためと毎朝冷水摩擦をした。広島の実家には、春枝のきょうだいがいた。安治叔父、富子叔母、昭二叔父である。昭二叔父は、雄の二歳上で、年が近く、一緒に野原をかけまわり、昆虫採集をして足を鍛えたという。

雄は、蝶々の標本箱を持って一年後に北朝鮮に帰ってきた。尚は標本の美しさにとても感動して、自分も蝶々の採集をするようになった。朝鮮半島近辺にしか生息していないともいわれる「オオアカボシウスバシロチョウ」という、透明の羽に大きな赤玉のついた蝶を一度だけ採ったことがある。母が、展翅《てんし》箱（採ってきた蝶を針でとめて固まるまでオオアカボシウスバシロチョウを置いておく箱。パラフィン紙の間に蝶を入れておく）や標本箱を作るのを手伝ってくれた。蝶々の標本箱ができた時に、母は「きれい、きれい」と喜んでくれた。

五　清津中学校時代

尚が清津中学校にあがる時は、兄の雄は中学三年生だった。兄は一期生として入学したが、広島の母の実家に一年間養生したため学年が一年遅れた。ひと冬を日本の広島で過ごし清津に戻って来た兄は、尚の目にはがっちりとした体格になったように見えた。行進の時に兄は皆に号令をかけるリーダーだった。一方、尚は声が小さかったので、兄は尚を裏山に連れて行き、声を出す訓練をしてくれた。清津中学校は義務教育でなかったので、中学校へは受験して入った。中学は、一学年一クラス五〇人くらいで男子のみだった。中学に入ってから初めて英語を学んだ。“Look, Margaret! You see a large building over there, don't you?”というフレーズを尚は今でも覚えている。

朝鮮の生徒と共に学んだので、朝鮮人の仲良しもできた。生徒たちの中で、日本人、朝鮮人という意識は強くなかった。日本人と朝鮮人の生徒たちは、実際には対等ではなかったかもしれないが、少なくとも、その違いや差別をおおっぴらに言うことはなかった。

尚は近所の朝鮮人たちとよく遊んだ。朝鮮人もみな日本人の名前で呼ばれていた。とくに光田《みつだ》君と親しくて、学校帰りによくおしゃべりをした。光田君とは、本の貸し借りをしたり、家へ遊びに行ったりした。光田君宅では、どぶろく（米から作るにごり酒）を作っていた。光田君は、終戦後の混乱を避け、京城に移動した。終戦五〇年後に日本で開かれた清津中学校の同窓会で、尚は光田君と偶然再会することになるが、そのことは予想もしなかった。

もう一人の友達の松山君とも仲がよく、松山君の家に遊びに行った。いわゆる朝鮮の上流の家庭の子どもで、家も立派で子供部屋もあった。山に蝶の採集をしに行くと、松山君はとても巧みに網を使って蝶を採ってくれた。

一九四三年学徒動員が発令された。清津は市街地と工場地帯と二つに分かれており、中学校は工場地帯に近い所にあった。清津中学校の生徒たちも、日本製鉄の会社で労働をさせられた。鉄を作るために、鉄鉱石を石炭と混ぜて炉に入れる作業の過程で、倉庫から鉄鉱石を運搬する仕事をした。ある朝鮮人の上級生が、「お前たちはだらしない」と、後輩の頬をたたいた。尚もぶたれたことを印象深く覚えている。朝鮮人が日本人をなぐったということで、その朝鮮人が咎められることはなかった。

学徒動員とはいっても、中学で軍隊の訓練はなく、あまり軍歌も歌った記憶は尚にはない。戦争で日本軍がどこかで勝った時に、隊列をなして、町の中心部から郊外へ行進した。清津中学校は六期で終了し、終戦時に焼失したが、現在は、北朝鮮の清津第一高級中学校となっている。

六　終戦時の引揚げ

尚の祖父逸八には、弟の逸三がいた。逸三は、清津の弥生町で七輪の製造販売を行っていた。北朝鮮では、木炭が豊富にあり、茶を沸かすのによく使われていた。オンドルをあたためるために火をたくが、その熱を利用して料理を作った。

戦況がしだいに悪くなってきた頃、逸三は、海軍に勤めていた関係で、ソ連の動きがよくわかった。ソ連の侵攻の情報をいち早く入手し、終戦の混乱の前に貯金を銀行から引き出すことができた。そのお金があったために、引揚げの途中で、寒さをしのぐ家を借りることができた。祖父の逸八と祖母のさわよは、戦況の悪化する前に広島に帰った。広島市内に住んでいたが、八月六日に原爆にあった。命は助かり、広島の郊外の親戚の家を借りて住んでいた。

一九四五年の三月、尚の母・春枝は、兄・雄を旅順の高等学校に入学させるための支度に忙しかった。母は、雄の歓送会も同学年の友人を自宅に招いて開いてやった。歓送会の夜、中二の尚は、お腹が痛くなった。自分ははっきりと覚えていないが、二か月くらい寝込んでいた。尚が意識を失い、目を開いた時、母親が自分を心配そうに見ていた。春枝は尚をずっと看病をしていたようだ。兄の旅立ちと尚の看病のせいか、母の体調は悪くなり、寝込むことになった。

左から、父・米松、香、雄、母・春枝、尚

一九四五年八月一三日にソ連軍が清津の港に侵攻した。夏休みで家族はみな家にいたが、夕方、「避難せよ」との勧告が出された。母は重篤な病のため、動かすことはできなかった。医者はすでにいなくなっていた。父は、尚に「どうするか」と尋ねた。尚は、「私は生きたい」と答えた。父が、お金をいくらかがま口に入れ、衣類、食類をリュックにつめてくれた。父は裏口から尚を見送ってくれた。

尚は、父がつめてくれたリュックを背負って、夕方に一人で逃げた。鉄砲の弾がぴゅーぴゅーと飛んでいた。道には誰もいなかった。山の北の方に歩いて行った。逸三大叔父家族とコンロの工場で待ち合わせたが、工場で「先に行く」という貼り紙があったため、一人で北に歩き、引揚げの列に加わった。古茂山《こもさん》をまわった。茂山に行く途中、尚が一人で歩いていると、仲の良い友達の立石君と日本兵のトラックに乗せてもらった。立石君は日本刀を持っていた、「ソ連兵がきたら、この日本刀で切ってやるんだ」と息巻いていた。トラックの荷台に乗せてもらった時に、日本の敗戦を聞いた。

尚は、ひたすら歩き続けた。城津《じょうしん》につくまでの間、朝鮮人の男にとめられて「リュックをおろせ」と言われた。男は、リュックの中身を見て、ネルの生地などをとってしまった。防空頭巾とがま口はとられなかった。ソ連兵がトラックに乗って軍歌を歌っていた。

引揚げ者の列が城津に入り、小学校の前を通りかかった時に、逸三大叔父が「尚ちゃん」と呼んでくれた。大叔父はずっと尚を探してくれていたという。大叔父、以都子《いっこ》大叔母（二〇一五年時点一〇五歳、広島在住）と和雄の三人に出会い、大叔父家族と一緒に無蓋貨物車で南下した。

尚たちの乗った列車が港町の元山《げんざん》で止まった時、逸三大叔父は、家族と尚に下車するように言った。

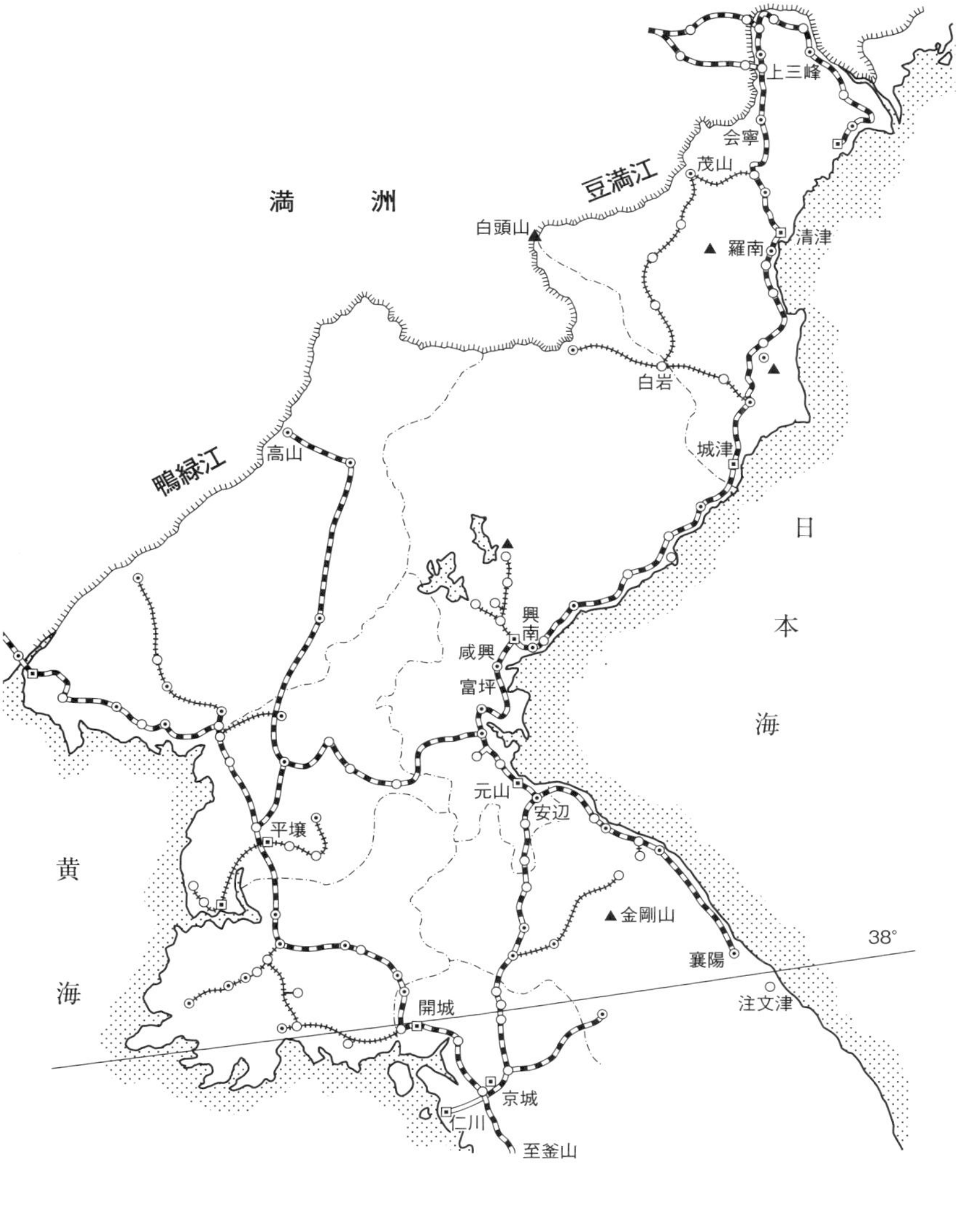
上三峰
会寧
茂山
豆満江
満　洲
白頭山
清津
羅南
白岩
城津
鴨緑江
高山
日本海
興南
咸興
富坪
元山
安辺
平壌
黄海
金剛山
38°
襄陽
注文津
開城
京城
仁川
至釜山

元山では、日本人の家を紹介してもらい、日本人の住宅の奥にある六畳間を借り、そこで冬を越した。元山で、大叔父の第二子の晃代が生まれた。元山では、多くの日本人が、寒さと飢え、チフスで亡くなった。

元山で、清津から来た海軍の士官と日本人女性の二人に出会った。逸三大叔父が終戦の情報を得ていた海軍の士官である。ある日、ソ連兵から、日本の軍関係者を捕えるためか、引揚げ者は別の小屋に移るように命じられた。海軍の士官はソ連兵につかまり、二人の女性も一緒にウラジオストクに連れて行かれた。その後、女性二人は無事帰ってきた。女性たちは、ウラジオストクからの帰路途中に清津に寄り、尚たちに伝えた。女性たちの話だけが、自分の両親と妹に関する唯一の情報であった。

元山では、多くの日本人が収容所に入れられた。金と女性の目的で、ソ連兵がやってきた。シラミがつき始めたので、シラミとりをしていた。元山では多くの日本人が亡くなった。ソ連兵に日本人は、工作機械を運ぶ使役をさせられた。大叔父家族に子どもが生まれて大変だったため、尚が出ることになった。大人の男性二〇人に混じり一四歳の尚は、昼間日本の工作機械を船着場に運搬した。工作機械はすべてソ連に持って行かれた。使役の代金として、ソ連兵から黒パンをもらった。黒パンをもっていくと叔母たちが喜んでくれた。黒パンはかたかったが、おいしかった。春には、りんごなどの果樹園に行って働いた。

冬を越し、あたたかくなった翌年一九四六年六月に、尚と大叔父家族は元山を出発した。日本海側を貨物車で南下すると、ソ連が統括する北朝鮮とアメリカが統括する南朝鮮を分ける三八度線を越えなければならない。尚たち日本人の引揚げ者は、金剛山という険しい山の切り立った崖の上を徒歩で山越えすることを決めた。夜である。三八度線の手前にはソ連兵が監視していた。みんなの金を出しあい、ソ連兵に渡した。尚たち引揚げ者の列は境界を越えてひたすら歩いた。暗闇を歩いて行くと、空がしだいに明るく広がっていった。港町が見えてきた。注文津《ちゅうもんしん》という港町であった。尚は「助かった」と安堵した。アメリカの輸送船に乗り、注文津から釜山経由で、博多へ向かった。博多では、検疫がありＤＤＴ（粉状のシラミ殺虫剤）を頭からかけられて上陸した。

七　引揚げから広島、そして東京へ

一九四六年六月、母方の叔母の実家（広島）にたどり着いた。春枝の祖父母（逸八とさわよ）は終戦前に引揚げ、広島で原爆にあい、市内から近隣の親戚を頼って広島郊外に住んでいた。そこを訪ね、暮らすことになった。

尚は、修道中学二年に編入させてもらったが、家計が苦しく、退学した。その後、国鉄の機関車の修理工場の作業員の養成所に行って働いた。

満州旅順の高校に通っていた兄・雄も無事に帰国し、一緒に広島に住んだ。しかし兄は仕事を求め、単身で上京した。進駐軍のハウスボーイ、大型トラックの運転手、いろいろな仕事をした。生活が落ち着いた頃、兄は弟の尚に上京を勧め、母・春枝の妹の富子叔母一家が住む板橋に行き、世話になることになった。昼間働きながら、夜間の高校（四年制）に通った。高校四年の時には、予備校に通って勉強し、現役で東京大学に入学した。兄は早稲田大学の夜間学部に通いながら、昼間は働いた。尚の大学の学費を稼いで、弟を先に卒業させた後、自分は昼の学部へ移り卒業した。

尚は、大学卒業後就職し、コーラス部を通じて現在の妻敦子と出会った。長女（著者、亜紀子）、次女（香織）、長男（剛）と三人の子どもに恵まれ、現在東京都町田市で穏やかに暮らしている。

数年前のことである。戦後五〇年たって日本で行われた清津中学校の同窓会の席で、朝鮮人の友人光田氏に出会い、偶然にも尚の両親の最期を知ることになった。光田氏が、自分の母親から聞いていた話をしてくれたのだ。米松は、妻と娘の香に薬を飲ませた後、家の外でソ連兵に撃たれたという。尚と別れた次の日の八月一四日のことであった。尚は、元山の地で、ウラジオストクから来た女性から両親と妹のことを聞いたが、どこか信じたくない気持ちがあった。光田くんの母親の話は、ウラジオストクからの女性の話と一致した。辛い出来事ではあるが、真相を知ることができたことに、尚は言葉にならない深い思いを感じた。五〇年以上もたって、しかも異国に住むかつての親友から直接両親の最期について聞くことになろうとは。その光田氏は数年前に亡くなら

左から妻敦子、尚、石川会長、右から立石氏

れた。

清津中学校同窓会は二〇一三年に終わったが、同窓生との友情は今も続いている。

佐藤家の北朝鮮への移動と引揚げの年表

一九一〇年　日韓併合　日本は韓国を植民地化
一九一四年　第一次世界大戦（～一九一八）
一九二〇年前半　佐藤米松　北朝鮮に渡る
一九二九年　世界恐慌
一九三一年　満州事変
一九三一年七月三日　佐藤尚　清津に生まれる
一九三二年　満洲国建国
一九三七年　日中戦争
一九三七年　佐藤尚　羅津に住む
一九三八年　佐藤家　上三峰に住む（尚入学前～小学校一年生）
一九三八年夏　佐藤家　清津に住む（兄　雄の中学進学のため）
一九三八年　大村敦子　岡山で生まれる
一九四〇年　大村家　満州に渡る　佐藤雄清津中学校に入学
一九四一年　第二次世界大戦開始

一九四二年　妹　香が生まれる
一九四三年　学徒動員
一九四四年　佐藤尚　清津中学校入学
　　　　　　佐藤雄　満州旅順の高校入学
一九四五年　ポツダム宣言により終戦
　　　　　　南北分割占領統治（三八度線、北側ソ連、南側米国）
一九四五年八月一三日　佐藤尚　一人で引揚げの列に加わる
一九四六年六月　佐藤尚　帰国
一九四六年九月　大村敦子　満州より家族と帰国
一九四八年　大韓民国、朝鮮民主主義人民共和国独立
一九六〇年　佐藤尚　敦子と結婚

清津中学校 同窓会 平成7年10月23日 於 京千歳

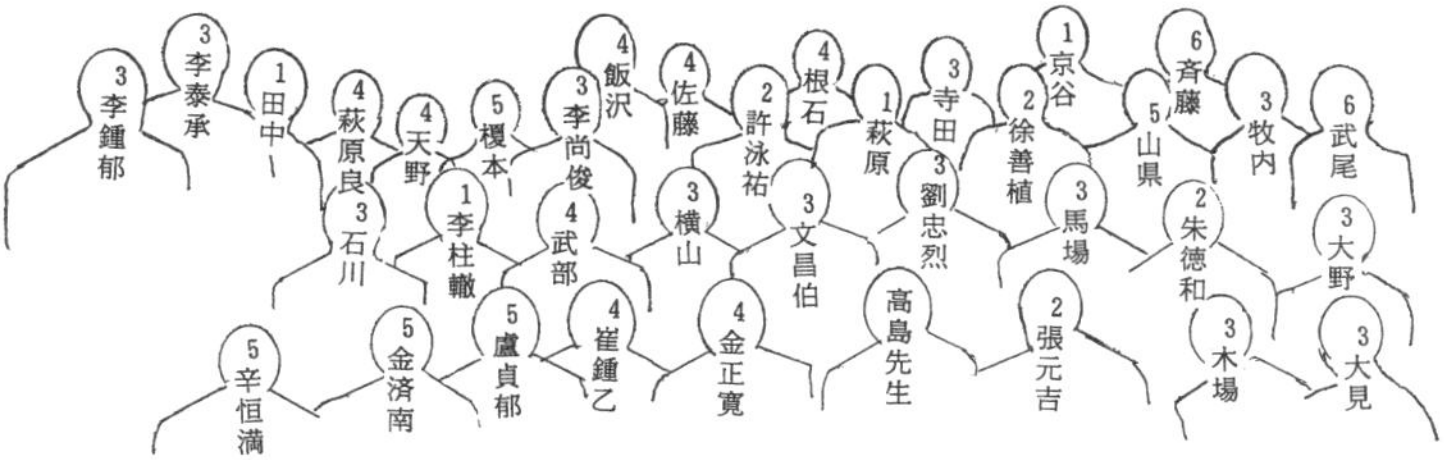

『天馬山』第9号掲載

同窓誌『天馬山』からの転載にあたって

原則として、旧字は新字に改め、新仮名を使用した。数字・記号・単位の表記など、執筆者によって異なるものは、できるだけ統一するよう努めた。したがって、執筆者が実際に用いている表記と異なっている場合もある。

朝鮮の地名については、原則として漢字表記、日本語読みとした。

第Ⅱ部

清津での暮らしと学校生活

（『天馬山』の記録から）

第1章　清津という町

思い出の清津

萩原　良夫（第一期生）

私は、昭和三年一月清津府福泉町で生まれ、清津公立尋常高等小学校を卒業した年には、中国大陸に戦火が広がるなか、皇紀二六〇〇年記念行事が華やかに進められていた。

昭和一五年新設したばかりの清津公立中学校は、上級生も下級生もいない。六〇人に満たないわずか五四人の一クラスのみで、清津小学校の各学年四クラスに高等科の生徒を擁するマンモス校とのスケールの落差は大きかった。新設の中学校は清津商業学校の一角を仮校舎としてスタートしたが、開校の時期は、四月を過ぎて五月を迎えていた。

学校への通学路は、小学校側とは一八〇度変わって西向きから東向きとなり、弥生町、明治町の繁華街を通り過ぎ、大きく左に曲がって敷島町、大和町の大通りを中心にほぼ一直線に東海岸まで伸びる道路を右手に山側に向かう。通りから四方に広がる町並みは碁盤の目のように整然と区画されて朝日町、高砂町、寿町など美しい町の名前がつけられていた。

大通りの北側は双燕山《そうえんざん》（一九六メートル）、南側は高秣山《こうまつざん》（一八三メートル）、高秣半島は日本海に真南に突き出しており、その北斜面の裾、市街地と接するあたり、敷島町と東海岸の中間付近、右手の小高い傾斜地に、商業学校は位置していた。下段に広いグランド、上段に校舎、講堂が並び、渡り廊下でつながった右手二階建ての建物が中学の校舎となった。校舎より東海岸側のやや低い位置に刑務所があり、赤青の服を着た囚人がグランドにつながる斜面の畑で作業をするのが見られた。また、この界隈で深編笠に手錠腰縄で連行される囚人の姿を幾度か見かけた。

教室での授業は時折場所を変え、校舎を出て隣り合わせの裏山の斜面、松林の中に座っての授業が時々あって、新鮮な感じを受けていた。爽やかで幸せな一時が過ぎていた。だが、世の中の動きが厳しくなり、教練の授業は厳しいものになっていった。健康なのだが背は低く、体力がなく、クラスでは私より小さい人はわずかで、教練、剣道、体操といった授業は体格のいい人についてゆくのはきついものがあった。

昭和一七年九月班竹《はんちく》町の敷地三万坪に新校舎が完成するまで、この校舎に通った（当時の学校の説明及び新聞等は、地名を班竹町としていた）。一年半通った仮校舎への通学路は、時間の制約がある朝のコースは最短の道を毎朝通ったが、帰り道は、寄り道回り道と様々な道だった。

帰り道で楽しかったのは、寄り道しての船遊びだった。敷島町の曲り角を明治町の繁華街へ曲がらず裏通りの宝町、入船町と続く海岸通りに出る。

四〇〇メートルほどの突堤と防波堤に囲まれた清津港の最奥のこの船溜まりは漁船が多数停泊して

いて人々が多数出入りしていた。しかし、この時期には鰯の水揚げ等は見かけず、通りに面した岸壁には伝馬船が多数つながれていた。川で水遊びをしたことも、小船に乗って海や川を動きまわったこともなかった。もやい綱さえはずせば、すぐ動かせそうな舟を見ているうちに、乗って動かしたくなり飛び乗った。嬉しくなったが、もやい綱まで外して動かすのは、さすがに恐ろしくなり、もやい綱のたるみの分をいっぱいに伸ばした範囲を右に左に動き回った。結構楽しくて何度となく寄り道しては遊んでいた。

室町、入船町と続く海岸通りは道幅が広く、自転車の練習にはもってこいの場所だった。ある日この通りで練習していた時のことである。ハンドル操作やブレーキ操作がまだまだ未熟でスピードは出さずに乗っていたのだが、だんだん調子がよくなっていつのまにかスピードが上がっていたのだろう、ふと前を見ると商店の入り口が目の前に迫った。ハンドルもきれずブレーキもかけられず、金縛りにあったみたいで、アーといったままドアにぶつかった。音を聞きつけて中からオモニが飛び出してきた。ここでしっかり怒られて平謝りに謝った。幸いに器物を傷めなかったためか無罪放免となった。今でもぶつかる前の一瞬を不思議に思い出す。

中学に入って間もなく、授業中に自転車に乗れない者は、と聞かれた。私のほかに何人か手をあげた。しばらくたってから自転車に乗れない者は練習をするように、学校で自転車を提供してくれた。放課後、下の広いグランドで級友の応援を得てなんとか乗れるようになった。海岸通りの出来事は、なんとか乗れるようになったすぐ後のことである。学校へ自転車通学してよいとのことで自転車屋の店先をのぞくと、一〇〇円をこえていた。初任給がその半分もないと言われていた頃である。買ってもらっても家のそばの急坂が大変と躊躇していた。ある日ふと立ち寄った。するともう自転車の姿は影も形もなくなっていた。戦争の影がだんだん大きくなって商品が店頭から姿を消し始めていたのだが、世の中の動きなど何も判らずにいたようだ。

昭和の初期に発行された地図によると、敷島町に清津府庁、清津郵便局があり大和町に清津税関支署、清津警察署、巴町に清津地方院があり、この界隈は街の中枢部となっている。私の家のすぐ下に住んでおられた福岡博さん（『羅南中学』21号）の父上の手記がある。

「昭和二年一一月一二日午後四時、朝鮮郵船立神丸は清津港に入港、まもなく投錨した（立神丸は大阪―北朝鮮の定期貨物船）。乗客は本船からタラップで降り、ハシケに乗り移り、桟橋を通る。道路（大和町）に出たら、レールが敷設してあり、トロッコが何台も駐車していた。「清津駅に行かれる方はどうぞトロッコに」と作業員が盛んに、今船から降りたばかりの客によびかけていた」とあった。

大正七年に開業した人力による手押軌道（トロッコ）は、明治町を通り天馬山の下を廻って旧駅まで走り、旅客や荷物の輸送を目的としていた。

高台の自宅周辺から眺められる景色のうちで興味のあったのは港と船だった。船を見るため、いつも一人で出かけていた。小学校入学前の頃である。海岸手前一帯は一面の砂地で天馬山の下まで広がっている。そのなかにトロッコのレールが遠くまで延び、線路上にはトロッコが並び、手前の線路末端周辺には、ひっくりかえされて車輪を上にしたトロッコが、いくつもころがされたように並んでいた。

この付近に遊びにきた時は、なぜか仕事をしている人を見かけなかった。トロッコを見ているうちに動かしてみたくなり、押すと簡単に動くので、嬉しくなって押していっては止まった所で引き返し、そのうち調子にのって勢いを付けて飛び乗って遊んだ。子供心にも大変楽しかったので深く心に刻まれたのか、この記憶は今に至っても強く残っている。

高秣半島の根っ子から防波堤を伸ばしていく建設工事は折々高台から眺めたものだが、清津港の岸壁その他の工事がなされていたことには全く無関心で過ごして、港湾建設工事のトロッコだけを覚えていたのは、小学校入学前後の子供だったからだろう。

大阪商船、日本海汽船の大型船が入港すると、自宅周辺からも小学校通学途中にもその姿が眺められた。好きなタイプの船が接岸すると、帰宅してから船を見に出かけていた。税関の左横の入り口から埠頭に入り、線路を渡って大型倉庫の横を過ぎると岸壁が左右に伸び大型船が接岸しているのが目に入る。

岸壁に立ち目の前に広がる海を見、停泊している客船を眺めるのは楽しかった。一番強く残っている華やかな思い出は、何といっても出港風景である。最近のテレビ放送で、離島航路での客船出港を放映していたのをみた。テープが多く並んでいるさまは、船の大小の差はあっても昔を思い出せるものはある。出港時に打ち鳴らされるドラの響きは格別の感傷をもたらしていた。自分がこれから旅客として船旅にでるのでもなく、見送りにきたわけでもないのに。見送りのため乗船している人々に下船を促す案内の声、やがてタラップが外される。その長い時間の間も、船上から岸壁へ、岸壁から船上へとテープが投げられていた。

タグボートが船を曳き始めて、ゆっくりと少しずつ離れ、もやいが一本外され、錨を巻き上げる音が響く。残りのもやいも外され、テープもぎりぎりに引っ張られ次々にちぎれてゆく。なかにはテープを次々につなぐが、それもつかのま、テープを投げても屆かぬほど、船との間の海面が広がってゆく。しかし、船客の姿は目の前で声は届く距離なのだ。錨を巻き終えて汽笛を鳴らしエンジンの音も高く進み始めるが、その動きはもどかしいほどゆっくりとしたスピード、船腹にはテープをいっぱいぶらさげたままだ。

岸壁を埋めた見送りの人々は、防波堤の先端近くまで進み、やがて大きく左に進路をとった船を見届けてから帰宅を始めていた。この華やかな出船はいつの頃まで見られたのであろうか。小学校に入学して一人であちらこちらに出歩き始めた頃と港湾設備が完成した時期が重なっているようで、岸壁を一人でうろうろ歩き廻っていた覚えがある。

税関横の埠頭入り口に警備の人が立ち始めてから何となく入り辛いと思ったが、知らぬ顔をして通っていた。そのうちにだんだんと足が遠のいた時期と中学校に入学した時期が重なり、入港する船舶も目に見えて少なくなっていたようだ。

戦後、故郷の鹿児島県山川町に引揚げてから親戚の方から写真を何枚か頂いた。清津の家での家族、大正七年一〇月二三日撮影と裏書きのあるウラジオストク時代の父、清津守屋写真館のネームが入っている兄、鹿児島女子師範学校の学生時代の母、昭和一八年兄が学徒出陣の折の家族全員、両親、その他兄姉の幼児の頃の写真である。体一つで、紙切れ一枚も家から持ち出すことなく引揚げた家族にとっては実に貴重な宝もので、服装や家具その他から様々なものが読み取れ、新しい発見もあった。

その中の一枚には兄を除く家族全員と父方の親戚の青年二人が写っている。下から二番目の弟が母に抱かれていて、昭和一二年六月生まれの末弟の姿はなく、すぐ下の弟は私と同じ金ボタン五個の小学校の通学服を着ている。弟は昭和一二年に小学校入学していることから、撮影の時期はこの年の春と思われる。床の間にはお正月のお餅がカビがつかないように収納する四斗酒樽が写っていることから季節が推定できた。

親戚の二人の青年は兄弟で、弟は鹿児島から父の世話で清津の小学校の先生としてきており、兄は高級船員として外国航路の大型船に乗り組み、清津港に積み荷のため入港した際に訪ねてきたのである。この時のことはよく覚えている。父が大変喜んで話をしてくれたのだが、お土産に貰ったのはゾウリンゲンの剃刀だった。父は毎日髯を剃っていたが使っていたのは日本剃刀、ゾウリンゲンはドイツ製の世界最高の剃刀で、ナイフ、鋏などの刃もの。食器などは、世界的に有名でよく知られているとのことだった。日本刀を思わせる美しい輝きと鋭利さを感じさせるその形、そして革砥を使って研いでいた父の姿をよくみかけた。

当時、清津は未曾有の鰯の豊漁にわきたっていて、鰯の生産加工品のフィッシュミールをドイツのハンブルク港に輸出するための貨物船入港と聞かされた。この貨物船の船名は聞かなかったが、天馬山よりの突堤に係留したと聞いた。七～八年前、鹿児島旅行の折、清津港に入港した折の貨物船に乗っていた親戚にお会いして当時の船名などを尋ねた。一万トン級の貨物船「ぐらすごー丸」、国際汽船所属とのことだった。

聞きたいことがいろいろあったのだが時間がなく、次の機会にと期待したが、数年前にこの兄弟はあいついで亡くなった。ぐらすごー丸と国際汽船について図書館で調べたが、戦前の船舶に関する図書は全くなく、当時は手が付けられないとなかば諦めていた。昨年『大阪商船株式会社八〇年史』を広げているうちに、戦前の関係会社の項目があり、遭難船舶の資料の中に、ぐらすごー丸の名前があった。

貨物船　総トン数　五八三一トン数　重量トン数　九〇二三トン
昭和一八年八月二二日　南方海上にて雷撃により沈没とあった。

大型船が入港していた清津港は、税関前方岸壁から右手天馬山の方向にかけての岸壁に、日本海汽船、大阪商船の貨客船が接岸して、右端の天馬山よりの沖に突き出した岸壁には、貨物船のみが停泊していた。この突堤の両側に三～四隻も係留しているのが見られることもあったが、旧型の貨物船ばかりで、時折前後のそれぞれ二本のマストを持つスマートな大型貨物船が見られたが、旧型の貨物船には興味がなく岸壁まで見にいったことはなかった。

日本海汽船、大阪商船の新造新鋭の貨客船が次々登場してきた。天草丸、満州丸、さいべりや丸、はるびん丸を見てきた私には、四五〇〇トン級の月山丸、気比丸、白山丸の三隻は何とスタイルのよい、すてきな船だとこの船の入港を楽しみにしていた。船首、船尾の曲線が美しく、堂々たる船橋と続く客室部分が大きく、船腹に並んだ丸窓を見ると、海の上のホテルだと思い、門型のマスト、バランスのとれた煙突など、いつまでも記憶に残っている船だった。

大阪商船も昭和一三年に三〇〇〇トン級の新造貨客船三隻、永興丸、慶興丸、咸興丸を阪神、関門と清津を直行で結ぶ航路に就船させた。以前から就船していた船は関心がなかったのか覚えがない、この三隻の新造船は垢抜けしていたのか、よく覚えている。

六年生（昭和一四年）の時の修学旅行は朝鮮と満州の国境地帯を二泊三日で廻る旅だった。会寧、満洲国の延吉、羅津を列車で廻り羅津から船で清津に帰ってきた。この時に乗ったのが、はるびん丸だった。はるびん丸は五〇〇〇トンと一番大きな貨客船だったが、型が古く煙突が細くて高くて好きになれなかった船だった。

昭和一五年一月、京都、奈良、伊勢を廻る旅行をした。大阪商船の永興丸に乗船二昼夜で門司港に到着した。乗船時はもの珍しく甲板その他を、うろうろと歩き廻ったり海を眺めて、いい気分で過ごして船室に戻った。三等船室はデッキの下で大広間を通路で仕切っていて、丸窓がずらりと並んでいる。船は揺れはじめ、船室に入った途端強烈なペンキの匂いに見舞われた。その他に様々な匂いが混じっていて胸がむかむかして座っておれず横になってしまった。航海中、食事も進まず病人のような有様だった。門司港に入港、毎日新聞社の見学と到津《いとうづ》の遊園地を廻るとのことで上陸した。

地面に足をおろして歩き始めると、驚いたことには船酔いなど、どこにいったのか普段の体調に戻っていた。戦後、阪九フェリーで小倉と神戸間を何度も往復したが、あのような気分の悪いことはなかった。乗船した船は一万トン級の船で揺れは少なく、ペンキの匂いが全くなく船室の壁は住宅と同じでかつての経験は嘘のようだった。

清津にいた時の船旅がもう一度ある。昭和一九年一月、中学四年から上級学校受験の資格があるので、腕試しと挑戦した。広島と、佐賀の学校を受験した。この旅行の往復は日本海汽船の敦賀航路を利用した。敦賀に上陸した時は一面の雪景色で、道路は凍りついていた。清津は気温が低いのだが雪はなく、内地のほうが寒いのかなどと思ったものだ。しかし佐賀までくると青々した緑が広がっていて清津の冬からは考えられない景色だと強く感じた。この旅行の所々を思い出すのだが、敦賀航路の船名を全く不思議なくらい覚えていない。旧型の貨客船で、滅多に乗れない船だからもう少し、かっこよい船だったら良いのに、とがっかりしたのを覚えている。この航路も船室で横になったままで過ごした。

当時の思い出が次から次と浮かぶ。清津の沖に軍艦が姿を現したことが何度かある。ふだん見ることのできない軍艦は清津に姿を見せても入港することはなく、防波堤のはるか沖に停泊していた。このニュースは子供から子供にまたたくまに伝わり、眺めのよい裏山に駆け上がり、あきもせず眺めていたものである。軍艦といっても小型の駆逐艦程度のものが一隻だったが、潜水艦を見たこともあった。一度だけ七～八席の軍艦が停泊した。水兵服に水兵帽の水兵さんが清津の繁華街にあふれたのは最初で最後である。

この話を「水巻清津会」で飯澤政夫さん（清津中学四期・福岡市）に話したところ、驚くほどくわしく記憶されていた。

「時期は昭和一一〜一二年頃で、当時ソ連に接する海域に出漁していた日本漁船の保護のため軍艦が出動していた。市内を歩いていた水兵さんの水兵帽には、軍艦名が書かれたものと、書いてないものがあって「多摩」と書かれたものを覚えている。軍艦名のないのは駆逐艦で、「多摩」は三本煙突の軽巡洋艦である」

話の途中、岸壁に接岸した軍艦があったことを思い出した。小型の駆逐艦で、遠くから眺めると威風堂々の軍艦ではあるが、そばによるとあまりの小ささと貧弱さにびっくりしたことがあった。飯澤さんも岸壁に見に行かれたとのことで、はっきりと覚えておられた。

太平洋戦争が激しくなると、定期航路船舶の入出港が極度に減少した。この頃突然大型客船の熱田丸が入港した。八〇〇〇トンほどの船で煙突には日本海汽船のマークが付いていたとの記憶がある。この船の調査はついていない。

平成一一年一〇月二一日付けの海上保安新聞に「一五〇メートルの水柱が上がった機雷爆破」の写真と「水柱一五〇メートル、今も威力　戦時中の機雷、爆弾を水中爆破」の大きな見出しが出ていた。記事によると、「神戸港南方二キロの埋立工事海域で磁気探査中、水深一七メートルの海底で戦時中米軍が投下した二〇〇〇ポンド沈底機雷二発、旧日本軍の二五〇キロ爆弾一発を発見したが、腐食が激しく引揚げ困難のため水中爆破処分と決まった。一〇月五月、六日にわたり爆破処分したが、爆破の都度、警戒船の船底を突き上げるような衝撃があり、機雷では約一五〇メートルの水柱が上がった」

とあった。この写真と記事から気比丸の触雷沈没を思い出し、同時にソ連からの浮遊機雷の爆破処分の光景が浮かんだ。

自宅裏の山手で遊んでいる時、突然轟音が響きわたり音の方角に目をこらすと、防波堤の遥か沖合に真っ白で巨大な水柱が海上にそそり立っている。記憶にある形は横の広がりの少ない、割にすらりとした美しささえ感じるもので、時間を止めて立っていると思ったほど形が崩れずその形を留めていた。

何度となく爆破の瞬間が眺められたことは、いかに浮遊機雷の数が多かったかが想像できる。

神戸沖における爆破の写真はカラーではなく、白黒写真であるが、水柱の広がりは上下左右に伸び、真っ白の部分は中央上下の一部分のみで、上下と左右に激しい勢いで伸びている部分は真っ黒に見える。水深一七メートルの海底での爆破は周辺の土砂を大量に海水とともに吹き飛ばしたための色であり、この形になったのだろう。清津沖での機雷爆破は、海上の機雷を射撃によって爆破していたと聞いていた。

清津の思い出の中の心に残るものの一つに「かっこう」の鳴き声がある。爽やかな時期に爽やかな鳴き声を自分の家で聞くことのできた「かっこう」は、いつも心にかかっていた。新聞にその記事が出ていたので書き抜いた。その一部である。「日本でカッコウが鳴き始める時期は南北にあまり差がなく五月中旬、その三か月後の（お盆）のころは泣きやむのです」「数年前の九月中旬、南に帰るカッコウを数多く見かけた」とあった。

（『天馬山』第十四号）

輸城川

飯澤　政夫（第四期生）

春

輸城《ゆじょう》川の春は川岸のネコヤナギの芽吹きから始まる。風はまだ冷たいが、寒気に耐えた蕾は時期を間違えず枝の先から順に銀色に輝く新芽を開かせる。三月、輸城川にも春が廻って来る。この頃になると川の小さな中洲の周辺から解けだした氷は日一日とその面積を狭め、水の流れが顔を出すようになる。冬の間澄みきった水が氷の下に見えていたが、氷が解けだしてからもしばらくは実にきれいな水が流れる。

氷がほとんど解けた頃、岸辺の石を積重ねた護岸の中にヤツメウナギが産卵に集まる。まだ冷たい水の中で石の間に手を突込み、ウナギが握れたらサッと岸辺に放り投げる。このようにして二、三匹は獲れるが、当然逃げられる方が遥かに多い。大人の朝鮮人が、一メートル位の棒の先に針金を曲げて先を尖らせたものを縛りつけ、それを穴の中に突込んでウナギを引掛けて獲っていた。こうすればほとんど獲り放題といってもよい位で、短時間のうちに数十匹もとっていた。あんなにたくさん獲ってどうするのだろうと思いながら見ていた。手を入れればウナギに触れるというほど大量に居たのが、今はどうなっているだろうか。食糧難で獲りつくしてしまったかも知れない。

五月のある日、その日は暖かく無風、春霞に覆われた気持ちの良い朝だった。この陽気に誘われ一人で堤防の上を上流に向かって歩き出した。一直線に伸びた堤防は向こうの方で春霞の中に溶けこんでいる。行き交う人もなく、川原では放牧された牛がゆったりと草を食んでいるだけで、何の音も聞こえず、あたりはシーンと静まり返っている。

やわらかい陽差しの中、棚びく霞は動かず、まるで夢の中をさまよっているような気分だ。羅南街道を輸城橋の所で現実に返りながら横切り、さらに上流へと歩いた。日紡の工場を過ぎた辺りで立ち止まったが、周囲はさきほどと変わらずかすかにヒバリのさえずりが聞こえるだけの実にのどかな、静かな春日和だった。足許に一輪の花が咲いていた。濃い紫色の花びら、オキナグサだ。四年生の理科の本に出ていたのを覚えていたが実物を見るのは初めてだった。そこから引返したのだが、この日の情景、感覚は六〇年を経た今も私の脳裡にしっかりと焼き付いてる。その後、輸城川で遊ぶのは河口から五〇〇メートル以内で、後年完成した咸鏡《かんきょう》本線の鉄橋より上流に行くことはなかった。

夏

雨の少ない清津でも時には大雨が降る。その雨が止んだ翌日、輸城川は増水し濁流渦を巻くという状況になる。木の枝や切株が流れて来ることもあり、飽かずに眺めていた。小学校三、四年生の頃だが、その時思ったのは、我々を楽しませてくれた魚たちはどうなっただろうということだった。輸城川での遊びに魚釣りは欠かせない。この魚のことが心配になったのだが、二、三日で元の状態に戻ったのを見て安心した記憶がある。

我々がドロバエと呼んでいた小魚（最大二～三センチ）は誠に貧欲で、ミミズ・カマボコ・チクワ・牛肉・豚肉、果ては蝿（蝿タタキでとったものを溜めておく）までが餌になった。これらの餌に優劣はない。何にでも食いついた。ある年（昭和一五年と思う）、何かの蛾の幼虫であろう三センチ位の黒い毛虫が異常発生し、堤防の上が真黒になったことがあった。一歩踏み出すと五～六匹は踏み潰すほどだった。これも掻き集めて餌にしたが、あまり気持ちのよいものではなかった。このドロバエ釣りは二シーズンほどで飽きてしまい、後は海釣りに変わっていった。

輸城川で泳ぐことはほとんどなかった。浅いこと、川底がヌルヌルしていたことが理由だった。河口防波堤の先へ行くと海は深く、手前は浅いので適当な深さを選んで泳ぐことができた。防波堤の途中から飛び込み、砂浜と平行に泳ぎながら苦しくなってくると砂浜に向かって泳ぐということを繰り返しながら距離も伸ばしていった。この砂浜の後に防潮堤があり、その内側に朝鮮油脂の工場があった。この工場は岸壁に面しておらず、鰯を直接加工する場所ではない。鰯油の加工工場のようだった。窓越しに試験管やフラスコなどが見えていた。後年、ソ連軍が上陸したという輸城川河口、漁港朝鮮油脂はこの砂浜のことだと確信している。普段は人通りもなく、ハマナスの小さな群落があり、六～七月頃紅い花を咲かせ甘い香りを漂わせていた。トゲが多いためか、触ると花びらがすぐ落ちるためか、花を摘む人はいないようだった。

秋

秋になると輸城川で遊ぶことはなくなり、海での釣りに代わる。河口防波堤でのアブラメ釣りが主体になるが、これがなかなか釣れない。一〇月末になると防波堤の先端でメンタイが釣れるようになる。朝鮮人の年寄りが釣道具を振子のように振りながら遠くへ投げ、数尾のメンタイを釣りあげていた。ある日、私の細い竹竿にメンタイが掛ったが、私の力では水面から引上げることができず逃がしてしまった。夜釣りではウレギ（和名ソイ・メバルの仲間）がよく釣れたが、危険だということで許してもらえなかった。昭和一八〜一九年頃になると釣道具の入手も困難になり、釣りに行く機会もだんだんなくなっていった。

冬

一二月、鰯漁が終わると林立する各工場の煙突は煙をほとんど出さなくなり、漁港の空も高く澄みわたる。輸城川の上空にはカモメが何百羽と固まって、輪を画《えが》きながら上空から低空まで大きな筒状になって飛ぶ姿が見られる。何のためにこのような群舞をするのか判らないが、鳴きながら、少しずつ場所を移動しながらいつまでも飛び続ける。このような固まりが二つも三つもできて、川の上はカモメで覆われる。

清津で鰯が獲れていた頃、冬の輸城川河川敷は鰯の〆粕《しめかす》の乾燥場だった。河川敷一杯にムシロを敷き、その上に砕いた〆粕を広げて乾燥させていた。大勢の朝鮮人女性が洗濯物を叩く棒のようなもので、さらに細かく砕く作業は見た目ののどかでもあり、輸城川の冬の風物詩と言えるものだった。何万坪か何十万坪か知らないが、河川敷の地面も見えないほどに敷きつめられたムシロと、それに広げられた〆粕、上空を舞うカモメの大群、この眺めは壮観でさえあった。しかしこの風景も鰯が獲れなくなってからは見られなくなった。

輸城川が凍結するのはいつ頃かよく知らない。もうそろそろ凍っている頃だと見に行って初めて凍結を知った。氷上での朝鮮コマは良く廻った。スケートは、氷の状態が良くなる冬休みか正月頃から滑っていたように思う。氷の厚さは三〇センチ以上になって、牛車が荷物を積んだまま渡れるという話だったが、実際に見たことはない。この時期、氷の下の流水は川底の砂が一粒一粒見分けられるほどきれいに澄んでいた。

ある年（昭和一五年一月か二月と思う）、輸城川の氷上で咸鏡北海の中等学校対抗スケート大会が行われた。途中の経過は記憶に残ってないが、最後の決勝は清津商業と会寧商業の一騎討ちになった。清商の選手のトップで一生懸命逃げ切りを計っているようだった。会寧商業は清商の後にピッタリ付けて離れず、子供の私が見ても十分余裕のある滑りをしていたが案の定ゴール少し前でスーッと清商を追抜き優勝してしまった。清商の選手は残念だったと思うが、誰が見ても力の差は歴然としていた。この大会が輸城川で行われたのはこの年だけで、翌年以降、別の川で実施されたのか、大会そのものが中止になったのかわからない。

氷が解け始める頃にいやな思い出がある。岸辺の水が使えるようになると、朝鮮人が犬の解剖をするのを何回も見た。皮剥ぎから始まって肉をとるまで、すべて川岸でやってしまうということだった。これを見た時は早々に逃げ帰ったものだ。食文化の違いと言えばそれまでの話だが、私共には到底容認できることではない。韓国ではオリンピックを機に禁止されたと聞くが、食糧難の彼の地では今どうなっているのだろうか。

砂丘

輸城川の河口の幅がわずか十数メートルしかなかったことをご存知だろうか。本来なら漁港側から対岸の西港防波堤の根元まで、数百メートルが海に向かって解放されていると思われるのだろうが、実際にはそのほとんどが砂丘で塞がれ、川の水は漁港側にわずかに残った狭い河口から海に注いでいた。幅が狭くなった部分（西港から伸びてきた砂浜の先端）の長さは三〇～四〇メートルしかなく、この部分は急に深くなり水が青々として川底が見えなかった。当然流れも速くなり泳ぐのは危険とされていた。

この砂丘と河口の関係は、時期や天候によって若干の移動・変化はあったものの、河口が大きく広がることはなかった。ある年の冬、河口全部がその沖合まで砂に埋もれたことがあった。川は凍っているとはいえ氷の下には水流もあるのに、これらの水はどこへ流れて行ったのか、また、この砂はどこから来たのか、輸城川で見た不思議な現象だった。

飛行場

清津飛行場も私共の遊び場の一つだった。漁港から歩いて一時間はかからなかったと思う。飛行場へ行くには輸城橋を渡って松坪まで行き、そこから右に入る道があったらしいが、私共は橋を渡るとすぐ右斜に近道をした。後年、科学博物館ができた場所の付近を通ったことになる。この途中で覚えていることは、湿地や浅い水溜りがあり、そこで手拭いを待って小鮒を追いまわしたが一匹もとれなかったこと位で、人家があったのか、どのような道だったのか、田畑があったのか否か、全く記憶がない。湿地帯を過ぎてさらに行くと幅が一・五メートルほどの農業用水路に行き当たった。用水路は水量豊かな清流で、まっすぐ松坪方向へ流れていた。中をのぞいてみると二〜三種類の小魚やゲンゴロウ、ミズスマシ等がたくさん泳いでいた。これらを獲ったり掬ったりしたらどんなに楽しいことかと子供心に興奮したのを覚えている。

ところがその翌年同じ道を辿った時、状況の激変に驚いた。水路に沿って数十戸のバラックが建ち並び、流れは下水道と化していた。水は白く濁り、川底にはいろいろなゴミが堆積し、岸辺には食べ物のカスが散乱していた。これが昨年見た、あのきれいな用水路かと一瞬疑ってみたが場所も変わらず水路が二本もあった訳でもないと思い直しはしたものの、あまりの惨状にただただ驚くのみだった。小魚も虫たちも一匹も姿が見えず完全に消滅してしまっていた。

公害という言葉もなかった時代ではあるが、人の都合だけを考えて、適切な管理を怠った自然がいかに弱いものであるかをはっきり見せつけた一つの例である。当時は大事な遊び場所・遊び相手を無理やり取りあげられたような淋しい思いと、どうして？　という疑問だけが残った。今思えば、当時生産開始に向けて突貫工事をやっていた日本製鉄の作業員増加や人口増が原因だったのかもしれない。

用水路を過ぎると飛行場は目前だ。小さな二階建ての管理事務所では赤白の吹流しが風に泳いでいる。右の方の格納庫には飛行機が二機入っていた。外には人影はない。格納庫に近づいてみると中に人がいて飛行機の整備をしていた。オズオズと中に入ったが誰も何も言わない。飛行機のそばまで行ったが叱られないばかりか笑顔をみせてくれた。安心して触ってみるとそれは布張りの飛行機だった。布をペンキで塗り固めたもので、それほど大きくない単葉の練習機のようだ。尾翼付近の胴体に満州飛行機と書いてあった。一緒に行った年長の者が、スピードは、エンジン馬力は、と聞いたが答えてもらえなかった。

運が良ければ飛行機の離着陸を見ることができた。ある時旅客機の着陸を見た。羅南の方向から飛んできた旅客機は飛行場上空を半周して着陸した。そして管理事務所のそばに止まり乗客が降りるまですべてを見ることができた。運がよかった。降りて来た乗客は四人だけで、タラップの下で何か二言三言話してから足早に管理事務所に入って行った。京城から来たと聞かされた大きな旅客機にたった四人は、贅沢だなと思った。後で判ったがこの飛行機はＤＣ－３型だったようだ。帰り道、一緒に行った仲間と、京城から清津まで飛行機代は幾らかという話になったが、勿論誰にも答えられなかった。しかし、旅客機の着陸を見たことで皆の気持ちは満ち足りていた。

飛行場には四～五回行ったが、柵らしいものもなく、いつでもどこからでも自由に近づくことができた。昭和一四～一五年、清津はまだのんびりしていた。

あとがき

私は昭和一四年六月（小三）から昭和二〇年三月（中二修）予科練に行くまでの五年一〇か月間、漁港に住んでいました。決して長い年月ではありませんが、ちょうど自分の意思というものを持ち始めた時期に当たり、その中で学び遊んだ貴重な年月だったと思っています。このようなことから漁港に対する愛着は今に至るも薄れることはありません。その漁港、輸城川にソ連軍が上陸し、戦闘が行われたと知った時は大きなショックを受けました。さらに最近機会があって、当時の戦闘の状況を記した資料を見ましたが、文中の漁港、輸城川という活字が躍り上がり、早く読んでくれ、早く早くと私に迫って来るように感じ、一気に読んでしまいました。読み終えると同時に漁港、輸城川についての様々な思い出が蘇り、それを何かに書き留めたいという強い思いにつながってゆきました。これは私の心に残る戦争とは関係のない平和な輸城川です。戦争があったからこそ平和な輸城川を書こうという気持ちになったのかもしれません。思い出すまま、思いつくまま、文章の上手、下手にこだわらず一気に書上げました。

なお、今まで清津に関する様々な記録資料を見ましたが、漁港や輸城川を主体にしたものはほとんどなく、私にとって淋しいことの一つでした。また、この近辺の地図や略図を見ても正しいものは一つもありません。道路・学校・駅その他すべて推測の域を出ていません。これは漁港に住んだことのない人の記憶ですからやむを得ないことと思います。これらも私の知る範囲で正しておきたいと思います。

（『天馬山』第十五号）

清津の山と海の思い出

佐藤 尚（第五期生）

新岩洞に住む

私は清津生まれですが、幼い時にそこを離れ、小学二年の二学期に戻り、新岩洞《しんがんどう》の祖父母の家に、兄と預けられました。翌年三年生の時だったか、春早い頃、遠足で山に行って、小さな花がたくさん咲いている広い台地でその花を摘んで遊んだ記憶があります。花は、白、黄、ピンクと色とりどりで、たくさん咲いていました。丈が短くて、雪割草と呼んでいました。その光景は、今もあざやかに浮かぶようです。その台地から急な坂を下ると、小川の流れる谷になっており、そのずっと先に広い海岸がありました。長浜と呼んでいた所で、ここも、後に遠足で来て、ウニや貝を採った懐かしい場所です。

鈴蘭の群生地

ある時、祖父に連れられて、山に行ったことがあります。かなり山奥へ入ったような感じでした。山道をはずれて、小径をしばらく下ると、広い静かな平地に出ました。そこは、鈴蘭の群生地でした。背の高い木が点々と生え、靄《もや》がかかったような景色の中、それこそ足の踏み場もない鈴蘭の花園でした。花を抜き取り、花束にして持ち帰ったことでしょう。その後、山へは何度も登りましたが、二度とこの場所に行き着くことはありませんでした。

祖父の山

新岩洞の祖父の家から西へ廻って、小学校のある谷の奥に、祖父の山がありました。三〇メートルほどの高さだったでしょうか。傾斜地に段々畑があって、イチゴ、トマト、桃、梨、りんご、大豆などを祖父が育てていました。桃のなる季節には収穫して、祖母がジャムをたくさん作っていました。甘い香りが家中に漂いました。

夏の終わり頃、私は一人で山に行き、篭いっぱいに枝豆を採って帰ると、夕食にほかほかの茹でたてが供され、ふうふう言いながら食べました。トマトのなる季節には、祖父が小皿に塩昆布と醤油を入れ、トマトの輪切りを浸して、酒の肴にしていました。

祖父が叔父と一緒に、鉄砲を持ってカササギを撃ちにこの山に行くのについて行ったことがあります。鉄砲を撃つ音が山に轟いて恐ろしかったです。

兄の持ち帰った蝶の標本箱

やがて、祖父母は故郷の広島へ帰って、両親と共に暮らすようになりました。兄が清中を休学して広島で一年近く療養して帰ってきた時に、蝶の標本箱を持ち帰ったのです。母も私もその美しさにびっくりしました。それから母に捕虫網を作ってもらい、兄と二人で日曜ごとに山に行きました。また母に手伝ってもらい、ダンボール板とガラス板で標本箱を作り、蝶の羽を広げる展翅板《てんしばん》も作りました。展翅に使う針や防虫薬も揃えました。

蝶の採集

ある日、山からの帰り道で町が見える尾根道を歩いていた時、ふと兄が道の近くで見つけて捕らえた蝶は、大型で翅が透き通った、赤い斑点のある印象的な個体でした。買ってもらっていた日本蝶類図鑑で調べると、オオアカボシウスバシロチョウでした。日本にはいない蝶です。なお、赤い斑点のない中型の同種の蝶なら日本にもいます。

ある早春のうららかな日に、一人で奥山に登ると、尾根の斜面に低い潅木が花をつけている上を、小さなものが飛んでいました。夢中になって捕えたのが、黄色の地に黒のだんだら、赤や青の斑紋が美しい蝶でした。図鑑で知っていたヒメギフチョウでした。ギフチョウの近縁種で、日本には両方が住んでいます。日本で最初に見つかったのが岐阜県だったので、この名前がついたそうです。なお、ギフチョウは日本にしか生息せず、両種ともだんだん数が少なくなっているそうです。

また夏の晴れた日、例の台地から坂を下って、長浜へ至る谷間の小川のほとりで水を吸っている蝶を見つけました。見たことのない蝶でどきどきしました。そろそろと近づき、慎重に思い切りよく網をかぶせると採れました。黒地に黄色の横筋が三本ある蝶で、図鑑には写真が載っていませんでした。最近、図書館で調べた結果、アジア大陸にいるキイロミスジチョウに間違いないと思います。日本には同種の蝶がいますが、スジの色がすべて白です。

同級生、松山君

清中一年の時、韓国の松山君と記憶する同級生と二人で、山に蝶を採りに行きました。よく晴れた日で、山にはつつじの花が満開でした。赤紫色の玄海つつじ、薄紅色の黒船つつじの両方が一面に咲く山の頂上の岩場の上で、アゲハチョウが舞っていました。私がいくら捕虫網を振り回しても、飛んでくる蝶を捕らえることができませんでした。ところが、松山君がやってみるというので網を貸すと、尾根の上で待ち構え、下から上へ網をさっと振り上げ、見事に仕留めたのです。

彼は、背が高く、ハンサムな少年で、彼の家に遊びに行ったことがあります。丘の上の白い洋風の家で、立派な子供部屋で話をした記憶があります。その時、山に行こうということになったのでしょう。

赤松林のキノコ

夏の終わり頃でしょうか、兄と例の台地に行ったことがあります。長浜に通ずるあの台地です。あまり大きくない赤松の林があって、その地面にキノコがたくさん生えているのを兄が見つけました。褐色の平たい傘のあるキノコでした。食べられるかもしれないと思い、二人でせっせと採って持ち帰りました。入れ物を持っていかなかったので、もしかしたら取りに帰って再度出掛けたかもしれません。しかし、そのキノコが食卓にのぼることはありませんでした。母がおそらく料理しなかったのでしょう。

防波堤で釣り

ある日、父と二人で釣りに出掛けたことがあります。朝早く、まだ暗い港の防波堤の上から長い糸を垂れて、手釣りをしました。餌は、毛蟹の身ではなかったでしょうか。待つこと久しく、私の手にぐっと引く感触があり、急いで糸を手繰ると、メバルでした。赤い、結構大きな魚でした。その日の獲物は、これだけでした。

その防波堤に立石君とスケソウダラを釣りに行きました。あちらではメンタイといっていました。昼間でしたから、日曜だったのでしょう。港の内に係留された船の上からも、大勢の男たちが釣っていました。私たち二人が釣れたかどうか、はっきりした記憶がありません。先日、立石君に電話で尋ねたところ、一、二匹釣れたのではないか、といっていました。

高抹山の岬の灯台

立石君と、高抹山の岬の灯台へ遊びに行ったこともありました。行きは、山の上の道を通り、帰りは沿岸沿いで、大勢の男たちが働いていて物々しい感じの場所がありました。そこで、将校に出会い、二人で敬礼をしたと立石君が記憶していました。きっと、軍関係の工事が行われていたのでしょう。灯台の近くの切り立った崖を降りると、そこは人が滅多に行かない岩場で、池のような海水の溜まり場がありました。そこに、ウニがいました。紫ウニ、馬糞ウニが手を伸ばすと捕れました。石で割ってみると、馬糞ウニの方がたくさん身が入っていました。身を食べてみましたが、あまりおいしいとは思いませんでした。立石君が一メートルほどの棒の先に糸をつけて、貝の身か、なにかの餌をつけて釣りをしたところ、二〇センチくらいのアブラメが釣れました。

松根油採取

清中で、全校生徒が松根油を採るための遠足に行った時のことです。長い列を作って歩いていく途中、見晴らしの良い尾根に差し掛かった時、いきなり間近に大きなノロが立ち上がり、あっという間もなく、斜面を駆け下りて見えなくなったことがありました。

後年、私が勤務していた会社と同業の会社に第四期生の飯澤政夫氏がおられることがわかって、お会いした折に、その光景のことをお話ししたところ、氏も鮮明に覚えておられました。私の記憶が夢・幻ではなかったのだなと嬉しかったです。

（『天馬山』第二十二号より）

「清津」を想う

京谷　乙彦（第一期生）

寒くなると家にいることが多い。雪になるとますます外出が億劫になる。老人には外出する用件が極めて少ない。身体によくないことは十分承知しているが、どうしてもコタツに入ってテレビを見る時間が圧倒的に多い。昨今、当地のごとき田舎でもケーブルテレビが普及し、チャンネル数が結構多く退屈はしない。昼は一人、夕方になると同居している孫娘が帰宅するが、これも自分のテレビを持っているので当方としては何の気兼ねもなく、チャンネルを独占使用している。

ところで、昨年以来一貫してテレビ番組のテーマに取り上げられてきたのは、北朝鮮であろう。これは小泉さんの訪朝、拉致問題等で国民のあらゆる階層から注目を浴びた結果で、何しろ他に類を見ない情報閉鎖国家だけにその結果が期待された。

平壌の風景や市民生活の一端は以前、日本からの訪問者たちが撮影したビデオで紹介されている。ただし、これらは絵葉書か、見合い写真のようなもので、見た人に何の印象も与えない。豆満江《とうまんこう》の中国側からみた対岸の北朝鮮の風景も似たようなものである。かつて、清津を訪問した人の報告を読んだ記憶では、街頭を歩く人が意外に少なく、老人、子供はほとんど見当たらなかったとのこと。恐らく、ある基準以外の人には訪問団が去るまで禁足令が出されていたのではないか。外国人だけではなく、中央の偉い人の来訪の場合もそうだっただろうと考えられる。

ところが、昨年の秋（正確な月日は失念した）衝撃的な映像が某民放テレビで放映された。アナウンスで北朝鮮第三の都市、清津（人口五千万人）と説明があり、一つは清津駅前広場の雑踏の中で誰も振り向きもしない行き倒れの男性の死体、二つ目は慌しく人が行き交う道路わきに仰向けに倒れた姿のまま動かない女性、最後にいわゆる自由市場の店先をうろついて食べ物をあさっている複数の浮浪児の姿であり、それを平然と眺めている大人たちの姿である。ひそかに盗撮されたもののとのこと。六〇年前、日本の敗戦直後の東京、大阪の街頭風景を思い起こしてもこれほどのことがあったであろうか。このような状況が日常化しているとすれば、北朝鮮の体制崩壊はさして遠くはないと思わざるを得ない。それにしても、平壌と清津の落差の大きさは何としたことか。このような結果をもたらした為政者の責任は重大である。

（『天馬山』第十八号より）

キムチと私

杠《ゆずりは》　暁子（準会員）

キムチとの出会い

清津の浦項《ほこう》町に住んでいた昭和一五年の頃の話です。お隣さんは日本人でしたが、裏の方には朝鮮人が住んでいました。私の家には台所に水道があり、排水設備も良く、汚水は排水溝を通して流れるようになっていました。裏の現地人の住まいは広いところに水道が一か所あり、それを共同して使っていました。汚水排水も設備はなく、そのあたりの土地に自然に流れていました。

しかし、そこに住む人たちは楽しそうに野菜を洗ったり、パンパンと朝鮮流の洗濯をしたり、それはちょうど、路地裏の井戸端会議で日常茶飯事でした。冬になると排水が氷となって子供たちの遊び場となり、滑ったり、独楽回しをしたり、思いがけない運動の場になったりしていました。氷の下には野菜の切れ端、魚の骨、米粒などが流れ、それはちょうど氷の上から水中花のように見えるのも面白い光景でした。

秋になると現地人は競って白菜を買い、その広場はキムチの準備で賑わいました。母はその仲間に入り、本場のキムチの作り方を教えてもらったようでした。教えてくれたオモニたちも母が仲間入りしたことを喜んで、完全にでき上がるまで親切に伝授してくれました。母もきっと「コマスニダー」の連発だったと思います。

キムチのできるまで

清津では立派な白菜が入手できました。浦項小学校の通学路に沿って、大きな白菜やキャベツ畑が並んでいたことを思い出します。あの頃は人糞肥料に農薬なしの時代でしたので、白菜やキャベツの外葉はまるでレースのように虫食いになっていましたが、中側はみずみずしく立派でした。そのようなことは当時では当たり前のことでした。

一か所を八等分して中側を上にして太陽に干すこと二日間、水分を蒸発させることで甘みが出るのだそうです。キムチ用の壺がないので、母は味噌ダルを代用して漬けることにしました。塩漬けにすると一週間で水が上がってきて、塩漬けができ上がり、これをいったん笊《ざる》に明け、水を切り、今度は本格的なキムチ漬けが始まります。朝鮮の赤唐辛子粉、ニンニク、あみの塩辛、ネギ、さくら海老、生姜、なし、りんごを混ぜ合わせたものを白菜の一枚一枚の葉の間に塗り込み、最後の葉先を折ってすっぽり包み込むように樽に漬け込むのです。

私にとっては馴染めないキムチ

しかし、私はそのキムチを一口も食べる気持ちになれなかったのです。つい顔を横に向けてしまう。赤々とした唐辛子、子供の食べるものではないニンニクの香りが鼻につく。みんなが美味しいと食欲をそそる一品と喜んでいるのに、申し訳なく情けないことでした。せっかく喜んでいた母に対しても申し訳なく思いました。

それは、そもそも昭和一四年、朝鮮に引っ越してくる時に関釜《かんふ》連絡船に乗った時、いままで感じたことのない臭い匂いを感じ、それ以来その匂いを自分なりに排斥しようと顔を顰《しか》めるのでした。母から「そんな顔をしないで」と注意されましたが、トラウマのようにそれを敬遠することはいまも同じように続いているのです。

最近のキムチ料理

最近のキムチブーム、キムチを使った料理がなんと多いことでしょう。キムチ鍋、キムチ餃子、キムチスープ、キムチおじや、キムチパスタ、キムチパンなどのバリエーションとして料理メニューが盛んになっています。

そろそろ試してみようか？　と思っていますが、どうも赤々とあの匂いは未だにどうしようもない。一歩踏み込む勇気がない。

誰かさんがいっているでしょうね、あんなに美味しいキムチを、どうして？　情けない私です。

（『天馬山』第二十一号より）

第2章

清津中学校での学び、学友、先輩

母校「清中」

佐藤　喜昭（第四期生）

清中時代の想い出の一つに、全校マラソン大会がある。『天馬山』第五号に飯澤君も書いておられたが、生来の鈍足で全校一チビだった私には、聞いただけで寒気がする行事だった。見上げるような大男揃いの上級生たちと同じ距離を走らせるなんて無茶な話、と田島先生を恨んだものだ。

スタートからしばらくは、滝沢君、石田君たちと一緒に走っていたが、二人が腹を抱えて休んだのに、私は調子よく走り続け、途中で休んでいた南君と安川君がサポートしてくれた。この二人は今どこにいるのだろうか。確かゴールの手前に長い橋があったと思うが、この橋付近で安川君が脱落、南君は私をおいて走っていった。ゴールでは、全校で四六位か、六四位で、一年生では六位、田島先生に褒められたのを記憶している。走ることで褒められたのは、後にも先にもこれ一度だけ。このマラソンの途中で、三期生の大見さんから「チビ頑張れ」と励まされたのも懐かしい想い出である。

一学期の夏休みに、陸軍偕行社大阪山水中学校という勇ましい学校に転校したが、父の転勤は六月末頃に決まった。その旨担任の田島先生に報告すると、「内地の学校は勉強が進んでいるのだろうから」と、体育、美術、生物等の授業を免除してくれて、その時間に国語、英語、代数、幾何の特訓を各先生にお願いしてくれて、親切に指導して頂いた。諸先生に心から感謝御礼申し上げます。

最近物忘れがひどく、ボケの前兆が、いよいよ粗大ゴミかと悲観していましたが、『天馬山』を一読して、清津時代のあの時その時、憧れの女性の顔、生まれ故郷京城竜山地区の陸軍官舎の馬小屋まで想い出していました。役員の皆様の御努力、御苦労に感謝致します。

（『天馬山』第七号より）

清津中学の思い出

榎本 武弘（第五期生）

私は昭和六年清津の大和市生まれ、清津小学校入学は昭和一三年です。昭和九年清津中学校入学ですから、敗戦時は二年在学中の五期生です。一年生動員はなく、国防色の布製カバンに戦闘帽姿で学校まで一二キロあったと思いますが、徒歩通学の毎日でした。

学科の中で教練は、鈴木教官でしたが、銃剣術の基本を習ったように思います。体操はいつも元気のよい田島先生で、裏山へ登山とマラソン練習で鍛えられました。英語は年配の佐藤先生でしたね。炭焼のお話がありましたが、私たちも運び役で体験しました。炭俵を背負い急な山坂道を二回通いました。一度は帰路の途中にノロを見つけ、ノロ狩りとなったこともありましたが成果はゼロでした。

なぜか強く頭に残っていることで、入学間もなくのこと、学校の裏山で上級生による下級生への制裁（下級生を並ばしてビンタを食わす）があり、私たち新入生は見て居るだけで終わりましたが、今頃のイジメとは違ってサッパリしたものでした。

二年生になってからはB29の空襲にもめげず、ただ勝利のみを信じて、学徒動員に連日汗を流したことは忘れられません。動員は、清津駅と輸城駅の中間に臨時の駅ができ、そこから日本の原鉄工場へ汽車通勤であったように思います。作業は二人が組になって木製の箱の鉄粉を混合機に搬入する単純作業でしたが、大変苦しかったように思い出します。

清津脱出は、東海岸の日本人墓地～西水羅～輸城～羅南～朱乙《しゅおつ》（列車に乗る）元山《げんざん》へ、元山～京城～釜山～博多（二〇年一二月五日上陸）。帰国までの経過は、会誌『清津』平成五年夏号で小林光様の詳しい記録と同じ体験で、ここでは省略させていただきます。

ただ、輸城駅の記憶について、清津脱出後、一三日の夕方と思いますが、徒歩で輸城駅に到着、駅は列車に乗る避難民で大混乱となっておりました。結局列車は発車できないままで一夜を明かすことになりましたが、夜中一二時頃と思いますが、突然にソ連の艦砲射撃が始まり、駅はたちまちに、パニック状態となりました。ちょうど輸城からその光景を見ると、射撃の目標は清津中学校の方向に当たり、まさに、先の湾岸戦争のテレビ画面を思わせる砲火であり、やがて火災が発生して夜空が真赤に燃えていたことを思い出します。後に校舎全焼を知り高台にあった校舎に思いを寄せました。輸城から列車に乗ることはできず、翌朝、ソ連機の攻撃を受けながら羅南を通り朱乙まで歩きました（朱乙は、温泉と朱乙饅頭で有名という記憶があります）。

父が大和市で印刷業をしておりましたので、近くの清津神社では小学校の頃からよく遊んだものです。

皆様も太鼓橋はご記憶あると思いますが、いかがでしょうか。この橋の下を通り抜けますと燈台へ通じる道となっております。私たちは小学校の頃、この辺から目賀田《めがた》町の消防署付近まで坂道を竹スキーでよく滑ったものです。お蔭でこの当時からスキーの勘が身についたので現在に至るまで毎年広島県北のスキー場へ滑りに行っております。

（『天馬山』第六号より）

ある先輩への便り

石川一郎（第三期生）

拝啓

突然のお便り御許し下さい。私は、清津中学校で大変お世話になった、後輩の石川と申します。藤原さんから、先輩がお元気なことを伺って一度お便りを、と思っておりましたが遅れてしまって申し訳御座居ません。

実は、清津から引揚げた時に持って帰った、ぼろぼろになった小さな手帳の中に、次のような一文がありました。

「おらも大きくなったら柳生様のようになろう」

「そんな小さい望みを持つんじゃない」

「え！　……　なぜ？」

「富士山をごらん」

「富士山にはなれないよ」

「あれになろう、これになろうと焦るより、富士山のように黙って動かないものに作りあげろ。世間に媚びず世間から仰がれるようになれば、自然と自分の値うちは世の中の人が極めてくれる。多難に克ち、忍苦を求め、自分を百難の谷底へ捨ててみねば、その修業に光はついてこないのだ」

御記憶でしょうか。これは、先輩が、卒業の時、記念に色紙に書いて下さったものを感激のあまり、手帳に写しておいたものです。そうして、岩切だったかの代数、幾何の問題集も何冊か戴きました。あの年には、五年生と四年生とが同時に卒業され、できたての講堂で卒業式が行われたのを今でも覚えております。急に上級生がいなくなり、最上級生になりましたが、ほとんど授業はなく、輸城平野の砂漠の中にできた、日本原鉄という小さい製鉄所への動員と、教練に明け暮れ、家が班竹町で学校に近かったため、空襲があるとゲートルを巻き、深夜登校して校舎の警備をさせられました。機雷を投下し終わったB29が、月夜に北の方に飛び去って行くのを眺めたものでした。それでも、戴いた問題集を一人で勉強し、後で随分役に立ちました。日本に帰り、田舎の中学に入れて貰いましたが、成績はトップクラスを続けることができました。皆、先輩のお蔭と感謝しております。その他、手帳には、字が薄くなっておりますが、原子記号、原子価、化学反応式、物理の公式がたくさん書いてあり、清津中学であったことが次のように、箇条書してあります。

灯台廻り（商業に間借りしていた頃、田島先生の号令で、体操の時間にマラソンで高秣半島の一周をやらされました）

移転（新校舎ができて引っ越しのこと。昭和一七年だったと思います。移ってからは校庭の地均《じなら》しの作業が続きました）

査閲（羅南から佐官級の軍人が来て、校庭で分列行進、演習があり、最後に「概ね良好」との講評を貰いました）

動員（最初は、港でもっこを担いで塩の荷役作業でした。それから、三菱での三交代での挿入の仕事、ホッパーの下まで電車を運転して、鉱石、石灰、石炭を規定の重量だけ積み、ロータリーキルンに挿入する仕事で、飯が不味くて弱りました。四年の時も製鉄所だったので、治金については随分勉強になりました。仕事で、川鉄やＮＫＫに行っても、クルップレンの直接製鋼法を知っている人は居ませんでした）

科学博物館（飛行場の近くにできた科学博物館に行き、物理か化学の授業が時々ありました。外に、戦利品のカーチスＰ－40が展示してあったことを覚えています）

富寧行軍、白茂高原への行軍（三八銃は重かったのでした。口径が六・五ミリだったこと、九九式が七・七ミリだったことを最近知りました）

体力検定（土嚢を担いで走ったり、手榴弾の投擲《とうてき》、懸垂など鍛えられました）

国体詩（「ばくたり……」のばくの字はワープロにはありません。倉田校長になってから、斉唱はなくなりました）

実践要目（毎週、最上級生の週番がその週の実践要目を朝礼の時に発表しました）

まだ、書いてありますが、このくらいにしておきます。

八月一三日、ソ連軍が上陸して来ました。すぐ学校に駆けつけました。武装して下級生を引き連れて交戦することになると思いましたが、校舎には誰もおらず、校長室に「各自避難せよ　校長」との張り紙があり、いささか拍子抜けの感じでしたが、家族と避難しました。城津の方にも上陸しているとのことで、逆に、古茂山《こもさん》、茂山《もさん》へと脱走、白茂線で白岩、吉州と南下、終戦を知ったのはだいぶ経ってから、どこかの山の中でした。羅南の部隊がすぐ撃退してくれると思って、着の身着のままだったので、終戦を知って清津に荷物を取りに引き返した人たちもいましたが、「今さら、戻ってもしかたがない」との父の判断で南下を続け、三八度線が決まる前には、南に下がっており、その年に家族無事引揚げができました。後で、笠原さんから教えてもらったのですが、終戦の年に受けた陸軍士官学校に笠原さんと二人で合格していたそうで、指示があったら龍山に出頭することになっていたそうです。終戦がもっと遅れていたらどうなっていたかと思います。

父が医者だったので、後を継ぐつもりでおりましたが、医学部は落第。あまり、親父の脛《すね》を齧《かじ》っている訳にもいかないことと、清津に入っていた〝月山丸〟〝満州丸〟などの船が好きだったこともあり、造船の方に進みました。卒業の時は、ちょうど造船疑獄で、造船所も船会社も求人が少なく、政府に代わって船の検査をしている「日本海事協会」に就職しました。各地を転々として、ヨーロッパには四年駐在させられました。ずっと不況が続いた造船界も定年の頃から忙しくなり、今は、常勤嘱託ということで、半分以下の給料で以前と同様、毎日勤めております。責任がなくなり、決断をすることもなく、気楽ですが兵隊がいなくなり皆自分でやらねばならなくなりました。金曜日は、講師として、横浜国大で造船の講義をしています。この大学は定年が六五歳なので、まだ二、三年続けることになりそうです。子供よりも若い学生と一緒に勉強をやり直すのも、ぼけ防止で悪くないものです。海洋船舶工学科には各学年に二、三人の女子学生がいます。先日、帆船〝日本丸〟で、今年商船大学を卒業し、航海訓練に入る学生に船の検査について講義をさせられましたが、やはり、女子が数名おりました。教官の話では、マスト登りもやるし、勉強も良くやり、成績は男子より良いそうです。我々の若い頃とは大違いですね。本船は今、カナダの訪問を終わり、帰国中です。

高張力鋼の大型タンカーの亀裂問題がやっと片付いたと思ったら、最近、老齢大型船の全損事故が続き頭を傷めております。一方環境保護、オゾン層の問題で、冷凍コンテナ、冷蔵船の冷媒、防熱の現場発泡、消火剤ハロン、ディーゼルの排気ガスなどの難問も続いております。

とりとめのないことばかり書きましたが、一度お目に掛かって、昔、お世話になった御礼を申し上げたいと思っております。

残暑酷しき折柄、御自愛のほどお祈り申し上げます。

敬具

一九九二年八月二三日

(『天馬山』第十一号より)

清津あれこれ

木場　雄俊（第三期生）

「清津あれこれ」の最終回にあたり、清津の想い出について記しておこう。それは、僕なりに記憶し、勝手に名付けた〝三つの事件〟のことである。

その一つは、〝踏み絵事件〟であり、二つ目は、〝国語常用事件〟、三つ目は〝教練哀号事件〟である。

以下、遂次記憶をたどると次のような〝事件〟をめぐる問題点が浮上してくる。

踏み絵事件

朝鮮銀行の横から、北星町に通じる坂道を上っていくとその突き当りに帝国館（映画館）があった。あれはいつ頃のことだったのか、いまでは、まさに往時茫々……定かではないが、おそらく太平洋戦争（大東亜戦争）が勃発した一九四一（昭和一六）年の一二月も暮れ、明けて一九四二（昭和一七）年になってからだと思うが、地元紙・清津日報に「ケシカラヌ女学生」といった意味の記事が掲載された。

その大要は「帝国館の入口に描かれた敵国英米、すなわち米国の星條旗と英国のユニオンジャックを踏まずに、これを避けて入場した女学生がいたのは問題である」というものであった。この記事を見て、僕も帝国館へ行ってみたが、なるほど入口のタイルに描かれた敵国・米英の国旗は、いかにも生々しく、かつ毒々しいものであり、〝一億一心火の玉だ！　鬼畜米英を撃て！〟と鼓舞されても、当時「良妻賢母」の教育のもと「軍国の母予備軍」としての女学生ならずとも、二の足を踏む態のものであった。

なぜ、このようなことを覚えているかというと、親父が「そこまでして敵愾心をあおるとは……」と、吐き捨てるように言った言葉が今でも耳朶《じだ》に残っているからだ。当時、本業のほかに、剣道の教師をやっていた親父としては、武士道にもとづき正々堂々の聖戦を進めるべきであり、敵国の国旗を婦女子に踏ませてまでも戦威高揚を企図する軍部の姑息な手段に批判的だったのでは……と思料する。

さて、本題にもどって、この帝国館の事件は、僕としては、あのキリシタンの〝踏み絵事件〟と重なって、今でも生々しく想起されるのである。

国語常用事件

太平洋戦争下、初の東京空襲は、開戦から四か月目の一九四二（昭和一七）年四月一八日、米空母ホーネットから発進したドウリットル中佐の指揮するB25爆撃機一六機によって行われた。このショッキングなニュースについて地方紙は、かべ新聞速報で「敵機帝都を盲爆・被害僅少！」と報じた。

この時の中学生の言動をめぐって〝国語常用事件〟が惹起された。僕のうろ覚えだが、二期生の朝鮮人学生が、この「東京初空襲」の速報をみて、友人と「いよいよ面白くなってきたな」と会話したのに対し、民衆の動向監視のために張り込み中の憲兵に訊きとがめられ「貴様！　面白いとはどういうことか」と詰問されて、事件の発端となったらしい。

これらの言動について地方紙は、女学生の心配した「竹の園生（宮城）は無事だったかしら」を取上げ、この女学生の赤誠《せきせい》に対し、中学生の不忠・非国民的発言に怒りを覚えると共に、非常事態に対する感覚を憂うると一転〝踏み絵事件〟の女学生の株が上がり、一方、当時猛訓練下にあった中学生の株が下がるといった状況が出現した。

この〝国語常用事件〟の結末は、当時の山川虎之助校長が「国語常用と言っても、現実には、日本人も外国語を十全に駆使し得ないのと同様に、朝鮮人学生が、すべての日本語のニュアンスについて正しく表現できる訳もなく、その片言隻句をとらえて、非国民呼ばわりは如何なものか」との立場から「清中としては、現在、鉄の訓練・教育の途上にあり、教育のことは教育者にまかせて欲しい」ということで、憲兵隊より、くだんの学生の身柄を引き取り、教育者として教え子を守ることに挺身したという。僕の記憶では、あまり人を褒めたことのない親父が「山川校長は立派なものだ。これこそ真の教育者だ」と言った言葉が、今でも脳裏に残っている。

教練哀号事件

清津の厳冬。校庭を突風が吹き抜け、その隅のそこかしこで、小さな旋風が枯葉を巻きあげていた。その日の時間割は、一時限・修身（倉田校長）、二時限・国語（大西先生）、三～四時限・教練（赤坂教官）であったと記憶するが、この日に限って大西先生は、終業ベルが鳴っても授業を続けた挙句「何か質問はないか」と問うた。これを受けて、誰かが「ネコのヒタイのヒタイとは、漢字でどう書くのですか」と質問。この「ネコ質問」に、教室がどっとわいた。この時、ネコこと大西先生は、ムッとした表情はしたものの、黒板に「額」と書き、「これがヒタイという字だが、ヌカズクとも読む」として、國学院的授業を終えた。

次は教練だ。国語の授業中からゲートルを巻きあげていた僕や要領のいい奴は、直ちに駆け足で校庭へ集合、素早く所定の位置についたが、もたもたする奴もいて、全員が整列・点呼となった頃は、相当時間が経過しており、いらついた赤坂教官殿は、全身でそのいらだちを表していた。

週番が第二学年総員五〇名、現在員四八名、欠員二名は病欠、以上番号の号令のもと、一、二、三、四ときて五番が「コウ」と発音。その声は、突風に吹かれて「コウ、コウ」と裏山に哀れにこだました。

と、その時、赤坂教官が「番号もとい」をかけた。その命令に応えて週番は「番号もとい」を復唱。

一、二、三、四、コウと三回繰り返された時だった。赤坂教官は、やにわに帯剣（昭和刀）をはずし、五番の学生を打ちすえたところ、何と五番の朝鮮人学生が〝哀号〟と叫んだから大変。あとは悲鳴の〝哀号〟となった。それは一分隊での出来事であり、僕らチョコマンの第四分隊では、朝鮮の学生が濁音が苦手なことぐらい浦項町の住人（赤坂教官の家は浦項町の酒屋だった）なら知っとろうがと波紋がひろがった。

今考えると、当時はすでに学徒出陣があり、朝鮮にも徴兵制が強制され、〝撃ちてし止まむ〟が叫ばれるなど、戦時体制がますます強化される中、配属将校の権威が高まり、それらの雰囲気に対抗する大西先生の意地が、教練時限くいこみの授業延長となったのではないかと考える。

また、一年の時の平教官は中尉であり、二年になっての赤坂教官が少尉だったため「なあんだ少尉か」といった中学生特有のバカにした態度に傷痍軍人・赤坂教官のウッ屈した心情が暴力的対応となって噴出したのかも知れない。

ただ、いずれにしても、この〝教練哀号事件〟以降、僕は赤坂教官が嫌いになり、通学の途中、赤坂酒店前では、必ずツバを吐くことにした。ところが、この事件のあと、すぐに家庭の事情で転校ということになり、赤坂教官とオサラバできてよかったと思っている。

しかし、この〝教練哀号事件〟を想い出すたびに、戦時中の圧政・戦後の混乱を生き抜き、古稀を迎えたいま、なんだか僕自身が〝哀号〟と叫びたい気持ちだ。この気持ワカルカナ！

（『天馬山』第十三号より）

清中ラッパ部

飯澤　政夫（第四期生）

清中ブラスバンド部

入学式直後の初登校日、当時四年生だった第一期生の金城さんが一年生に教室に来て私を呼び出し、「おまえ、ラッパを吹くんだろう」と問いかけてきました。「はい」と返事をすると「よし、ブラスバンド部へ来い」といわれ、その場から楽器を置いてあった部屋へ連れていかれました。そこでトランペットを渡され、言われるがままに吹いてみました。音は出たものの当然のことながら音の良しあしなどわかりません。金城さんは「お前は肺活量もあるようだから、次の練習から出て来い」といい、こうして私のブラスバンド部入りが一方的に決められました。上級生のいうことは絶対です。しかし、入部勧誘とはいえ、入学してすぐに最上級生から名指しで声をかけられたことが嬉しくもありました。ブラス部に他に誰がいたか全く覚えていません。

私の家には次兄が修学旅行で買ってきたという小さなラッパがありました。漁港に移ってからは、埋立地の原っぱで近所迷惑を気にすることなく、気の向くまま、暇つぶしにラッパを吹いていました。これは飽くまでも自分だけの楽しみであって、誰に聞かせるというものではありません。上手、下手など問題外のことでしたが、中学に入る頃にはある程度吹けるという自信らしいものはありました。このような状態の中、私がラッパを吹くことを金城さんはどのようにして知ったのか今もって謎です。第一期生の富春さんが私の家の近くに住んでいたので、この人から聞いたのかなとも思いますが、入学してすぐのことですから漁港のラッパ小僧が清中に来たことはまだ気づいてはいなかったと思うのですが。

ブラスの練習が二度行われ、「君が代」のレドレミソミレとピストンの動かし方を覚えた時、「ブラスは敵性楽器を使うからダメだ」という理由で、ブラス部は解散になりました。今思えば、何と偏狭な思考回路かと思うのですが、当時はこんなことが当たり前のこととして罷り通っていたのでしょう。

ラッパ部に入る

この直後、ラッパ部長だった藤川さんから声をかけられ、ラッパ部に入りました。ここでも上級生は絶対で、断ることなど考えられません。清中ラッパ部は藤川部長のもと宮地さん、義川さん、富田さん、志賀さん、の五人のメンバーに私が入って六人になったと思っています。これで三人ずつ交代で吹ける体制が整った訳ですが、その一人が一年生では周辺の人はさぞ心もとなく思ったことでしょう。このような状況の中、義川さんが新入りの私に何かと気配りを見せてくれたことは忘れません。

この頃の清中ラッパ部は立ち上がりが遅かったためか、商業、水産に比べて人数も少なく、技術的にも一ランク下に見られていました。商業が一番上手で、水産がこれに匹敵するという評判でした。水産は部員数が多く、下級生部員は表舞台に出してもらえないということも聞きました。この点、私はラッキーでした。工業、師範のことはほとんど話題に上がりませんでした。このように見てくると何のことはない、学校創立順にランク付けされていたことに気がつきます。

練習は放課後、校舎左側の崖の上でやりました。学年別で放課時間が異なるので、部員全員が揃うのを待ってから始めました。曲は「陸軍の行進ラッパ」「君が代」「海行かば」などでした。ラッパ部としての正式の出番は、校内での分裂行進、この時は隊列から離れ、指揮台の横に並んで、行進ラッパを吹きました。国旗掲揚の時は「君が代」です。神社参拝や行軍の時は隊列の先頭に立って、出発時と到着前の「歩調とれ」の号令と同時に吹き始めます。各学校との合同行事などで、他校のラッパを聞く機会も何度かありましたが、自分たちが他校に劣ると思ったことは一度もありません。このことは清中ラッパ部の名誉のためにも声を大にしていいたいことです。

ある日、宮地さんから水産ラッパ部の人の話として、「清中ラッパ部に一年生もいるということだが、上手くなったな」といっていたと聞かされました。私は清中ラッパ部よりも一年生が褒められたような気がしました。

練習はもともと少ない曲目を繰り返すだけでしたが、二学期に入ってから「海軍の行進ラッパ」がレパートリーに取り入れられ、宮地さんが主体になって部員に教えました。宮地さんがこの曲をどこから仕入れて来られたかはわかりません。

私が二年生になってからは上級生の工場動員が始まりました。このため部員も揃いにくくなり、練習回数も少なくなっていきました。昭和一九年一〇月、藤川部長が予科練に行ったので、宮地さんが部長になりました。
私の記憶はこの辺りまでで、その後のことは私自身が予科練に行ったこともあって、わかりません。第三期生の花田さんもラッパ部だったとのことですが、なぜか私は覚えていません。花田さん、御免なさい。花田さんの話によれば、第一期生、第二期生が卒業した後は志賀さんが部長に就任したとのことでした。清中ラッパ部は各部長の人柄もあって、いつも和やかな雰囲気の中で活動できました。特に最下級生だった私は先輩の皆さんから可愛がられたことも嬉しい記憶として残っています。

（『天馬山』第二十一号より）

第3章　清津中学校の教師たち

清中一〇か月の思い出

高島　傳吉（恩師・漢文担当）

外地への志向

昭和一六年一二月、日本は大東亜戦争に突入した。

私は一七年五月、兵役より帰り、富山県立小杉農学校（現、小杉高等学校）教諭に補せられた。二七歳であった。嬉しかった。しかし私の心は内地よりも外地に向かっていた。

ちょうどその頃、国が大陸へ指向するのに比例して、富山県も、一衣帯水の地にある北朝鮮、殊に清津に目を向け、対岸貿易振興を図り、清津に富山県出張所を設け、貿易の隆盛を目ざしていた。そして日本海汽船会社により、伏木《ふしき》と清津間の定期航路も開設されていた。

清津の市はこれからの新開地で、富山県より一旗挙げようと大志を抱いて渡る人、特に漁業関係の人が多かったようだ。その他、旧日本製鉄、三菱製鉄等の会社も支社を設けていたため、県支社員も多かったようである。

新しいところでの活動、思っただけで若い私の心は躍った。そして清津の市の学校の様子などを調べた。私は富山商船学校（現、富山商船高専）を卒業していて、同級生が伏木と清津間の連絡船の航海士として乗りこんでいたので、情報を得るのに都合が良かった。

当時、清津の市には女学校があり、商業学校もできていた。そして新しく一五年に、清津公立中学校と水産学校が設立されたと聞いた。そのうちに、清津日本製鉄の職員であった京谷氏（一期生京谷乙彦氏の父）の紹介で、中学校に国語の先生の必要を聞き、矢も盾もたまらず、京谷氏を介して学校に紹介してもらった。京谷氏は佐藤教頭と懇意な間柄であり、早速と話が進んだ。

当時、内地では若人の召集、学校職員も所々欠員があり、教科によっては補充も思うようにならない時もあった。大学教育も文系より理工系に重点が置かれ、進学希望者は多く理工系に進んだ。内地でさえもそうである限り、朝鮮・台湾・樺太などの外地ではさらに補充が難しかったようである。その点かえって、中国大陸や満州へ向かっての若人の進出は激しく、良いポストも手に入りやすかったようであった。

清中への話は順調に進んだのであるが、私は富山県に奉職中であり、県の認可を受けなければ出向できなかった。その上、私の後釜の補充がなく、話は好転しなかった。ところが私の勤めていた小杉農学校の校長は、新卒の若い時、朝鮮に二年ほど滞在の経験があり、私の意向を聞いて、若い内に一度は……と賛成して転出の話を進めてくれた。

一方、清中の倉田校長は、人物確認もあり、私との話を確約するため、東京出張の際、北陸線を選び、高岡駅で落合うことにした。一〇月半ばであった。私は何の目印の約束もないまま高岡駅に出向いた。ホームは混雑していて、人を探し求めているらしい人は見あたらなかった。私は、校長はきっと二等車に乗っておられるものと思って二等車のホーム辺りを探し、やがて車内に入って「清津中学からの倉田校長先生はいらっしゃいませんか」と呼号して歩いたが返事はなかった。そして富山駅まで来てしまった。諦めて帰った。清中に勤務するようになって当時のことを話し合った。校長は「私は三等に乗っていた。フォームに降りて探したが、わからなかった。残念に思った」と、私は二等車を目当てにしていたのである。

当時、国鉄の座席は一、二、三等に分かれ、内部の構造や座席の具合などは違っていた。そして北陸線には一等の配車はなかった。一般の人は料金の安い三等を利用した。全くのすれちがいであった。

しかし、そのうち県との話も進み、私は昭和一八年一月三一日付きで、咸鏡《かんきょう》北道に出向を命ぜられた。そして二月一〇日、清津中学に赴任した。

朝鮮で私に与えられた辞令は

任　朝鮮公立中学校教諭
　　補清津中学校教諭

であった。ここに清津中学校の国語教師として第一歩を踏み出し、同年一〇月三一日の依願免本官までの足かけ一〇か月あまりの間、皆さん（四期生まで）と共に学んだのである。

一〇か月間の思い出、五二年経って振り返ってみると、色濃かった思い出も、今となっては淡く薄らいだものとなっている。記憶の限りをしぼり出して記してみよう。懐かしいのである。

清中の校舎

清津中学校は、清津浦項町と輸城の中間山手の小高い丘に立つ白亜二階建の校舎であった。校舎の建っている丘、それは切り開いた平坦な小高い丘上で、中先生の文によれば、「清津駅、三菱精錬所、日本製鉄、輸城川、松坪漁港を目の前に輸城平野を一望に、羅南並びに日本海が遠望できる眺望絶佳、自然に恵まれた理想的な環境」であった。

学校へは、その丘へ登る緩やかな坂道、その道の両側に野草が内地のそれと変わることなく綺麗に咲いていた。校舎周辺が赤土であったためか、その野草の美しさが私の心を和ませた。

清中の諸先生

学校の職員は、倉田校長、佐藤教頭、佳山先生、田島先生、伊藤先生、大西先生、安藤先生、磯田先生、配属将校、教練教師、主任事務官（以上三名は兼務）、給仕、用務員（夫婦）といった編成で、理系の先生は記憶になく、ほとんど、日鉄職員が兼務して出張授業をしていたようである。剣道の中先生には一回もお会いしなかった。

学校での授業、それは厳格なものがあった。戦時下であるだけに、生徒たちも緊張していた。よく勉強した。私はよく「内地の生徒はよく頑張った。お前たちはまだ足りない」と生徒を励ます意味でよくハッパをかけた。しかし、私の言葉と裏腹に、生徒は実に勉強していた。

倉田校長の息子〝健歩〟君が一年生であった。余り丈夫そうでなかった。どちらかというと小柄な方で、父親によく似た顔をしていた。健歩君が夜の一一時過ぎまで勉強しているので、父親の校長は健康を気づかって「早く寝ろ。何をしているのだ、と言うと、息子は〝明日の漢文を調べているんだ〟と言って頑張っていた」と、職員室で校長は話された。きっと生徒指導上のことが話題になっていた時であろう。

漢文は確かに難しい。漢和辞典を引くのは英語の辞書を引くのよりややこしい。それに、小学校六年までに習った漢字力だけでは、とても漢文は読めなかった。明日の授業に間に合わせようとする熱意、私は校長の話を聞いて、「生徒はやっているなあ」と心に強く感じた。

健歩君だけではなかった。殊に一年生は純情であるから、宿題に対しては真面目に取り組んでいたようである。教室に出ても活気があり、予習しているから楽であった。

話はちょっと横道にそれるのであるが、私は当時の一年生五〇名の顔はすっかり忘れたが、唯、健歩君の、あの当時のあどけない、弱々しい体つきは今もはっきり思い出せる。校長の息子であったせいもあろうが、それ以上のものが強く私に印象づけたのであろう。

健歩君は、今日立派になっておられると思う。私の記憶している少年時代の健歩君をいつか重ねてみたいと思うのである。

倉田豊茂校長

倉田校長は贅肉のない、骨ッポクて背が高く、背筋がピンと伸び、髭の濃い先生だった。方角は忘れたが、校庭より一段低い所に建っている官舎住いであった。隣り近所のないポツンとした一軒家だった。あれが校長官舎だと聞いた時、学校に近くて良い所だと思ったが、豈はからんや、不都合な所だったようだ。同窓会誌『終戦から』の校長の文章を引用すると、

「……実際には清中の主として、およそ三ケ年、丘の上のあの孤独の官舎に住んでいたわけである。その間とても寂しかった。語り合い、助け合う隣家は一軒だになく、それこそ文字通りの孤独であった。それなりに不安もあった。……（省略）

それから飲み水にも困った。三菱の水道から分けてもらっていたのだが、圧力が足りないため、一日中、一滴も出ないことがしばしばであった。……風呂に入るということも水道の調子が意外にもよい場合に限られていた。……（省略）」

実際、官舎は校庭の一隅にひっそり建っていて、実に平和のようであったが、近隣のない一軒家であり、広い丘上であるだけに、より一層小さく、淋しげであった。そして思い出してみるに、官舎の周囲に樹木一本なかったように思う。買い出しは、車のない昔のこと、どんなに不自由であったこと

か。「冬の厳寒期に、水道が凍った時の水汲み作業は非情な苦痛である」と話されたことを思い出すのである。

九月中旬、健康の理由で退職を願い出に官舎を訪れた。座敷の前の廊下から応接間の入口まで、廊下が狭くなるほど本棚を並べ、天井に届くほど本が積み重なっていた。背文字がほとんど横文字であった。旧制第一高等学校の理科から東大に入る時、文科を選ばれたと聞いていたが、非常な読書家であると感じ入ったものである。

校長は私の健康をとても気遣って「貴方が学校を去ると、また一人空白になる。時世だけに、先生の補充は私の力ではとてもできない。貴方の方で代わりを連れて来て欲しい」といわれ、私はそれを承知した。

私はそれから毎日のように、内地の私立大学に国語の先生をお願いした。当時、九月に繰り上げ卒業が行われた学校もあった。幸い一人の希望者があり、私は一八年一〇月三一日付をもって本官を免ぜられ、富山に帰ったのである。

倉田校長は清中に来る前、平壌の中学校に勤務。放課後は先生たちとテニスに興じ、乾いた喉にビールを流した時の清中の生活と比較して、往時を懐かしんで語られた姿は忘れられない。

鼻下に髭を蓄え、背筋の伸びた、痩せぎすで、古武士のような風貌、そして謹厳な面持ち、校長という地位であり、社会的に尊敬され、経済的に恵まれていたかも知れないが、学校の職員の充実、毎日の生活での環境関係等で心身を悩まされていたようである。

佐藤秀五郎先生

大阪外国大出身である。歯切れのよい発音の綺麗な先生であった。教えることが英語であるためか、殊に語尾がはっきりしていたことが印象強い。

戦争も激しくなり、日本海にもソ連の機雷が漂流して来、航海中の汽船が爆破されたことがあった時、東京音楽大に在学中の長男が休暇も終わり、東京へ帰る時、清津より敦賀港への途中の航路が無事であるようにと、非常に気にかけられたことがあった。

またお嬢さんが清津女学校に通っておられた時、朝の通学時に乗っていたバスと列車の衝突で大怪我をされた大事故があった。

今から何年ほど前になるか、秀五郎先生が亡くなられ、お弔いをした。四十九日の中陰の返礼が届いた。御礼かたがた、お慰めの電話を横浜の家にした時、電話口に出られたのは列車事故を受けられたお嬢さん当人であり、今はピアノ教授をしていると話された。兄妹共々音楽の道に進まれたことであり、佐藤先生もその点、心安らかであったことと思う。

先生は朝夕自分の運動を兼ねて犬の散歩の途中、事故にあわれたとか、私も現在、子犬の世話をし、犬よりも私自身の健康のためと散歩に連れて行くが、車には注意している。

当時食糧不足の折から、校庭の一隅を開墾して生徒たちはカボチャを植えた。指導者は鏡城農学校の校長であった。姓名は忘れた。新潟県出身の人であった。校庭の赤土は酸性が強く、うまくいくかどうかと話しておられたが、生徒たちは楽しそうに勤労していた。二学期になって、ある日、四年生の一人が、中くらいのカボチャを抱えて担任の佐藤先生のところへ息はずませて見せに来た。

「先生、カボチャできました」

その喜びの目、はずんだ声、佐藤先生も大喜びで「家へ持ち帰ってお母さんに渡しなさい。皆で食べなさい。喜ばれるぞ」

その時の生徒の嬉しそうな顔、食べ物を得た表情は何とも言えないもので、見ている私たちもホッとした心に包まれたものであった。食糧入手難の折、新鮮な物、初めてのそして二度とない収穫、生徒はどんなに嬉しかったことか。その夕餉《げ》の食事はさぞかし楽しかったことであろう。惜しいことにその生徒の名は覚えていない。他の生徒の作物は、真夏の水やり不足からほとんど駄目だったようだ。

佳山如九先生

佳山先生の本姓は『崔』である。先生曰く「戦時、強制的な改性で、私は『崔』を分解して『佳山』とした。名の『如九』は、中国の古典・書経の一節からとったもので、何か、九つの立派な徳がある。その九つの如くであるようにと名付けられたものだ」と言われた。

私は暇をみて、書経を少々と「中国古典名言辞典」を繰ってみたが、わからなかった。あるいは書経ではなく、他の本だったか、あるいは私の記憶ちがいかもしれない。

先生は頭脳明晰、太っ腹で、物に動じない落ち着いた人であった。広島高等師範学校（現、広島大学）で生物（当時は「博物」といった）を専攻。広島高師は難関であった。私は学校の帰り、先生と国鉄の清津駅近くまでよく一緒に歩いた。先生は清津の次の駅で下車するとか。駅名は忘れた。

戦時中のこと、配給も少なく、食べ物のことになると誰も目の色を変えた。先生は「清津日報」に植物のことを連載された。「かたかごの花」のところで「この根から〝かたくり〟が精製される」と書かれた。その翌日、早速とその製法の問い合わせの葉書がよせられた、と。先生曰く「私も実際作ったことはないので返事に困った……」と。あとはどうなったか聞かなかった。新聞に「かたかご」の花を紹介するほどであるからきっとどこか、この花の群生地が近くにあったのだろう。

ある日、先生は「昨日、家で漬けたキムチの漬け物一樽が盗まれた。……」と話された。漬物は内地でも同様、大事な保存食糧である。殊にキムチはなおさらであろう。

「大きな樽に入ったもので、一人では運べないものだ。計画的なものである」と口惜しがっておられた。

その後、犯人の割り出しもできず、警察への届出はどうであったか、話はなかった。私たちも聞きはしなかった。泣き寝入りのようであった。「仕込み直さねば……」と話されていた。

先生と一緒に帰途の道すがら「清津に、もう老人だが孔子の研究家がおられる。よかったら紹介してあげようか。論語などを共に勉強されたら……」と薦めて下さった。年は六〇ぐらいとか。心引かれたのであるが、辞退した。年が若く欲がなかったというか。今から考えると惜しい気がするのである。その先生の名を聞いたか、どうか、はっきり記憶にない。

田島美男先生

茨城県出身と聞いている。同窓会誌『天馬山』第八号に、斉藤博康（六期）さんの「わが清中の五ヶ月」の投稿文の中に「教科を受け持つ教員は、倉田校長、生物の佳山先生など、思い出すのは老人が多かった。中に体育の田島先生も美声の号令の割には若くはなかったと思う。……」と、思い出を記しておられるが、実際、美声でもあり、色白の、割と美男子で、号令をかける時は、首がやや左に傾いたかと思っている。酒好きであった。

髭の濃い先生で、剃った跡は青々としていた。よく剃りあとの顎をなでておられた。

ある日の放課後、生徒も帰っていない五時過ぎ、佐藤教頭、田島先生、そして私の三人しかいなかった時、田島先生が「昨日のヤツ一杯いきますか」と言われると、その道また好きな佐藤先生も「賛成、賛成、高島先生も……」と誘われた。三人車座になって飲んだ。私は余りたしまない方なんだが、それにしても「今日の酒は口当たりや匂いも少々薄いことよ」と、湯呑みに二杯ほど続けて飲んだ。

田島先生は「高島先生は、この頃、いけるようになったなァー」と言われ、佐藤先生も同調せられた。私には酒を目ききする力はないのだが、本当にその日の酒はなんだか薄く、何の抵抗もなく喉を通った。下衆の勘ぐりではないが、何か寄贈を受けた酒を、二人の先生は我慢し切れずに、いい所を飲み、少々水増しをし、それも我慢できないで、今度は、私を入れての酒盛りになったのかと、私は想像した。勿論、壜《びん》の中の量は六分ほどであった。いや、水増しではなく、口栓を開けてから少々日が経っている酒であったかも知れない。「そんなこともあったなァー」と、今となっては懐かしく思い出されてくるのである。

田島先生はその後、大陸の方へ転出なされたとか。私の聞き違いであろうか。先生はまた、グライダーのセカンダリー操縦の二級滑空士の免許を持っておられた。清中では、グライダーの練習もしていた。私は小杉農学校に職を得ていた時、夏休みにグライダーの指導者講習を受けて、少しは心得があった。勿論プライマリー（初級）である。『天馬山』第八号に載る石川一郎さんの「滑空訓練の想い出」を私の経験に反映させて面白く読んだ。

伊藤蔵之助先生

出身地は知らない。海軍兵中学校中退。軍国華やかであった時、希望に燃えての進学であったろうが、結核にかかり、中退したと話された。兵学校の入試は難関であった。身体強健・学術も秀れていなくてはならなかった。

ある受験生が、入試の朝、元気を出そうとして生卵二個を飲んで出かけた。その影響か解らないが、蛋白が出たため不合格になったというほどである。そのあとで調べたら出ていなかったという。それほど、完全な健康体が要求された。先生は偉丈夫というほどの体格ではなかった。どちらかと言うと小柄であったが、芯のしっかりしたところがあった。

昭和一七年七月、初代の山川虎之助校長が大陸の方に転任される時、「私は、毎日のように放課後、家具の整理、引っ越しの荷造りの手伝いに行った。殊に書画の掛軸が多かった」と言っておられた。また、「清津港外に駆逐艦が碇泊《ていはく》した時、その艦長が、私の兵学校時代のクラスメートであった。艦が碇泊し中、毎晩、飲み語った」と話された。

その話された時の瞳は、昨晩のことを、さらに兵中学校時代のことを懐かしむようであり、そして現在の自分の地位を比較してか、伏し目勝ちでもあった。落ち着いた、物静かな先生であった。

大西聰明先生

四国愛媛県の出身。國學院大学で国語専攻。私の先任である。

私が清中に赴任した時、先生は風邪で二、三日前から休んでおられた。三月は中学の入学試験、そのため入試問題の打ち合わせ、その他のことで、佐藤先生から住所等を聞き訪問した。清津駅近くの閑静な裏通りであった。奥さんはいらっしゃったが、子供はなかった。

二、三日して先生は勤務せられた。まじまじと見る洋服姿の先生は、病のためか、どことなく弱々しかった。背は高い割に、胸は薄く、目は少々落ち窪んでいた。病気のためではなく、元来のようであった。先代の山川校長に引張られたと話しておられた。学校が同窓であったのだろうか。同じ教科でありながら、大西先生のことは余り知らない。物資不足の折から、お邪魔してはいけないと思って遊びにもいかなかった。

一〇年ほど前であったか、京都四条の新京極通りを歩いていた時、背丈と言い、目の窪み、顔形といい、大西先生そっくりの人とすれ違った。ハッと行き止まり、振り返り、二、三歩を追い、声をかけようかと喉まで出かかったのを引っ込めた。「人違いだ。何十年も会わないのに……、余りにも元気だ」と思って引っ返した。

今でも、あの時、声を掛けていたらどう返事がきただろうか、「当の本人ではなかったなァ」と思うのである。しかし、約四〇年前の若さの面影がそのまま、いや、少し老化させてみてでも今日まで残っているとは思わない。やはり他人の空似であったのだろう、と京の町通りでの出来事を思うにつけても、大西先生を懐かしく思うのである。

話しかけるとにこやかに、静かに返事される先生の面影がはっきりと浮かんでくる。

一学期末の考査も終わり、夏休みに入る前、校庭の芝生の種を蒔いた。中心に楕円のグラフを残し、表面の硬く締まった土を少々軟らかくし、砂に交ぜ種子を蒔き、水をやり、湿りを与えた。佐藤先生、田島先生の指揮であった。おそらく夏休み中、先生は当番制で水を撒いたことであろう。私は休み中、休暇をもらって富山に帰っていた。

二学期が始まり、校庭とグランドの整備があった。芝生は順調に伸びていた。掌で撫でた感じは、産毛に触れるようで、柔らかく、心地がよかった。私は「感じがいいですね」といって芝生をソッと何回もさすった。大西先生はニタッと笑われた。その顔が印象深い。

安藤一郎先生

先生は美術担当で清津高女と兼務。週一回か、必ず出てきて指導されていた。展覧会等があると、先生の完成作品を、事務の給仕君が自転車で女学校の先生の許へ持って行った。

「作品を風に飛ばされないよう、傷めないように」と佳山先生がよく注意しておられた。安藤先生が学校へ来られた時は、いつも佳山先生の横に座席が設けられた。非常にハキハキとした闊達な話ぶりの先生であった。『天馬山』第三号に安藤先生の永眠の記事が載っている。

赤坂教練教師

この先生の弟さんが、私の教室にいた。（二期生）同窓会の生徒名簿によると「赤崎」とあるが、私の韓国名簿の「赤坂」の方が正しいのではないかと思う。また私の記憶も「赤坂」である。

この先生は兼務で、週三日ほどの勤務であったと思う。釣りが好きで、よく漁港埠頭へ出かけられたようで、「赤いホウボウ（魴鮄）がよく釣れる。どこでも釣れるから〝ホウボウ〟という名がついたのだろう」と笑わせられた。

配属将校の平先生と良く指導上の打ち合わせをしておられた。

平先生は商業か水産のいずれかの学校と兼務で、週一回ほど来られた。中尉であった。赤坂先生は少尉であった。

中福生先生

同窓会誌『終戦から』に投稿されている剣道教師の中福生先生には一回も会わなかった。先生は昭和一五年六月から清中の講師を命ぜられたとある。もっとも先生は道場清武館、警察、商業、水産等、手広く兼務せられ多忙な方であったようだ。

講堂であり、体育館でもあった剣道場から、打込みの掛け声が盛んに聞こえて来たので、そっと見に行ったことがあった。

生徒は一杯。相手と面打ちをしていたが、先生らしい姿は見えなかった。また職員室でも見かけなかった。階下の事務室か学校長だけで帰られたのであろうか。

先生の「四三年の半生の顧みて」(終戦から)を読んで、気骨のある立派な先生である、と感銘を受けた。先生は剣道七段、教士であった。

磯田先生

磯田先生は理科の先生であったか、地理(社会)の先生であったか、はっきりしていない。単独赴任であった。生活の理由であったか、一学期の終わり頃、退職された。駅へ見送りに行った記憶がボンヤリながらある。

ある時、洋服の膝のところにインクをこぼしたので、「インクけし」をかけたところ、服がボロボロになった、とこぼしておられた。理科の先生であれば、そんなことはさせられなかったと思うのだが。先生方とは余り話をされなかったようであった。

そのほか理科の先生は日本製鉄あたりの職員が、嘱託職員として指導に当たっておられたようであるが、余り顔を見受けなかった。

事務員にしても兼務で、女学校の事務官が週二回ほど来て書類整理をしていた。来校した日は忙しそうに事務を執っておられる姿を見かけた。秋田県出身とかで東北訛りの老いた人であった。その他に常勤の若い事務員が一人と、給仕、小使――今日では用務員というが、夫婦で住み込みで勤めていた。給仕君は小学校を卒業した一四、五歳ででもあったろうか。

非常に善良な率直な少年であった。日曜日などの日直で、退屈な時は、廊下を自転車で廻っていた。

学校との別れ

二学期が始まった。どうも私の体の調子がおかしくなった。

朝、グランドで朝礼、校長の訓示、ラジオ体操。終わって教室に入るのであるが、それだけで汗びっしょり、半袖のシャツは肌に張りついていた。息切れもした。先生方は「大変な汗だ。診てもらったら」とすすめてくれた。結果はよくなかった。私は校長に退職の話を持ち出した。校長は代替の先生を要求した。勿論、校長自身も人的確保に努力すると話された。

私はそれからは毎日のように、殊に東京方面の国文系の私立専門、大学に求人の手紙を出した。帰宅した時は、何よりも手紙の有無が一番気にかかった。さらに関西方面の大学にも依頼した。丁寧に断ってくれる学校もあったが、無返事のものが多かった。

当時は繰り上げて、九月に卒業式が行われた学校もあった。

遂に「諾」の返事がきた。龍谷大学国文科卒の人であった。誠に申し訳ないが、その人の姓名を忘れた。韓国名簿によると、熊野（国語）とある。その方でなかろうかと思う。九州は鹿児島県、志布志湾に望む志布志市の出身で、家はお寺であると聞いた。

私は早速とその後任者となるべき人を校長に紹介して学校を退いたのである。それは昭和一八年一月二五日頃であったと思う。学校は近々、軍事検察があるということで、生徒は日曜日も登校して教練の練習をしていた。私は敦賀行きの連絡船で清津港より帰途についた。

後日、咸鏡北道より「十月三十一日　依願免本官」という辞令が届いた。清津中学校とのお別れの辞令であった。私は後任者と引き継ぎをし、朝礼の時、別れの挨拶をした。生徒たちはキョトンとしていた。先生方も電撃的な行動に驚いたようであった。私は健康のため退職を希望していることを大西先生に話したくらいでほかの先生方には語らなかった。そんなことより、内地の大学より誰か赴任する希望者がいないかと、毎日、帰宅して手紙の有無を知るのに心がはやっていた。

生徒との別れ

私は三年生の担任であった。いずれは、生徒たちとは別れねばならないと覚悟を決めていた。寂しかった。しかし生徒にも言わなかった。

一〇月上旬の日曜日、天馬山公園にクラスの生徒を集めて、記念写真を撮った。写真は後日、組長の佐藤雄君から送られてきた。横長の大写しで、生徒一人ひとりの顔がはっきりわかった。

名前も言えた。写真の片側に白抜きで「人に負けるな」と書かれてある。おそらく佐藤君が書いたものと思われる。しかし、その写真は昭和二〇年八月一日から二日未明にかけての富山大空襲で焼失してしまった。

あどけない、数え年一六歳の紅顔の少年たちを想い出すよすがとしていた頼り所を失ってしまった。そして、日が経つにつれ、その顔も薄れ、今では全体の体形だけが朧ろに頭の隅に残っているだけになっている。

今日まで、度重ねて送って下さる同窓会誌『天馬山』を見るたびに、その当時のことを思い出すのである。それにしても、名簿に載る二期生の生徒名の少ないこと、どうしようもないことである。さらに残念なことは、朝鮮を離れる時、名簿を持って来たのだが、その名簿も戦災で焼け失せてしまった。私の頭には生徒と一緒に写した天馬山での印影だけが残っている。

私はホームの生徒に授業中よく、「人に負けるな」と強く言った。「世の中は全て競争だ。健康を、そして勉強を第一として、何をするにも人に負けるな。しかし、友情は保つことは大事だ……。和して同せず（和而不同）だ」とよく言った。

佐藤君は、その一番印象強く受けた単純な言葉を写真の一隅に書き添えたものと思う。私はそれを見て心打たれた。「私の教えたことの中の一つが生徒の心に強く残ったのだ」と。白抜きされたその文字が今も眼前に白く、白く浮かんでくるのである。

平成七年度の『天馬山』の同窓会誌と共に、韓国で発行された会員名簿が同封されて来た。韓国で発行されていた。韓国名である。当時の日本名はわからないまま、こんな生徒であったろうかと想像してみるのも心の空白を埋め、昔を想い出す楽しみの一つとしている。

病気との闘い

さて富山に帰った私は、身体の不安を抱きながら医師を頼り、まず生活の安定をと、富山商業学校に籍を置いた。そして結婚もした。ところが、昭和一九年五月、召集。レントゲン検査の結果、即日帰郷を命じられた。胸部疾患のため治療せよとのことである。召集を免れ、ホッとした内心と、肺炎の特効薬としてもてはやされた〝ペニシリン〟もなかった医薬界の貧困さに困惑した。

戦争は、日一日と激しさを増す。栄養を第一とするこの病気に対しての牛乳、鶏卵の入手は不可能に近かった。精神的にも、物理的にも苦しい闘病生活であった。勿論、学校は病気欠勤で、しかも長期を必要とした。

昭和二〇年八月一日夜半より二日未明にかけてのB29による富山大襲撃。全市灰儘に帰した。それは終戦、わずか二週間前のことであった。私は田舎に疎開して病身を横たえていた。富山に残った家族は無事であったが、家財一切を焼失した。夜中に起きて見た東方の空は赤く、赤く反映していた。その年は殊に暑く、八月の炎天の下、焼け跡に立って茫然とした。遥々見渡す限り、凡礫の原ッパ、わずかに焼け残った黒焦げた立木と土蔵。その土蔵とても火の入ったものであった。

終戦の八月一五日、私は天皇の放送があるということも知らないで、太陽の下で皮膚を焼くという日射治療(?)を砂浜でしていた。砂浜に陣地を構え、高射砲を空に向けていた兵士の挙動は日頃と違って落ち着きがなかった。町の人々の動きも足早であった。辺りの空気からして何か異変が感じられた。昼食に家にもどった。「戦争に負けた」という家の人々の話を聞いた。私は日頃の軍部の報道からして戦力はまだ十分あると確信していたので、人々の話を否定した。しかし時が経つにつれ、敗戦が確実となった。家にはラジオがなかったのである。

その頃、北朝鮮の地、清津ではソ連の侵攻により大混乱を来している最中であったということを私は知らなかった。後日、『天馬山』の毎号による生徒たちの記事や、倉田校長や中先生の記事によってやっと、当時の様子を詳しく知ったのである。たとえ当時、新聞で北朝鮮へのソ連軍の侵攻が報ぜられていたとしても、中学の生徒が、家族が、その戦禍に巻き込まれ、敵兵と応戦し、あるいは南下しようとして苦しんでいるとは、病床の私にはとても想像できることではなかった。『天馬山』を読んで、遅蒔きながら、ただ、驚くばかりであった。

戦いで死んでいった生徒たちに、深々と頭を下げるばかりである。

五二年ぶりの再会

さて私は、昭和一九年より二六年までの約七年間、長期欠勤と休職を繰り返し、そして、二七年より細々と勤務した。ところが、昭和四〇年、歳五〇、右肺上葉部に空洞発見。右肺をほとんど切除した。それを機に、酒と煙草をやめ、健康に留意して今日に至っている。

北朝鮮の地、清津を離れて五二年、長い教職の年数の一頁を占める清中時代、その清津での月日は短かったとはいえ、私の人生の上で非常に意義ある期間であった。そして清津を離れたことが、今日まで私を生き長らえさせた分かれ目でもあったかと思うと、感無量のものがあり、その間に受けた多くの人々の恩恵に感謝する次第である。そしてその間、共に働き、ご指導下さった諸先生の多くが、もう鬼籍に入っておられるのを思う時、静かに心で合掌するのである。

昨年一〇月二三日、京都で日韓合同の清中同窓会が開かれた。私は過去に何回もあった同窓会に出席を促されたが差し支え、昨年初めて出席した。韓国からは二期生四名の方が参加されていた。朱徳知君、許泳祐君、徐善植君、張元吉君であった。〝○○君〟と書くことによって、私は、三年生の担任としての昔に蘇っている私を知った。なつかしいのだ。うれしいのである。現在の四氏は、社会的地位、名誉など、とても〝○○君〟とくん呼びにできる方々ではないのに。会場で会うや否や、四名は次々に近寄って来て、握手やら、抱きつくやら、首に手を廻して、しがみつくやら、首が締められて息が苦しくなるほどであった。再会した喜び。少年時代に立ち返った生徒たちの感激の余りである。私は嬉しかった。涙が滲んだ。

「思い出の記」は、ここで筆を擱くことにする。まとまりのない雑記になってしまった。それでいいのかも知れない。何ぶん、五二年も前のことであるから。書き終わった瞬間、清津中学校という言葉が、諸先生の顔が、校舎がフッと頭に浮かんだ。目頭が熱くなるのを感じた。

（『天馬山』第九号・十号より）

山川（初代）・倉田（第二代）校長の思い出

宮地 昭雄（第一期生）

第一期生の我々が入学式に臨んだのは昭和一五年五月半ば頃ではなかったかと思う。当日、父兄も一緒に撮った写真を見ると小学生かと思われるほどの子供っぽさである。一、二歳年長の現地人学生が大人に見えたものである。一、二年の頃は級友としての付き合いが珍しくもあり、お互いの家まで遊びに行ったりしたこともある。

山川虎之助（初代校長）

山川校長の教育方針は、まず、清津中学校生徒信条なるものを何か条か掲げ、最後に日本一の中学生たらんと言った。

邈《ばく》たり、二千六百秋……

国体篇という漢詩を朗々と吟じ、毎朝礼の時、その詩を全員で斉唱させた。

当直の週番が最初の一節「邈たり、二千六百秋」と歌い始めるのだが、調子外れの奇声を発するものもいて、笑うに笑えず困ることもあった。この漢詩は日本の国体を賛美した詩である。山川校長は剣道四段であったが、時々顔を見せ、稽古をつけてもらった者もいた。商業学校の仮校舎から新校舎に移る前の二年間ほどで大連に移られた。

倉田豊茂（第二代校長）

倉田校長の時代に戦争も激しくなり、占領地も後退したが、負けるとは思わなかった。

倉田校長の朝礼の訓話はいつも長期戦を覚悟しなければならないということだった。歴史にある通り、三十年戦争、百年戦争もあったのだから、まだまだ戦いは続く、それを聞きながら当てのない戦いの終わりが頭の中を過《よ》ぎることもあった。

神は太古における人であらせられる
倉田校長の授業で強く印象に残っていることがある。それは公民の時間であった。今上陛下は神武天皇から一二四代で現人神と申し上げる。天照大神は皇室のご先祖であり、その他の多くの神々も太古における人であらせられた。この「太古における人であらせられる」は全く同じ言葉で倉田校長が説明されたのを未だに記憶している。

その時、中学三年生であったと思うが、天皇陛下は神なのか、人なのかよく判らなかった。今にして思えば、倉田校長はそのことを指してあのような説明をされたのではないだろうか。その後、そのことについて生徒間で話した記憶はない。昭和二一年、昭和天皇が「人間宣言」をされたことを思うと、それまでは現人神であらせられたことになる。

昨年は戦争六〇年、こんなに長く戦争がなかったことは珍しい。平和の有難さを感ずるとともに、将来の不安を感じない訳ではない。

（『天馬山』第十九号より）

バクタリ二千六百シュウ。ニットウ国ヲハジムル、シンチュウニモトズク。

国体ノユウ、風土ノビ。ウダイバンボウヒッチュウナシ。

トヨアシハラノミズホノ国。コレワガ子孫クンリンノイキ。

行ケナンジツイテコレヲオサメヨ。ホウソテンジョウキュウキョクナシ。

シンクンヘイコジッセイノゴトシ。コレヲバンセイニホドコシテミンシンヤスシ。

三種ノ神器クンドウヲオシウ。コレヲムキュウニツタエテ、テイトクカンバシ。

ワガキミシンソンセイシナシ。ニッポンヲイエトナシテキミヲチチニヒス。

オクチョウヒトシクアオグ、イッカノキミ。ギハスナワチクンシン、ジョウハフシ。

親ニ孝ナラント欲スル者ハスベカラク君ニ忠ナルベシ。国ヲ愛セント欲スル者ハスベカラク君ヲ愛スベシ。

忠孝一致君国イツナリ。我ガ国ノ憲法コブンヲソンス。

アア美ナルカナ日東ノ君子国。ジョウカ心ヲオナジウシテ、ソノ徳ヲイツニス。

アア優ナルカナ、萬世一系ノ君。レッセイアイウケテコウクンヲタル。

國體詩

（一）遡二千六百秋　日東肇國基神籌

○國體之優風土美　宇内萬邦無匹儔

（二）豊葦原之瑞穂國　是我子孫君臨域

○行矣爾就而治之　寶祚天壌無窮極

（三）神訓炳乎如日星　施之萬世民心寧

○三種神器教君道　傳之無窮帝德馨

（四）我皇神孫無姓氏　日本爲家君父比

○億兆齊仰一家君　義乃君臣情父子

（五）欲孝親者須忠君　欲愛國者須愛君

○忠孝一致君國一　我國憲法存古文

（六）嗚呼美哉日東君子國　上下同心一其德

○嗚呼優哉萬世一系君　列聖相承垂功勳

卒業證書

富士　清

昭和二年六月二日生

右者本校所定ノ全教科ヲ履修シ其ノ業ヲ卒ヘタリ仍テ之ヲ證ス

昭和二十年三月廿三日

清津公立中學校長[illegible]倉田豊茂

第三四號

第4章　学徒動員、予科練

齋藤　博康（旧姓　滝沢）（第六期生）

わが清中の五か月

私は昭和二〇年三月、太平洋戦争末期、日本の敗色がいよいよ濃くなった春、清津公立国民学校を卒業し、その四月、清津公立中学校一年に入学した。清中最後の新入生である。清中は昭和一五年の開校だから、第六期生に当たる。ただ「中」とあるだけで何の飾りもない真鍮の徽章のついた戦闘帽にゲートルを巻いて通学した中学生活も、八月には地獄絵を思わせるような戦火の中、清津を脱出したから、わずか五か月足らずの在学に過ぎなかった。清津で生まれ育った者にとって、それは清津での最後の数か月だから、鮮明な印象とともに五〇年経った今でも脳裏から離れることはない。

国民学校六年生になると、どこへ進学するかが話題になった。同級生の中には気取って羅南中学などといっている者もいたが、大多数は清中希望だった。私も二歳年上の兄、栄治が清中に在学していたから、迷わずそこを選んだ。ただ、願書を出す時になって、近所に住む友人Aの親から広島県立一中を受けないかと誘われた。将来、せがれを海軍兵学校へ進ませたいAの親がAのために一緒に広島へ行って、勉強して欲しかったようだ。私は普通の上級学校へ行きたいと、その要請を断った。しかし、人生、何が幸いするかわからない。その半年後、広島は原爆で壊滅し、大勢の人が亡くなり、人生の明暗を分けた。

いつの頃からか、冬になると、小学校の校庭に消防のホースで水が張られ、一夜にして広い氷の屋外スケートリンクが出現した。戦争はますます激しくなって、清津の上空にもB29が白く輝くジュラルミンの機体をみせ、白い航跡を引きながら、ゆうゆうと飛ぶ姿が見えるようになった。そんな中で、六年生の冬の毎日、放課後スケートを楽しんだ。男子生徒の場合、スケートはフィギュアよりも今でいうエッジの長いスピードを好んだ。寒風の中、受験勉強もろくにしないで毎日、校庭を滑り回った。

清中の試験当日､郊外の小高い山腹にある校庭には雪が積もり、一面の銀世界だった。試験が終わって仲間と一緒に下校途中、私は同級生Sと喧嘩となり、大勢が見守る中、雪の校庭で取っ組み合いを始めた。校庭は場所がよくないと、制止したのがいて、山の下へ場所を移すことになった。タオルが入ったところで終わりにしたかったが、見物人の声援を前に、取り直しとなった。騒ぎを聞いて突然、前の家の便所の小窓が開き、痩せた目の険しい老人が「どこの生徒だ。喧嘩やめろ」と怒鳴った。その日、目の縁を黒くして帰宅し、家人からその理由を聞かれたが、恥ずかしくていえなかった。数日後、兄が帰宅するや、どこから聞いたか喧嘩の件を報告したので、一部始終が家族にバレてしまった。悪いことに、怒鳴った老人は清中の校長だという。これから入学しようとする勝手知らない学校だから、そんな場所に校長官舎があるなど知る由もなく、よりにもよってまずい場所を選んだ己の不運を嘆いたが、時既に遅かった。そして清中入学はこれでダメになったと思われた。家人からは清中に入れなかったら、小僧に出すといわれ、一層絶望した。

幸い、小僧になることを免れ、入学式に出て行くと、先生からこれをよく読んでおけと、一枚の紙を手渡された。何が書いてあるか確かめる暇もなく広い新築の体育館で入学式が始まった。そして、いわれた通り式の終わり頃校長の前でその紙を読んだ。中身は体育大会の選手宣誓のようなものだった。その間、当方をジッと睨みつけ壇上で黒礼服に威儀を正した紳士は、紛れもなく先日の老人だった。

どういう訳か入学式に怖い上級生は出席しておらず、新入生は、日を改めてのご対面となった。当時の中学生はすべてが軍隊式で、坊主頭、制服にゲートルを巻き、名札を胸につけ、挨拶も挙手の礼だった。町などですれ違ったとき、先生や上級生にうっかり欠礼でもしようものなら、ひどい目にあった。だから一年生は相手かまわず誰にでも敬礼しろといわれた。校庭で上級生全員と向かい合った対面式のときも、速成で敬礼の仕方などを教わってから、選手宣誓をやった。そして翌日から怖いと聞かされていた上級生は全員学校からいなくなった。学徒動員である。市内の各中学校生はいくつかある軍需工場などに動員されていた。兄の話では、清中生の動員先は学校の近くの日本原鉄清津工場で、仕事は製鉄部門の重労働ということだった。新入生を除き、学校はもう勉強の場ではなくなっていた。

その一年生に対して学校では、毎日授業が行われたが、英語、幾何、地理、化学、生物といった科目は小学校からきたばかりの者にはいずれも全く目新しいものだった。上級生のいない学校は兄弟のいない一人っ子のようなもので、教育環境としては欠けていたと思われる。そのうえ、生徒が使わなくなった部屋を軍人が使っていた。当時、中学には軍事教練という科目があり、そのため学校には、威勢のよい配属将校がいた。配属将校の来る日は決まっていたから、なぜ軍隊が施設を利用していたか分からない。そのような中で、一年生は上級生から殴られる不幸を経験することもなく、のびのびと自由な学校生活を楽しんだ。

教科を受け持つ教員は、倉田校長、生物の佳山先生など思い出すのは老人が多かった。体育の田島先生も美声の号令の割には若くはなかったと思う。そのような中で、複数の教員助手がいて、小学生気分の抜けない一年生の面倒を見、世話を焼いてくれた。このことが上級生不在の学校生活をどれだけ楽しく、充実したものにしてくれたか分からない。その先生は年格好から判断して、それほどわれわれと年齢は離れていなかった。第一怖くなかったし、それをよいことにして、われわれの側にも遠慮がなかった。そして、その中に小宮さんがおり、なぜか私をかわいがってくれたように思う。正規の授業の中で出された試験問題の解説を放課後に生徒を集めてやってくれ、理解不足を補ってくれたり、二年生になると陸軍幼年学校の受験ができるからと、準備の指導をしてくれた。いくら腕白坊主でも、怖い先生は敬遠したし、優しい先生の周りには輪ができた。そして、その親切に励まされて、一年生の中には来年は是非とも幼年学校に合格して先生を喜ばせてやろうと勉強に精を出すものがいた。動機はどうあれ、このような勉強は敗戦によって幼年学校受験には役立たなかったが、戦後、九死に一生を得て帰国し、困難な生活の中で勉強を余儀なくされた中学生たちにとっては大いに役立った。

学校では時々、輪城川を渡って、科学博物館へ郊外実習に行ったり、野外行軍（遠足の一種）に出かけたり、また通常の科目のほか、課外として剣道や本物を使ったグライダー訓練（滑空機訓練といったと思う）等が行われた。裏山の斜面にはアワやソバを植えるなど、息抜きもあった。

しかし、このような自由も長くは続かず、七月に入ると、戦局の悪化とともに一年生にも動員がかかり、ペンを捨て軍需工場へ駆り出された。私が清中に通うには福泉町の自宅から徒歩で、浦項洞、清津新駅の傍を通り一時間以上かかった。動員先はその先の輸城平野の真ん中にあったから、さらに三十分も歩かねばならなかった。

工場での仕事は砂鉄やコークスの他、何種類かの鉱石をタテ、ヨコ約三〇センチ、深さ約二〇センチの柄のついた木製容器に入れ、二人が組になってこれを運び、ミキサーに投入する作業であった。ミキサーでこれらにさらに別の材料が加えられて攪拌され、最後に、溶鉱炉に入れられた。容器は二人で向かい合って運搬したが、重い材料が入った容器は中学一年生にはかなりこたえた。足場も悪く、誤って容器を落としたり、転倒することもあった。さらに、もし配合を間違えれば良い鉄はできないといわれたから、間違えないよう一層緊張した。工場側から「学徒には重要な仕事を任せている」などといわれると中学生にはさらにプレッシャーがかかった。腹は減るし、夜はB29の襲来のため寝不足で、毎日が累積疲労と思考停止だった。いつ果てるとも知れない毎日の重労働に（中学生にはそう思われた）、班竹町のあの小高い山の上の殺風景な学校での生活が懐かしく思われた。工場側は、疲労や空腹で里心ついた中学生に対し、補食に炒った大豆をほんの少し配給してくれることがあった。生徒は機械が止まるのを待ちかねて、宝物のようにそれを大事に食べ、寝転がって休憩した。この重労働は八月に学校が夏休みに入るまで続いた。

動員に行っていたから、試験もなく（勉強していないのだから試験はできない）そのまま学校は夏休みに入ってしまった。そして、生徒は再び門をくぐることなく、八月九日のソ連参戦の日を迎えた。このように清中との別れは校長の訓辞もなく、先生や同窓会に「さよなら」を告げることもなく、突然に前触れなくやって来た。清津を離れる時、生きて帰国できる保証もなく、それは悪夢のような悲惨と混乱の中だったが、それでも中学生は親の制止も聞かず、後に続いた逃避行を予想する気も回らず、背嚢に教科書を突っ込んだ。

同じような境遇にあった同級生を『天馬山』のリストを探しても、所在が判明しているのは十指に満たない。雪上闘争のS、広島県立一中のAなどとも再会を果たすことなく五〇年が過ぎた。大勢いた級友は一体どうなったのだろうか。戦火と引揚げ途中で非業の死を遂げたであろう級友の無念さを思う時心が掻きむしられるようだ。確実に死が予測されたあの状況の中で九死に一生を得て帰国できた者はそれだけで幸せといわねばならないといつも思う。

（『天馬山』第八号より）

滑空訓練の想い出

石川一郎（第三期生）

当時の官報などを調べないと正確なことはわかりませんが、多分ミッドウェーの敗戦以来、中等学校で滑空訓練が行われるようになりました。甲種飛行予科練習生あるいは、航空士官学校に合格してからの搭乗員養成の効率化を目指し、三級滑空士の資格をとらせるのが目的だったと考えられます。私は訓練の九日目に墜落して機体を壊してしまったため、不適正と判断され、最後まで訓練を受けることができませんでしたが、字が薄くなり読み難くなった昔のメモなどを参考にして、当時のことを思い出してみました。間違っていたら教えて下さい。

時期

多分三年になった頃と思いますが、教官から二十数名の生徒が指名され、強制ではありませんでしたが、飛行場で行われる滑空訓練に参加するように要請がありました。それまでも校庭では先輩によるグライダーの訓練が行われていました。空高く飛ぶには校庭が狭いので高度五メートルほどの訓練で、清津中学校では、「駒鳥型」が使われていました。

我々三期生は、約二〇名の学友が清津飛行場で合宿訓練を受けました。教官は、陸軍航空隊の准少尉だったと記憶しております。「貴様たち、操縦桿は、卵を握る気持ちで握れ！」と口喧しく説教しておられたことを今でも覚えております。時期は、学校の授業のない夏休みだったような気がしますが、はっきりはしません。

日課

宿舎は飛行場に建てられたバラックの建屋で、煎餅布団に毛布と枕が与えられ、雑魚寝でした。勿論、オンドル部屋ではありませんでしたが、寝ていて背中が寒かったような記憶がないことから、季節はやはり夏だったと思われます。毎日の日課は、古いメモによると、次の通りでした。

五：三〇　起床
五：五〇　清掃、洗面
六：二〇　点呼、朝礼、体操
六：三〇　朝食
七：二〇　出発
八：三〇　訓練開始
一七：〇〇　訓練終了
一七：二〇　帰着
一七：三〇　夕食
一八：〇〇　学科または入浴
二〇：〇〇　点呼
二〇：三〇　消灯

出発から訓練開始まで、一時間以上ありますが、格納車までは駆け足、到着してから翼を支える張り線の緩みのチェックなど機体の点検をして、主滑走路横の草原の訓練場まで皆で担いで引き出し、ゴム索の整備、その日の訓練内容の指示などがあったように思います。昼食の時間が出ていませんがきっと握り飯を持って行って訓練の間に食べたようです。今から思うと、当時は随分早寝早起きでした。

食事

訓練の開始は一五日になっております。多分一九四四年と思いますが、八月一五日は火曜日で、火曜日から訓練が始まったとは考えられず、開始は月曜日からだと考えるのが妥当と思われます。この年で一五日が月曜日なのは、五月だけなので、訓練は夏休みではなく、五月だったかもしれません。

恐らく、夕食のメニューらしきものが書いてありましたので、訓練中何を食べていたのか、そのまま紹介します。イミンスという名の魚が出ていますが、どんな魚だったか覚えていません。アルミの容器に入った御飯は白米ではなく、麦か高粱《コウリャン》が入っていたはずで、随分粗飯だったことがわかります。

一五日　焼きイミンス、明太子、わかめ汁
一六日　焼きイミンス、白菜カレー
一七日　わかめ汁、明太子、せり
一八日　白菜汁、明太子、白菜味噌和え
一九日　白菜／豆腐汁、豆腐と白菜煮物、せりの炒め飯
二〇日　わかめ汁、せり等のホワイトソース、豆腐
二一日　わかめ、豆腐、メリケン汁

二二日　わかめ汁、湯豆腐（半分）、せり天麩羅
二三日　せり汁、不明

訓練内容

訓練で使用された機種は、操縦席の前に支柱のある「文部省型」で、着座して背嚢を負う格好でベルトを掛け、左手で支柱を持ち、右手で操縦桿を握るようになっていました。訓練の順序は次の通りでした。

【左右安定】　最初の訓練は機体を風に立て、翼端を放し、機体が右に傾くと、操縦桿を左に倒し、左に傾くと、右に倒して、常時機体を水平な位置に保つ訓練でした。機体は静止したままです。何回やってもこれが上手くできない人は、不適正として翌日からは訓練はさせてもらえず、涙をのんで帰宅させられてしまいます。これができないと、後で滑空訓練に入った際、機体が傾き、接地で翼端が地面に当たり機体は翼端を中心にして回転し、主翼をめちゃめちゃに壊してしまうからです。

【地上滑走】　左右の傾斜の調整ができるようになると、いよいよ機体が動く状態での訓練に入ります。太さ二五ミリぐらいの左右のゴム索を機体が浮き上がらない程度に引っ張り機体後部に付けられたロープを外すと、機体はパチンコの石のように芝生の上を滑走します。滑走中の左右の安定の訓練です。（中略）続いて、教官の「引け」の号令で「いちに」「いちに」の掛け声で左右のゴムが引かれ、張力に応じて、教官が「放せ！」と号令を掛け、２の担当者は杭にまかれたロープを放し、機体は早

い速度で動き出します。ショックで身体が後ろに流れ、操縦桿が引かれると、機首が上がり、後ろで教官からビンタを食らうことになります。

【滑空】 初めは五〇センチの高さの滑空で、ちょっと飛んだと思ったらもう接地です。上達するにつれて、高度が三メートル、五メートルの順で上げられます。この種のグライダーはプライマリーと呼ばれ、滑空比は一対一〇でした。風の状態にもよりますが、つまり、一メートル上昇すると一〇メートル先まで飛ぶことになり、訓練中の最大高度は約一〇メートルだったと記憶しております。

この間の練習の目的は、次の四項目と考えられます。

①飛行中の機体は風より、しじゅう傾くので、操縦桿を左右に傾けて左右の安定を保ち滑走する操作

②指定の高度を達した時に、操縦桿をわずかに前に倒して機体を前に傾け滑走の姿勢に入れる操作

③滑走が終わりに近づき、高度が下がった時操縦桿をわずかに引き、機首を上に向け、三点着陸の姿勢を作る操作

④飛行方向が風で変わるので、足で方向舵を踏み、場合によっては、操縦桿を左右に傾けて、横滑りをしないで、真っ直ぐ飛行するよう方向を調整する操作

②については、既定の高度に達した時に、教官が「滑空角！」と叫ぶので、操縦桿を倒し、③の時点では「接地！」と号令が掛かるので、操縦桿をわずかに引くことになります。倒しすぎると、機首が真っ逆さまに墜落するし、接地で操縦桿を引きすぎると失速事故を起こし、即座に不適正とされ、

首になります。したがって、訓練が進むにつれて、仲間がだんだんと減っていき、一週間もすると最初は片側でゴム索を引く人が一〇名ほどだったのが、五名位になり、一生懸命にゴム索を引かなければならず、着陸した機体を担いで元の位置に運び、ゴム索を元の位置に戻す作業で汗だくになり、搭乗の順番もすぐに廻ってきて重労働です。

追放

九日目の食事のメモがあるので、不適正を宣言され追放になったのは九日目のようです。

その日の、高度は九メートルだったと記憶していますが、順番が廻ってきて、操縦席に座り、飛び立った瞬間に突風が吹いてきました。突然機体は機首を上げて急上昇をし高さ一〇メートルぐらいまで上がり、下を見ると皆が小さく見え、教官が「操縦桿を下げろ！」と怒鳴っているのが聞こえました。まだ体験していない高度だったので、すっかり慌ててしまい、操縦桿を一杯に下げてしまいました。

突然、急降下しあっという間に真っ逆さまに墜落、機首を地面に突き刺してしまいました。頭を支柱にいやというほど打ち付けました。駒鳥型だったら大怪我をしていたと思います。

案の定、「馬鹿者！　あんなに操縦桿を一杯に下げる奴があるか！」と猛烈なビンタの雨を受け、悔しいながらついに首になってしまいました。この頃はもう十数人しか残っていなかったので、それ以上に首にすれば、ゴム索を引く人数が足りなくなるので、首になったのは私が最後ではなかったかと思います。そうして、残った連中は、その後訓練を続け見事三級滑空士の資格が貰えたのではないかと考えられます。誰々が免状を貰ったのか、文昌伯、李泰承、劉忠烈、松岡、新呂さんたちだったかもしれません。先だって、小宮先輩の妹さんの浅井美智江さんにお目に掛かった折、グライダーの話が出て、他にもおられるかもしれないが、小宮さんと京谷さんは見事三級滑空士の資格を取られたとのことでした。

優しい木場さんの慰めの言葉、「グライダーなんか風任せ、吹き流しがあっても、いつどこから風が吹いて来るのか誰にも分からないから、君は、運が悪かっただけだよ」。

現在

戦後しばらくは、占領軍の命令で滑空訓練は禁止され、いつ頃から復活したのか分かりませんが、大学生による滑空競技が行われております。現在は、我々の頃のようなゴム索で飛ばすプライマリーによる訓練はなく、プライマリーは姿を消し、その上の機種であるウィンチや自動車で曳航する複座のソアラーで教官と同乗して訓練を受けるように変わってきているようです。

グライダーの世界記録は、飛行直線距離が、ドイツの一四六〇・八キロで、青森から博多までに相当する距離を無動力で飛んだことになります。最高高度は、アメリカが立てた一万二八九四メートル。当然、酸素マスクを使用してのことだと思いますが操縦席内の気圧保持はどうなっているのでしょうか？

以上、昔の滑空訓練のことを思い出しながら書いてみました。辛いことが多かった青春時代の中で、皆と寝起きを共にし、考えようによっては楽しいひとコマでした。できればもう一度プライマリーに乗って空を飛びたいと思いますが、今は、我々が使ったプライマリーのグライダーはどこにもありません。

（『天馬山』第八号より）

私の予科練

飯澤 政夫（第四期生）

昭和二〇年四月一日、私は海軍甲種飛行予科練習生として美保海軍航空隊（以下「美保空」という）に入隊した。この日、同期生約一、四〇〇名は七つボタンの一種軍装（冬服）を身につけて、美保空の雨天練兵上に整列、同隊の司令から「海軍二等飛行兵を命ず」との言葉と同時に右腕に付けていた階級章の覆いを外した。この瞬間私どもは正式に帝国海軍の一員となった。

美保空入隊

その一週間ほど前、朝鮮清津からの長旅も終わり、境線大篠津駅に降りて、美保空に向かう途中、美保基地（実戦部隊）から飛び立った「一式陸攻」の編隊を見ていよいよ来たなと緊張したのを覚えている。その後、仮入隊となった私どもには隊内における諸規則の他、衣食住全般にわたる事前教育が行われ、同時に衣服を始めとする諸々の物品が支給された。必要のなくなった私物は一つにまとめ、それぞれの故郷に送り返すということだったが、私の物は家族の許に届いていなかった（これは後日の話）。そして四月一日を迎えた。

正式入隊直後に、「兵籍簿」というものが渡された。これは各個人の軍隊における経歴のすべてが記録されるもので、表紙には氏名と兵籍番号（呉志飛○○○○○）が表示されていた。呉志飛とは「呉」鎮守府管轄区域出身者、「志」願して入隊した「飛」行兵という意味で、私の兵籍番号は忘れてしまったが、一万六千何百番かだったと思っている。美保空同期はこれと舞志飛が半々くらいの割合だった。兵籍簿の中は上段に年月日の欄があり、その下が記事欄となっていた。初めて交付された時の記事は「二〇・四・一、美保空軍航空隊入隊、海軍二等飛行兵、給六円拾銭」とあった。その後進級した時もそれぞれ記入されたはずだが、交付された時以外にこれを見た記憶はない。この六円拾銭が我々の給料だったと思うが、進級し、昇給もあっただろうにこのお金を自分の手に受け取ったことは一度もない。どうなっていたのだろうか。復員の時、兵籍簿も持ち帰ったはずだが、その後どうなったか全くわからない。

美保空の兵舎はすべて二階建てで、本部庁舎の横から奥へ一四棟並んでいた。番号の若い兵舎には定員分隊（一般水兵）が入り、次いで甲飛一四期、一五期、一六期と順に入っていた。噂では一三期生の一部も残っていたらしいが、ほどなく彼らは魚雷艇（回天などか？）訓練部隊へ転出して行ったという話が伝わってきた。

私ども一六期は第一三・一四兵舎だった。当時、一五期生は新川飛行場建設に動員され不在だった。この他、少し離れたところにも四棟あって、これらは種々の教室として使われていた。

入隊して数日後「引率外出」というものが行われた。一種軍装に弁当持参で、美保空―大篠津村―境港台場公園（昼食）―境港市内目抜き通り―境港駅前―渡村―美保空、のコースを歩いた。歓迎遠足というべきものだったかもしれないが、見方を変えると娑婆《しゃば》（一般の民間社会のこと、海軍用語の一つ）とのお別れ遠足だったともいえる。歩いてみて思ったが、どの町も村も人の姿がほとんど見えなかった。境港の中心街でさえも静まり返り寂れきったという感じだった。

息つく暇もない激しい訓練

【起床―釣床収め】 隊内の生活は朝六時頃の総員起こしから始まる。兵舎内のスピーカーが「総員起し五分前」を告げると、前もって決められていた釣床番が起きて自分の釣床を片付け、居住区中央通路の上にある釣床収納場所（ネッチングという）に上る。やがてスピーカーから四点鐘が流れ、続いて起床ラッパが鳴り響き「総員起し、釣床収め」の号令が掛かる。釣床は付属のロープで結び目を五つ作って締め上げるのだが、初めはこれがなかなかできない。

締め方が緩いとロープが足りなくなって結び目が四つしかできなくなる。締まりのない釣床はヨレヨレになって扱い難いものになる。入隊当時はまだ寒かったので、釣床には毛布が四枚入って膨らみ、なおさら締め難くなっていた。

【洗面】 釣床を収めると次は洗面だ。この時間帯、洗面所の水道蛇口はすべて半開きで、水は出っ放しになっていた。衛生面から溜まり水は使わないということだった。

【軍艦旗掲揚】 洗面が終わると兵舎前に整列し、毎朝行われる「総員整列、軍艦旗掲揚」のため本部庁舎前の大練兵場まで走る。

兵舎前では約半数揃うと出発した。遅れた者は後から追い付いて来いということだ。庁舎前まで四〜五〇〇メートル、原則は駆け足なのだが、周囲を一緒に走る他の分隊に負けられないので自然早駆けになる。そして隊列の乱れにも構わず、とにかく走りに走った。始めはきつかったが、日に日に慣れて行った。

日々の訓練はほとんどが忍耐を要求されるものだった。屋外では体操、手旗、漕艇、陸戦訓練などが、また屋内では座学、通信訓練などが行われた。

【体操】 体操は毎回、複数の専門職員が指導に当たった。隊列を組んでする駆け足の他は基礎の徒手体操だけで、鉄棒や器具・マットなどを使うレベルの高いものはまだだった。様々な教科の中で、この体操が最も頻繁に行われたと思っている。体操教員は全員が筋骨隆々としていたことが印象に残る。

【手旗】 手旗は海軍軍人の常識として教科に入っていたが、中学でも習っていたので改めて覚える苦労はなかった。しかし、より早く、より正確に、と十分過ぎるほど鍛えられた。第一原画の姿勢で「そのまま一〇分間、休憩」ということも再三あった。もっとも数分で解除してはくれたが、肩が痛かった。手旗の指導も自分の班長ではなく、他の教員だった。

これらは一教程一時間半〜二時間続くのだが、息を抜く間などほとんどなく、文字通りミッチリ仕込まれた。とはいえ、日にちが経ち、徐々に慣れてくると体操、手旗に限らず様々な場面で大勢の人間が号令一つ、笛の音一つで一斉に揃って行動することに快感さえ覚えるようになってくるから不思議だった。

【漕艇】 私が最も苦労したのは中海での漕艇だった。いくら頑張ってもすぐにピッチを乱してしまう。さらに「櫂立て」もできなかった。交代要員の一人に手伝ってもらい、やっと櫂を立てはしたものの、それを維持するのが精一杯だった。少し風が吹けば恐らく持ち堪えきれなかっただろう。日常の訓練、生活の中で他人に遅れを取ることは余りなかったと思っているが、この漕艇だけは悔しいけれど全然ダメだった。当時の私は一四歳六か月、まだ身体ができていなかったのだと自ら慰めている次第である。

【陸戦訓練】 美保空での陸戦訓練は回数も少なく、ほとんど記憶にない。ただ、隊外にも出るため、遠く近くに見える内地の農家の落ち着いたたたずまいが物珍しかった。陸戦訓練は後日、大山《だいせん》に移ってから本格化された。

通信は各分隊所属の通信教員により、別棟の教室で一日おき位に行われた。モールス信号受信で、毎回三〜四文字ずつ覚えていった。送信訓練はやっていない。

入隊後の訓練は体力と忍耐力の向上に重点が置かれていたようだ。これに加えて海軍軍人としての精神面の強化も並行して行われた。

【座学】　屋内の座学では分隊長和泉大尉の「精神訓話」があり、主に勅諭関連の話だった。また、分隊士利根少尉の「軍制」の講義もあった。海軍部内の諸制度についての話で、覚えていることが一つある。それまで私ども予科練出身者は海軍少将が昇進の限度だったが、規則の改正で海軍中将まで昇進できるようになったとのことだったが、私は何だか遠い別世界の話を聞くような感じだった。この二人は、いずれも話し上手とはいえなかった。

もう一人の分隊士足立少尉は飛行機搭乗員で気性の激しい人だった。この人からはいろいろ興味ある話を聞いた。その頃（昭和二〇年四月～五月）美保基地（実戦部隊）で連日行われていた陸上爆撃機「銀河」の急降下訓練の話があった。数千メートル上空から突っ込み、五〇〇メートルで機首を上げるのだが、降下中、搭乗員の意識が朦朧となってくること、またこの訓練で事故があったことなどを聞かされた。

【特攻機の出撃】　私自身「銀河」がエンジン不調のためブスブスと異常音を発しながら着陸コースに入ってくるのを実際に見たことがある。

航空燃料として松根油は良くないとも言っていたが、これが「銀河」の事故や故障の原因だったかどうかはわからない。この「銀河」の訓練は時期から見て、特攻の訓練だったのではないだろうか。

この他、美保基地からも特攻隊が発進したとも言っていた。特攻隊には必ず随伴機がつくので通常の三機編隊が四機になり、見ればすぐわかるというが、私は見たことはない。また、海軍にはグラマンも追いつけない高速偵察機「彩雲」があること、「誉《ほまれ》」という優秀なエンジンがあることなどを聞いた。終戦の直前のわずかな期間に活躍した戦闘機「紫電改」のエンジンがこの「誉」だったと知ったのは遥か後のことだ。エンジンのことを言えば、美保空練兵場の片隅に板張りの小屋が二つあり、中に飛行機のエンジンが置いてあった。「金星《きんせい》」と「栄《さかえ》」と表示してあったが、勿論、耐用年数を過ぎたものだろう。諸元の表示はなかった。ただ、二重星型とはこういうものかと思いながら見ていた。「金星」は九六陸攻、「栄」はゼロ戦のエンジンと思っているが、これは間違いかも知れない。

分隊の構成

私の分隊（美保空第一〇二分隊）の構成は次の通り。前記分隊長・分隊士の他、もう一人、兵曹長の分隊士がいたが、私どもとの接点はほとんどなく、名前も覚えていない。

第一班長　丸山上曹、館山砲術学校高等科出身、二〇ミリ連装機銃射手、駆逐艦でアリューシャンへ行ってきたといっていた。

第二班長　松本二曹、若い元気な班長だった。

第三班長　繁昌《はんじょう》一曹（五月、上曹に進級）元巡洋艦「那智」の運用科員。精悍な顔つきだが口数の少ない人だった。

第四班長　多和二曹、痩せ型で顔色の悪い人だった。

通信教員　加持《かじ》一曹、眼の大きい親しみの持てる人。名前は孝栄《こうえい》といい、この名前を見ればオレが坊主の息子だとわかるだろうといっていた。

一つの分隊に四つの班、一つの班に練習生が約四五名。約一八〇名が同じ居住区に居住していた。これがさらに食事や自習時間などによって一八のテーブル（卓）に分けられ、一卓に一〇人だった。美保空一六期は八個分隊だった。

分隊長以下それぞれの人が艦隊勤務や実践の経験を持っているはずだが、これらについては一切聞かされなかった。その頃の負け戦の話はしたくないのか、あるいは緘口令《かんこうれい》が敷かれていたのかも知れない。戦後になって見た資料や戦記物などから想像すると、丸山上曹のアリューシャン列島についてはキスカ島撤退かなと思う。繁昌上曹の「那智」は昭和一九年一一月マニラ湾で沈没しているので、当人は生き残って内地に帰りその後、美保空に来たのだろう。

余談だが、朝鮮清津で鰯巾着船の無線通信士をしていた同郷の人がその後、通信兵として海軍に入った。この人に終戦直後の昭和二〇年九月に会った時、私は海軍のこと、戦争の話など聞こうとした。しかし、この時聞いたのは、乗艦は新型駆逐艦「涼月」であること、戦闘になれば通信兵は弾薬運びをすること、これだけを話し、他のことはすべて秘密、秘密といって何も話してくれなかったこの人はその半年後、海難事故で亡くなった。

後でわかったのだが、「涼月」は「大和」の沖縄特攻に随伴艦として参加し、大破したものの沈没を免れ、佐世保に戻ってきている。彼にはわずか数か月の生々しい敗戦の記憶が色濃く残っていたのだろう。美保空の分隊士や班長たちも同じ心境だったと思う。

【入浴】 教科が終わり、夕食を済ませた後は毎日ではないが、分隊ごとに入浴となる。プールを思わせる大浴場には腕まくり、裾まくりした数人の兵が長い棒を持って待ち構えている。裸になった我々は彼らが吹くピーッという笛の音を合図に一斉に浴槽に入るのだが、これが熱くて入れない。ぐずぐずしていると持っている棒で一人ひとりを押したり突いたりして強引に湯に漬からせる。否も応もない。上るのも身体を洗い、流すのもすべてが一つの笛の音で一斉に進行して行く。

【軍歌演習】 入浴のない日は軍歌演習だ。支給された「吾妻軍歌集」という小冊子を左手に持って前に突き出し、右手を振りつつ、足踏みしながら大声で歌った。軍歌演習はその度に三〇分くらい続いた。曲目で今なお覚えているのは次の通り。

軍人勅諭（軍人たるの本分は……）

艦隊勤務（四面海なる帝国を……）

如何に強風（如何に強風吹きまくも……）

閉塞隊（二番、敵もさすがに油断なく……）

他に数曲あったが、これだけが記憶に残る。入浴、軍歌のない日、または終わった後は自習時間となる。学科の勉強がないので、何をするか特に決められたものはない。大声を出すこと、意味なく席を立つことが禁じられている位で、ほとんど自由時間だった。

【就寝】その後、釣床を釣って就寝となるのだが、これまたすんなりと寝させてくれる訳ではない。釣床訓練だ。いったん釣った釣床を号令に従って収めたり、また釣ったりを数回繰り返す。時には形だけ就寝させ、隣の吊床を揺さぶれと号令が掛かる。すると釣っていたロープが緩み、ズルズル、ドサーッと落ちるのが出る。一人でも落ちると全員がもう一度釣り直しをやらされる。

これら一連の動作は時間を掛けながらゆっくりする訳ではない。ここでも早く確実にということが求められ、釣り直しを三回もやるとヘトヘトになった。こうした訓練を経ながら釣床の扱い方は上達して行った。

【巡検】その後、巡検ラッパが鳴る。一時すると、居住区入口で先導の下士官が「巡検」と叫ぶ。続いて甲板士官が中央通路を通り過ぎて行く。その間、私どもは寝たふりをし、動いてはいけないことになっていた。兵舎中央の階段下には終夜、番兵が立ち、時刻を告げる時鐘も音量を落として規定時刻に規定数だけ鳴っていた。

吊床について思い出すことがある。「日本海海戦における三笠艦上の東郷司令長官」と題する絵で、大きな煙突とバックに長官が片手に軍刀、片手に双眼鏡を持ち、数人の幕僚を従えて前方を睨んでいるもので、覚えている人も多いと思う。画面右上にはZ旗も描かれていた。この絵の中にいろいろな装備品を覆う細長く横線の入った白いものが多数並んで描かれている。

これが何なのか疑問に思っていたのだが、吊床の現物を見て初めてその正体がわかった。砲弾の破片などからこれら装備品を保護するための吊床だったのだ。これは私にとっては新しい発見だった。

【甲板掃除】 土曜日の午前中は、居住区の甲板掃除だった。この日は中央通路にオスタップという五右衛門風呂ほどの容器が数個据え付けられる。これに水を運ぶ者、ブラシやソーフ（掃布）でデッキをこする者、後を拭き取る者、それぞれが交代しながら進行して行く。

班長の手で水がタップリ撒かれたデッキではソーフ、ブラシを持った我々が腰を落とし、左右の膝を交互に立て替えながら前へ前へとこすって行く。

この動きが鈍くなったり、止まったりすると間髪を入れず班長の罵声が飛んでくる。水の補充が遅くなった時も同じ。もう終わりと思っても班長がまた水を撒き、もう一度こするという状況で本当に息をつく間もない。追いまくられるとはこういうことだと思った。

【身の回り整理】 甲板掃除の終わった土曜日の午後は、「身の回り整理」ということで私物の整理、衣服の補修、散髪などが行われた。散髪のバリカンは木製の長い柄がついた両手用のものだった。これを使って練習生同士で刈ったり、刈られたりトラだネコだと言い合いながら和やかな一時を過ごす。

時には班長も仲間に入り、練習生に頭髪を刈らせていた。このバリカンは左手を固定し、右手だけを動かすのがコツで、初めてでも割合きれいに刈ることができた。洗濯は週に一回くらい時間が与えられ、午前中に済ませ、午後三時頃取り入れに行った。これは日曜日だったかも知れないが、確かな記憶はない。

海軍では「身の回り整理」という名目の時間が随時与えられた。文字通り身辺整理のことで、例えば戦死などの場合、もし身の回りが片付いていなければ死後に恥を残すことになる。これを避けるためというのが本来の趣旨だと聞かされていた。決して自由時間ではないということだ。

美保基地、空襲を受ける

ある日、手旗訓練中に突然空襲を受けた。侵入してきたグラマンは兵舎すれすれの低空から美保基地に向かって攻撃を掛けた。私どもは教員の指示で防空壕に潜り込んだが、怖いもの見たさで、壕の入口に群がり外を見ていた。数機のグラマンが相次いで基地に一撃を加えて飛び去った。基地からは散発的に砲撃音が聞こえてきたが、戦果はなかったようだ。機銃音は聞いていない。壕から出た私どもは何事もなかったようにもとの訓練に戻った。

後で聞いた班長の話によれば、応戦した砲撃音は「短八サンチ高角砲」のものだったとのこと。砲術科出身だけあって音で砲の種類がわかるのだろう。美保空にいた間にもう一度空襲を受けたが、いずれも日中、超低空でやって来た。そして味方機が彼らを迎え撃つことは遂になかった。

また、ある日、司令が転勤することになった。美保空全員が庁舎前に整列し、海軍式の「帽振れ」で見送った。司令も帽子を振って答礼したのだが、その頭が四・六に分けた長髪だったのには驚いた。司令は中国地方における軍需品生産の監督官になるという話だった。

食事

美保空での食事の手順については余り記憶はない。数日に一回食事当番が回ってくること、その日は烹炊所《ほうすいじょ》に食事を取りに行くこと、主食、副食、汁が別々のバッカンと呼ばれる容器に入っていたこと、持って来た食事は各卓で平等に配食することなど、わかりきった表面的なことしか覚えていない。食後、食器・容器など誰がどのように処置したのかわからない。ただ一つ、食器は太目のロープで作った網の袋に入れ、烹炊所入り口付近で熱湯消毒していた光景だけが目に浮かぶ。

食材でいえば、仮入隊の日から毎日長ネギが出てきた。毎日というより毎食という方が正しいほど手を変え、品を変えの長ネギ攻めだった。屋外訓練中、ネギを山積みしたトラックが裏門から隊内に入るのを何度か見かけたが、その度に「アー、また来た」と思ったものだ。それまでの私はネギ類が嫌いで、食べたことがなかった。しかし、これだけ続けば嫌いとばかり言っていられなくなり、次第に食べられるようになった。この長ネギは五月初めにネギ坊主ができて固くなるまで続いた。美保空周辺は今でもそうだが、長ネギの大生産地だったのだ。いま私がネギ類を食べられるのは予科練のお蔭だと思っている。

若鷲煎餅

美保空には「若鷲煎餅」というのがあった。烹炊所で各分隊に配食して残ったご飯を加工したものらしく、表面に麦の粒が残っていた。煎餅とはいうものの、パリパリ感はなく、普通の餅よりもっと粘り強く固いものだった。在隊中、短冊状に切ったものを二、三枚宛、二回支給された。噛み切って口の中で転がしているとほのかな甘みが浮かんできた。このようなものではあったが、「予科練でオヤツ」と思えば何となく嬉しかった。

操偵別検査

五月に入り、隊内生活にも慣れてきた頃、医務室で「操偵別検査」が行われた。練習生各自が操縦員向きか、偵察員向きかを調べるもので数項目のテストがあった。その一つに通称、ハトポッポという箱状のものに形ばかりの主翼、尾翼がついた飛行機の形をしたものがあった。中に操縦席があり、操縦桿と水平・垂直を示す計器がついていた。中に座ると蓋が閉められ、真っ暗になる。これを検査員が前後左右に傾けるのを計器で見ながら操縦桿で水平に戻す作業をするのだが、電動機のグーンという音が緊張感をさらに高めた。

しかし、これは面白かった。足踏み桿があったかも知れないが記憶にない。次にうつむいて椅子に座り、その椅子がゆっくり回転するのがあった。他人のを見てあれぐらいゆっくり回るなら大したことはないなとタカをくくって椅子に座ったが、これがとんでもない見当違い。終わって椅子を降りると立っておれないほどの強烈なめまいに襲われた。その他、肺活量、握力、色神（色覚検査）などの検査があり、その結果、私は操縦という判定だった。判定は美保空の軍医長が下した。

班長の当番係に

班長たちの居室には二段ベッドが置かれ、その影の見えにくいところにビールや葡萄酒の空き瓶が数本並んでいた。葡萄酒といえば赤玉ポートワインしか知らなかったので、班長たちはあの甘い酒を飲むのかと思ったが、そうではなかったようだ。特に私の班長は夕食後、一杯機嫌で赤い顔をしていたことが再々あった。部屋の片隅にはバットも二、三本立て掛けてあった。これらのことは私が指名されて班長の身の回りの雑用を言いつけられて教員室に出入りする回数も多く、部屋の隅々まで眺めることができたので覚えている。

ある時、教員室内で、班長から上層部からの指示でバット制裁が禁止されたという話があった。練習生でこれを聞いたのは私だけだったと思っている。そのゆえか、美保空在隊中、バット制裁を受けた記憶はない。この話といい、飲酒後の赤い顔は本来練習生に見せてはならない姿だと思うのだが、班長は私には気を許していたようだった。私は居住区に戻っても教員室内での出来事は一切口外しなかった。班長たちは館内靴と呼ぶ普通のひも付きズック靴を履いており、それを羨ましいと思いながら眺めていた記憶がある。しからば我々は何を履いていたのか、全く記憶がない。

屋外では地下たびが考えられるものの、屋内では素足だったのか、または靴下だけを履いていたのだろうか。地下たびではないと思うがわからない。

大山に移る

入隊して五〇日あまり経った五月二二日（と思っている）、私ども一六期練習生全員は空襲を避けながら教育を受けるため、大山・大山寺部落に居住・訓練の場を移した。現地の旅館・宿坊が宿舎に充てられた。大山山頂付近の谷間にはまだ多くの雪が残っていた。

ここでの朝の総員整列は、博労座という昔、馬市が開かれていた広場で行われたが、軍艦旗掲揚はやらなかった。私の班の宿舎は広場に隣接した旅館だったので、朝、定刻に起きても十分ゆっくりできた。宿舎の遠い分隊では毎朝、五分～一〇分の早起きが必要だった。

陸戦訓練ばかり

大山に来てからは体操、手旗の訓練はほとんど行われず、通信も雨天時に何回かやっただけで、その内やらなくなった。後はもっぱら陸戦訓練だけとなっていった。陸戦訓練は主にその頃ツツジが満開だった大山西側山麓の枡水原で行われた。訓練内容は南方のジャングル戦を想定したもので、挺身奇襲の手順、方法と敵の防御体制についてだった。

班長の話には「ガダルカナルからの戦訓によれば……」という言葉がよく出てきた。敵は陣地周辺に高感度マイクを設置していること、犬を連れて巡回していること、犬の種類はシェパード、ドーベルマン、テリヤなどであること等々で、テリヤが神経質な犬であることもこの時教えられた。これらのことは班長を囲んで話を聞くだけだから身体は楽だったが、きついのは匍匐前進《ほふくぜんしん》（伏して手と足ではいながら前進する）で、腕の感覚がなくなるほどやらされた。この訓練はすべて班単位で、初めは午前、または午後の半日だけだったが、一週目くらいからは弁当持参の終日訓練になった。

このような状況の中、今でも不思議に思うのは他の班、他の分隊の訓練中の姿を見たことがないことだ。あれだけの人数だから、いつか、どこかで一緒になってもおかしくないのになぜか見た記憶はない。それにしても飛行予科練生になぜこれほどまでに陸戦訓練が必要なのかと疑問を持ったこともあったが、勿論、口には出せない。やはり、上層部には本土決戦必至との判断があったのだろう。

海軍記念日に大神山神社参拝

大山に移って五日ほど経った五月二七日、海軍記念日。私ども練習生は一種軍装に身を固め、地元の大神山神社に参拝した。

この日がたまたま地名の由来ともなっている大山寺の縁日か何かだったらしく、普段は見かけない大勢の人が参道の両側に並び、私どもの隊列を見守っていた。私どもは見られていることを意識してか、この時は隊列も乱れず、歩調も整然と石畳の参道をザックザックと駆け足で進んだ。

その時、数人の老婆が隊列に向かい手を合わせて拝んでいるのが眼に入った。一瞬の全く予期せぬ出来事であったが、私の脳裏には様々な想いが交錯した。一般民間人の軍隊に対する信頼、期待をひしひしと感じたものの、当の我々はまだ入隊二か月目の新兵。この信頼、期待に応えうるだけの知識も能力もまだないのに、という忸怩《じくじ》たる思い。反面、晴れがましい、誇らしいという気持ちも心の片隅にあった。この時の複雑な心境は六〇年以上経過した今でもはっきり覚えている。

参拝を終えて宿舎に帰った時、班長から「お前たち自分では気づいていないだろうが、今のお前たちは入隊時に比べると数段上の兵隊になっている。それは今日の行進に現れていた。今日の行進は非常によかった」と褒められた。私ども練習生皆が喜んだが、班長自身も私どもの成長ぶりが嬉しかったのだろう。班長から褒められたのは後にも先にもこの時だけ。

さて、海軍記念日、夕食に牛肉タップリのカレーライスが出た。それは私の五か月間の海軍生活の中で質、量とも最高の食事だった。海軍がこの日をいかに大切にしているかよく判った。

教育中止

大山に移って一か月あまり経過した六月下旬（二五日だと思っている）、私ども美保空一六期生全員は大山寺部落の東側に隣接する豪円山山麓の窪地に集合した。民間人の接近を防止するため、各分隊の班長が周辺を固める中、先任分隊長でもあった和泉大尉から飛行予科練習生の教育中止が告げられた。突然のことではあったが、なぜか驚きや不安は余りなかった。次に起きるだろう事柄を見極めたいという好奇心の方が強かった。二、三日後には大半のものが舞鶴方面に移動して行った。私を含む居残り組は彼らの後を追うようにして大山を降り、美保空に戻った。

仮入隊期間を含めて約三か月、「私の予科練」はここで幕を閉じる。この後、練習生ではなくなった私の配置は十数日ごとに目まぐるしく変わって行く。

（『天馬山』第二十一号より）

第Ⅲ部

心に刻まれた引揚げの苦難

（『天馬山』の記録から）

第5章　はるかなる天

岩手県・滝沢村村議会議員　沼崎　照夫（清津商業三期生）

激動の歴史の奔流の片隅に追いやられ、ほとんど世に知られないまま埋もれ消えていく、かつての同胞たちの労苦と献身と現地の大勢の人々の心情の一端を、私なりに検証していきたいと思い希って五〇年経ちました。

直接肌で感じたこと、見聞したことを中心に記述して参りますが、不足の箇所は、手元に有る手紙や戦後の文献（図書）等で埋め圧縮しました。また、資料不足（特に当時の写真はほとんど撮影禁止…昭和一四年一二月一二日の軍機保護法…二〇メートル以上の高所からの俯瞰撮影禁止により皆無に近い）のため、有り合わせの物を使いました。

二度と繰り返してはならない五〇年前の悲劇！

過去を直視しないところには明るい未来の展望はないと言われております。三六年間にわたる植民地支配の矛盾と不条理のもたらした互いの不幸と教訓……今さらながら痛感する昨今です。拙文ではございますが、些《いささ》かなりともご参考戴ければ幸と存じます。

また、もしこれが今後の日朝友好の一助ともなれば、望外の喜びと存じます。

アリランの歌

日本の悲劇、韓国併合！

当時、朝鮮は三つの大国の軋轢《あつれき》のはざまにあった。清（中国）は依然として朝鮮を自国の属国と見なし、ロシアは執拗にこの半島をねらい、日本に対して三八度線をもって二分割し、両国それぞれの勢力下に置こうと提案したが、日本が拒否すると満州に大兵力を送り緊張が高まった。危機を感じた日本は、武力を背景に韓国を強引に併合し、ロシアと対峙《たいじ》したのである。

これに先立ち朝鮮は李朝末期の停滞から脱皮し大韓帝国として独立を宣言、独立協会は独立門を建て、民衆は新たな希望と誇りをもってスタートしていた。

そこへ日本は強大な武力を背景に押し入り、有無をいわせず保護条約に調印させ、軍隊を解放させるとともに、やがて京城郊外に兵力を集結させ、憲兵の厳しい巡回の中で日韓併合条約に調印させたのである。だが保護条約締結に当たっての大韓帝国皇帝の批准書がなく、加えて併合条約成立に当たっては当時の国際法五一条に抵触していたとも言われている（脅迫による強制の結果行われたものである場合には、いかなる法的効果も有しないとウィーン条約にある）。

条約調印の真相を知った民衆は憤激して一斉に起ち上がり、本格的な反日独立の武器蜂起と抵抗運動のあらしが全土を吹きまくり際限なく拡大していったのである。

解放させられた韓国軍の多くの将兵は銃を持ったまま義兵に合流し、併合直前の三年間だけでも日本軍との交戦回数二八一七回、参加者一四万人を超え、戦死者一万七七七七人となっている。これは日清戦争の時の日本軍の戦死者統計より五〇〇人多く、まさに戦争状態である。以後およそ四〇年、血みどろの闘いが各地で繰り広げられ、苛烈な弾圧と討伐による犠牲者の数は、さらに増大していった。土地を奪われた多くの人々は漂泊民となり、ある者は火田民や土幕民となり、ある者は日本へ、満州へ、シベリアへと流れていった（その数、一〇〇万人とも二〇〇万人ともいう）。併合当時、その真相をほとんど知らなかった日本の国内では祝賀の行事でわき、東京では花電車が走り旗行列が繰り広げられていた。その中で一人、本県の詩人石川啄木は併合の非道さを直感してうたっていた。

「地図の上、朝鮮国にくろぐろと　墨をぬりつつ秋風を聞く」

「大海のその片隅に連なれる　島々の上を秋の風吹く」

当時二四歳、多感な青年の目には、条約の向こうに横たわる不吉で巨大な破局の影が映っていたのかもしれない。併合という二つの文字のもたらしたもの、善意や動機はともあれ、武力による隣国への干渉と強引な併呑！　ここに悲劇の発端があり不幸の種がばらまかれたのである。

火中のクリを拾う者はいない。だが、当時西欧列強のアジア侵略の包囲の中で、東洋の盟主を自負した日本は、自国の安全と平和と引き換えに、あえてダモクレスの両刃の剣を抜いたのである。

パルチザン

〝風よ！　憤懣《ふんまん》の響きをこめて白頭から雪崩《なだれ》て来い！　涛《なみ》よ！　激憤の沫《しぶ》きを掲げて豆満江に迸《ほとばし》れ！

お丶、日章旗を翻《ひるが》えす強盗ども！　父母と姉と同志の血をそそぎ、故国からおれを追い、いま、剣をかざして間島に迫る日本の兵匪《へいひ》！　お、、お前らの前におれたちがまた屈従せねばならぬというのか！（中略）〟

弱冠二〇歳、高知の青年槇村浩の「間島パルチザン」の歌の一節である。昭和七（一九三二）年、不当な併合と統治に反撃する朝鮮パルチザンへの連帯を高らかに歌っている。そしてさらに歌はこう続く。

〝お、、三月一日を忘れようぞ…声をからして、父母と姉弟が叫び乍ら、こみあげてくる熱いものに我知らず流した涙を、おれは決して忘れない！（以下略）〟

血塗られた日韓併合、不幸な民衆の怒りと爆発！　これはその共感の叫びであり代弁である。

大正八年三月一日の一斉蜂起。全土に拡大した独立万歳運動は参加者二〇〇万人、五か月間の死者七六四五人、負傷者約四五〇〇人、逮捕者約五万人、最終的な犠牲者は一〇万人を下らないという。また、大正一二年の東京大震災の時、虐殺された無実の朝鮮人は六四二二人。そして昭和四年に発生した元山《げんざん》ゼネストでは参加一八社二三〇〇人が参加した（四か月）。同じ年の光州学生事件では同盟休校一九四校、六万人が参加し投獄された者一七〇余人。そして翌年五月の五・三間島武装蜂起事件での死者は四万人と記されている。併合統治三六年。煮えたぎる怒りと憎しみの上に築かれた砂上の楼閣。そして朝鮮総督府、それは幾百万の慟哭《どうこく》と怨《うら》みの上に君臨した虚構の大宮殿。昭和五年から終戦までの一五年間に展開された抵抗と弾圧の結果の投影、死者六五九三人、負傷四万二五五二人、逮捕一万一三五〇人。

追われた統一戦線の抵抗組織は、やがて白頭山の原始林の中に「密営」を設け、祖国光復会を結成発足した。いわゆる「間島パルチザン」である。その網領の冒頭に「強盗日本帝国主義の統治の転覆」をうたい、全土に政治工作員を潜入させるとともに、国外四か所に組織を作り、やがて重慶に総司令部を置き、上海に「大韓民国臨時政府」を樹立、祖国奪還の時を狙っていた。パルチザンの遊撃出没の回数は六年間（昭和六年〜同一一年）だけで二万三九二八回、延べ人員一三六万人、奪われた銃三一七九挺に及んだという。これが統治の蔭の一断面である。

太郎たちはこうしたことを漠然と肌では感じていたが、その真相はほとんど知らされず、在住日本人のほとんど知ることもなく、知らないでいた。歴史には逆説はあっても仮説はないという。だが視点を変え、立場を変えて相手の鏡で自分を眺めることは、仮説でも逆説でもない。

統治

日本政府の統監は両国が一つになることを期待して言葉を選び「併合」とした。この時、彼らの中の一部の同意はあったという。だが多くの民衆は憤激し一斉に反発決起した。「併合」は平等な立場に立っての合併ではなく、一方的な「併合」つまり「植民地支配」であるという。

朝鮮総督府は三・一運動を機に、それまでの武断政治を文民統治に切り替え、民衆の皇民化政策を強行していった。やがて一五年戦争の後半から戦争遂行のため、彼らを日本人として志願兵とし、兵隊とし、徴用工として大量動員していった。

太平洋戦争に動員された者は、ざっと次のようである（複数の資料による）。軍人・軍属として三六万五〇〇〇人、そのうち戦場へ二三万人、戦死、病死など三万余人。戦犯として死刑執行された者二三人、重刑に処せられた者一三二人（いずれもほとんどが無実の罪である）、女子挺身隊（一八歳〜四〇歳）として二〇万人、そのうち慰安婦とされたもの七万人という。さらに強制連行（日本、中国、樺太）七二万五〇〇〇人（死者六万人以上）、労務動員（徴用工）四一五万人。総じて六〇〇万人もの青壮年たちが駆り出されていたという。当時の人口二〇〇〇万人余り。大半の家庭が深刻な打撃を受けていたのである。まさに朝鮮民族の根こそぎ動員である。加えて、広島、長崎で被爆した者は約七万人とも一〇万人ともいう。被爆者は四人に一人が朝鮮人（現在生存者は一万人という）。また、戦時中、日本（内地）への移住者は最終的には二一〇万人に及んだという。これがもし統治の一つの成果であるとしたら、理由はともあれ、何のための統治であったのか、何のための併合であったのか。

日本の戦争遂行のために協力させられた朝鮮人の苦衷と被害、どれほど多くの朝鮮人が悩み、苦しみ、屈折と葛藤《かっとう》の苦盃をあおらされたことか。中には、あえて献身し協力し戦いたおれていった者も大勢いたけれど、これら無量の痛手と犠牲は彼らは決して忘れることはない。

また、この四〇年余り、現地の大勢の日本人たちが流した血と汗と善意と献身はどうなったのか、だれがどう意味づけ、弔い、記憶していくのか。

粘り強い勤勉な国民性と厳しい歴史と風土に鍛えられ培われた不屈の抵抗精神があるここの人々には、姑息な文字の綾《あや》は、通用しなかったのである。結果として差別と偏見の不純な処遇のある限り、協力はしても同化することも一つになることも遂に不可能であったのである。一方的な善意の押しつけと、わずかひと握りの独善と傲慢の両刃の剣は、そうして相手に癒《い》え難い苦痛と悲しみを与え、かえって自らにも無量の負の遺産をもたらし、悲劇の幕を閉じたのである。

そして、遂にやって来た破局と解放の運命のこの日、八月一五日！　戦いは終わったけれど、それら無数の深い傷口は大きく開いたままであった。そして避難民たちは、その傷の痛みの充満する果てしない荒野を逃れ、さまよい、漂っていた。

追われゆく民

野も山も川も海も、いつもと何も変わっていなかった。だが戦火に追われた人々は、あの日から生活のすべてを失い、そして、この日（一五日）からほとんどの日本人は、いきなり天地がひっくり返ったように思われた。足もとの大地が崩れ落ち、天が裂け、四面皆マグマの海となったようである。秩序も価値も誇りも庇護も法律もすべてが逆転し、忽煙《こつえん》と消え失せたのである。すべてが他人の物となり、身体一つ、着のみ着のままで大混乱の異国の真っただ中に放り出されたのである。

在朝鮮同胞九二万人。その中で最も深刻な痛手をこうむったのは、北朝鮮抑留の二二万人である。その要因はソ連軍による三八度線の封鎖である。南下する鉄道をすべて遮断し、すべての日本人の通行を冷酷にも拒否したのである。

戦火が収まると逃げ遅れた人々や、ソ連軍指揮官の指示のまま元の住地へ戻った人々もかなりいた。清津へ八〇〇人、その他へ一二〇〇余人という。だが昨日までのわが家はすでにわが家ではなくなっていた。当時、咸北在住日本人は七万人。そのうち六〇〇〇〇人が満州へ避難し、五万人が南下したが途中でソ連軍の暴行、略奪におびえ、傷つき、やっとのことで咸興《かんこう》や元山《げんざん》、興南《こうなん》の都市部へと集結していった。また、西北の平安二道には平壌を中心に満州からの避難民六万人が殺到したが、あまりの惨状に二万人が満州へ引き返し、残りの人々は二〇余りの市や町に分散流入し、やがて厳しい冬を迎えようとしていた。

一方、ソ連軍によって抑留された七万六〇〇〇人（一〇万人ともいう）の将兵たちは、清津や羅津《らしん》、元山で工場の解体や積荷の作業にかり立てられた後、全員シベリアへ連行されていった。この中で城津で武装解除された将兵は、八月の炎天下、なぜか食糧も与えられず何十日も歩かされていた。その里程、実に七〇〇キロ。連日の飢餓と略奪、暴行の中で、多くの犠牲者を出し、挙げ句の果てに、そのままシベリアへ連行していったという。

太平洋の「バターン半島の死の行軍」は一二〇キロ、九日間である。列車も食料もなかったのである。だが戦後の極東国際軍事裁判では捕虜虐待で極刑をもって断罪している。だがこの「北朝鮮の死の行進」では汽車も鉄道も食料も十分にありながら、そうしたのである。そして不問のままである。また、避難や運行途中多発した落伍者や大勢の病人たちの消息も不明のままである。しかもこうして追われ、戻され、行き場さえ失って途方に暮れた不運の北朝鮮抑留二七万の日本人のそのほとんどが一般の民間人である。つい昨日までアジアを思い、祖国のため、この国のためと信じ、まじめに働き、ともに汗を流し、尽くしてきていたのである。米軍は南下して来る避難民たちを、いつでも暖かく受

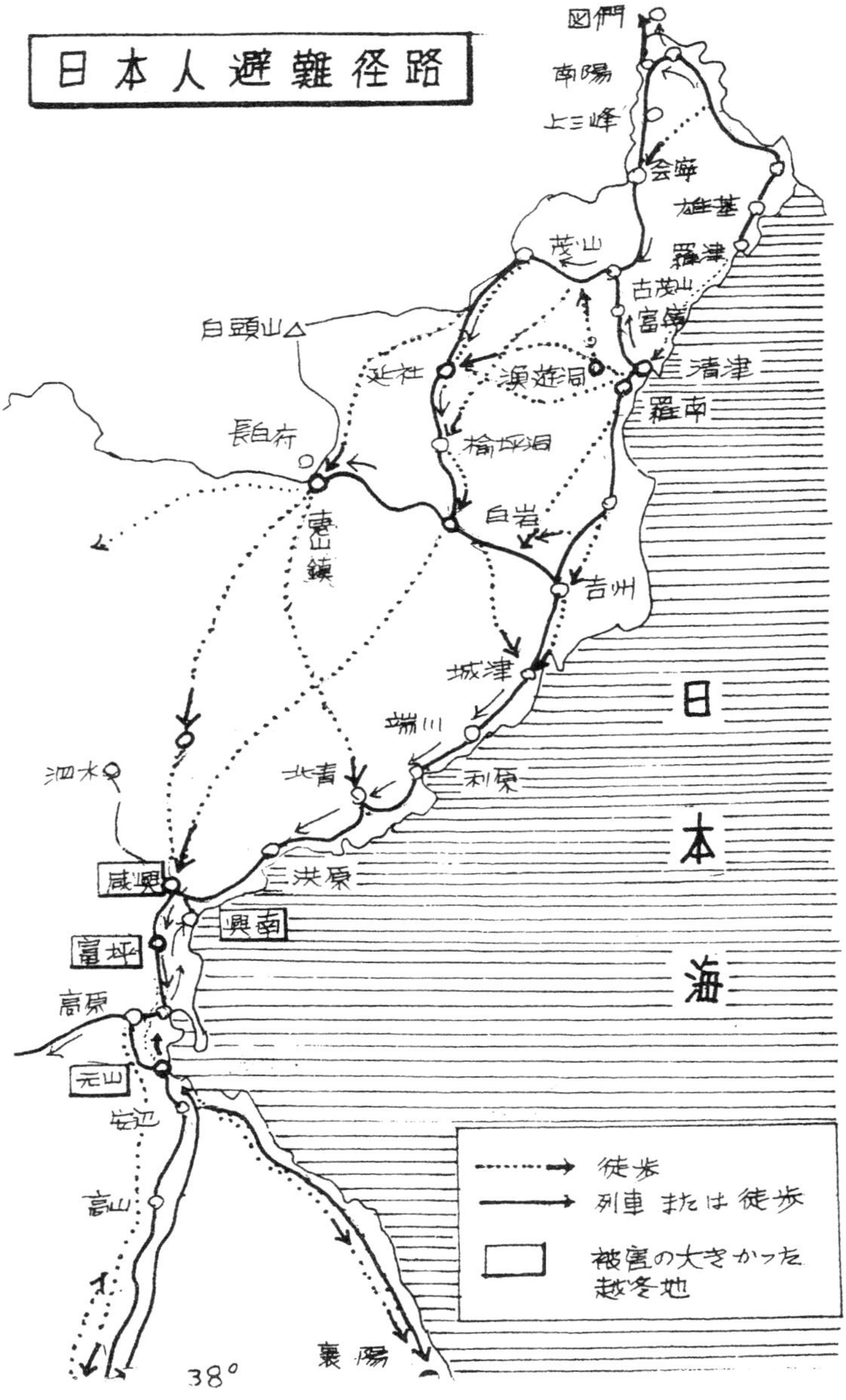
日本人避難径路
図們
南陽
上三峰
会寧
雄基
羅津
古茂山
富寧
茂山
清津
羅南
白頭山
延社
楡坪洞
長白府
恵山鎮
白岩
吉州
城津
端川
利原
北青
泗水
洪原
咸興
興南
富坪
高原
元山
安辺
高山
襄陽
38°
日本海
徒歩
列車または徒歩
被害の大きかった越冬地

け入れる準備をし態勢を整えていた。だが、ここではこの人々に、どんな明日を用意していたのであろうか。周りにはすでに冷たい秋風が吹いていた。

鴨緑江

恵山鎮を出た太郎たちは西の峻険を選んだ。目標は兼二浦《けんじほ》。清津と同じ日鉄の会社がある。戦場にはなっていないしソ連軍は、いまだそこまでは行っていない。地図もなく、地理もわからないが取りあえず鉄道がある江界《こうかい》を目指した。直線距離一五〇キロ、間道を山道を回れば三〇〇キロ。とにかくソ連軍が進駐する前にたどり着かなければならない。

この頃北朝鮮各地ではすでに集落ごとに保安隊が組織され、男の通行を厳しくチェックしていた。だが、ソ連軍が進駐すると、その時から脱走兵だけでなく一般民間人までも対象とした「日本人狩り」を強行させるため、日に日に周りの空気は険悪になっていた。

太郎たちは行く先々で道を尋ねたが、現地の人たち（朝鮮人）は太郎たちを兵隊でなく一般の民間人と思ってか、大抵は親切で道順や危険地帯まで数え、励ましてくれた。鴨緑江《おうりょくこう》岸の国道を西に進むと右手の対岸が満州で、黒い山脈《やまなみ》がすぐ目の前に迫ってくる。その向こうに何が起きているのか、この時は太郎たちは知る由もなかった。

だがこの頃、満州では関東軍はすでに壊滅していた。降伏を拒否した部隊は当初三四万人。そのうち二万人は徹底抗戦を叫んで長白山《ちょうはくざん》に遁残《とんざん》していたという。在留日本人は一三〇万人（民間人）。そこへ反日と報復の暴風が連日襲いかかり、各地で悽惨《せいさん》な地獄絵図が繰り広げられていたのである。

二日目の夜、三〇人ばかりの異形の集団一行に誘われて合流した。驚いた。何と、ほとんどがまるで乞食のようなひどい姿、格好である。将校二人だけは帯刀していたが、他は皆丸腰で、帽子から靴までてんでんバラバラ、満人服やら朝鮮服やあるいは半分半分の、うす汚れたよれよれの服装である。かつてのあのりりしい関東軍の面影はどこにもなかった。そのうち、一人の若い兵隊が歌い出した。

「ハアー、佐渡へ佐渡へと草木もなびくーョー」ボリュームのある素晴らしい、いい声だ。折からの明るい、半月に川面が光り、せせらぎとススキと秋の虫の声。聞きながら歩きながら太郎は何ともいえない深い感動に包まれ思わずつぶやいた。

「ああ、これは歴史だ、永遠の俺たちのフィルムだ。今こうして追われ、秋の夜ふけの鴨緑江岸を朗々歌いながら落ちて行く。俺たち若い裸形の群影、まるで歴史を歩いている」

すると日野原が「生きて帰れたら一生涯の思い出だ」と言った。続いて松下が「最悪だが最高の名画だ」と低い声で言った。名曲が終わると、すかさず前と後ろの列から二、三人が思い思いの民謡を歌い出した。やがて一行は路傍の草むらで野宿した。夜露を避けて目を閉じると、なぜか、せせらぎの音に交じって、かつて太古の昔からここを駆けめぐっていった無数の兵馬のいななきや、おたけびが聞こえて迫ってくるような気がしてならなかった。鴨緑江！　全長七九〇キロ！　朝鮮半島第一の大河。そこに流れた日本の「佐渡おけさ」。昭和二〇年八月三〇日。太郎たちはこの時、確かに歴史の大河のすぐ側にいた。

狼林山脈

翌日この一行と別れ狼林《ろうりん》山脈を目指した。大勢で歩けば、かえって危ない。平均高度一〇〇〇メートル、二〇〇〇メートルを越す峻険と深い渓谷、大森林が続いていた。二日目のこと、山頂の草むらで休んでいたら六人の完全武装の一団がやって来た。尋ねると「土佐だ」と言う。太郎が一刀と銃は捨てた方がよい」と忠告したら途端に逆上、つかみかかってきた。

「なに、武士の魂を捨てろだと、この野郎、朝鮮人だろう、日本人なら腹を切れ」と叫び、二人がかりで座らせ白さやの短刀をにぎらせ、下士官が「武士の情けだ、介錯してやる」と言って後ろに回り軍刀を抜いた。太郎はさやを払った。冷たく光る切っ先、背後から突き刺すような殺気が迫った。

「こいつら、敵だ、本気だな」。戦りつが背中を走った途端、太郎は短刀をいきなり地面にたたきつけ、立ち上がりざま手榴弾を振り上げた。「これを見ろ、楠中隊だ。何だ、お前ら、いつ朝鮮に来た。朝鮮語話せるか。捨てろと言ったのはお前たちだけでなく、このあとからやって来る日本人たちのためを思って言ったのだ。何だ、その格好、戦いもしないくせに」と思いっきりどなり、にらみ返した。下士官が刀を収めて言った。「分かった、無礼した。一緒について来い」。山下がついて行こうとしたので止めた。「行くな、危ない」そして寝転んで時間を稼いだ。

四〇分ばかり経った時である。下のふもとの方で突如激しい銃撃戦の音、案の定だ。太郎は隠し持っていた手榴弾を草むらに捨て、さらに一時間ばかりたって山を下りた。

集落に近づくと家ごとに女たちが飛び出して来て手を振り振り必死に叫びとめた。

「行くな　行くな、戻れ」「日本兵が殺された」「皆血だらけになった」「トラックでロスキーへ運ばれた」「行くな、戻れ。殺される」だが引き返すことはできない。前へ進んだ。殺気立ったいくつもの銃口、やがてぶ厚い壁の牢屋に入れられ、かぎをかけられた。「あいつら、半分くたばった。お前ら仲間だろう。明日ソ連軍に引き渡す」。服装検査ですぐばれる。靴下とふんどしと煙草（関東軍の極光）の三つ、いずれも軍隊の物である。夜になると二時間おきの巡回当番。どこをたたいてもビクともしない。そして真夜中。

新顔の男が入って来た。流ちょうな日本語、太郎は必死に食らいついた。彼はしんみりと語った。「内地の飛行場にいた。毎日特攻隊を見送った。日本人にはとても世話になった。女学生たちも親切だった。君たちがあの日まで製鉄所にいたということを信じよう。日本人に世話になったお礼だ」そして脱走の手はず、方角、道順、注意点など、固く口止めし約束して出て行った。

約束通り二〇〇数えてから戸を押した。錠が緩んで戸が開いた。犬に気をつけ、はだしになって暗やみをはい、走り、一時間ほどして長津江《ちょうしんこう》の支流へ出た。一本橋の上でたき火をしている数人の保安隊。彼のためにも捕まってはいけない。「くそ！　捕まるもんか」。橋の下を潜り流れ、無事突破した時、冷えきってガタガタ震えながら三人は互いににやりと笑った。

点と線

何日も山野をさまよっていると野生回帰か五感がさえて直感で判断していくようになった。そして携帯食糧が尽きると、たちまち乞食姿になってしまった。また、その方が安全であった。

一つの山脈を越えると、その向こうにまた新しい山脈が横たわり、そのまた向こうにも一つの山脈が遠くかすんで見える。太郎は空を仰いで叫んだ。

「阿南よ、見ろ！　何日かかるかなあ。何て遠いんだ。何て遠いんだ。雲が飛び、風が飛び、おれたちの青春が吹っ飛んでいく。阿南よ、さあ、また出発だ。歩けるか、大丈夫か」（阿南は一七歳）

三水の近くで一人でやって来る上等兵（沖縄の金城、二二歳）とすれちがった。「行くな、戻れ」と言う。行く先のすぐそこの集落の入り口に、日本人の死体があるという。小学校の校長一家三人（妻と娘、本人は切腹）の不運の自決！　近づくと、むしろがかぶせてあった。一面妖気が漂っている。止むなく引き返した（往復三〇キロの遠回り）。

「お気の毒です、どうか無事に内地に帰ってください」「危なかったら、いつでもここに戻ってください」「幸運を祈ります」行く先々でお世話になった。いくつもの集落で人々はそう言ってくれた。ありがたかった。心苦しかった。一軒や二軒ではない。しかも反日感情が日に日に悪化し、日本人狩りの冷たい風が吹き荒れる最中である。

二つの山脈に囲まれた静かな一つの山間集落で二晩お世話になった。皆が親切で、まきを割ったり重い物を運んだりして手伝った。

三日目の朝、村長が村の三人の娘（一五、六歳）を連れて来て坐らせ、太郎たちに紹介した。「むこになってくれ」と言う。「村の青年たちは皆内地へ行ったまま一人も帰って来ない。君たちも、これからどうなるか心配だ。夫婦になってこの村で一緒に暮らしてくれ」。母親たちも頭を下げた。丁寧に事情（三人とも長男）を述べ、心残りのまま、しばらくして村を出た。申し訳なく、これ以上はいたたまれなかった。

この頃、ソ連軍はすでに長津江を渡っていた。「ソ連兵だ！　逃げろ！」。すぐ後ろからトラックの音。その一帯はパニックになった。三人は左手の林へ飛び込み上へ上へとよじ登った。すぐ下を土煙をあげて西（江界）へ向かって何台もの車が通っていった。あいにくの濃霧とどしゃ降り、しばらくすると日野原が震え出して倒れてしまった。飢えと寒さと極度の疲労！　松下と代わる代わるに背負い暗がりの中、泥んこになって反対側の集落に下り助けを求めたが、どこでも断られ銃を向けられた。

最後にずぶ濡れのまま一軒の農家の庭の泥水の中に座り込んでしまった。そのうち老婆（オモニー）が出て来て年を聞いた。「三人とも一八歳」と言うと「哀号」と涙ぐみ老父（アボジー）を連れて来た。二人は「私たちの一人息子も一八歳だ。ヒロシマへ行ったきり帰って来ない」「お前たち、私たちの息子だ、入れ」と言い、こっそりかくまってくれた。

たきびと布団と息子の服、そして暖かい夕食とやさしい介護！　おかげで翌朝、日野原は自分で起きた。お昼前にソ連軍が来るというので急いで出発した。ずっしりと重い大きなおにぎり、老夫婦は小さな窓からいつまでも手を振っていた。

修羅

ソ連軍はすでに江界の街に入っていた。進駐と同時に軍政を敷き、徹底的な日本人狩りを行っていた。太郎たちは半日遅れて、そのど真ん中に入っていったのである。街が見えはじめた頃一人の青年と仲良しになった。煙草一本のよしみである。彼は市内の様子を語り、急いで朝鮮語の単語(名詞)一〇ばかりを覚えるまで教えてくれた。

市内は大勢の避難民(ほとんど朝鮮人)とソ連の兵士であふれ騒然としていた。女の兵隊もいたが服装は汚れたままである。太郎たちの目の前を七人の日本人(鉄道員)がソ連兵に連行されていく。市場を通ったら危うくばれそうになったが一人の老婆がかばってくれた。街中が日本人狩りで極度に緊張していた。駅前の広場で二頭の牛が射殺、解体されていた。人だかりの中、牛の血のそばで二人の飼主がうすい軍票を渡され「哀号」を連発、あ然としていた。

駅には二〇〇〇人ばかりの避難民があふれ、一〇分おきにソ連兵と保安隊が険しい目つきで巡回している。しばらくして駅の中で人混みに紛れ込んで座っていたら、すぐ後ろで突然鋭い「イルボンサラメ!」の声。太郎は自分だと思いドキッとした。振り向くと一人の男が起ち上がり仁王立ちになり日本刀を大上段に振りかざし、すごい声で叫んだ。

「そうだ。日本人だ。きさまら、たたっきってやる。さあ、行くぞ!」周りの群衆はワッーと跳び散った。だが、すぐに自動小銃を持った二人のソ連兵が飛び込んで来た。彼は、ぐるぐる巻いたむしろの中に隠し持っていたのだ。保安隊がむしろを持っていった。

駅の外で若い一人の朝鮮人と知り合った。鉄道員だと言う。彼は固く約束した。「完全におしになれ」。そのすぐ前に五人ばかり若い娘たちがいた。先刻から太郎たちに気づいたので密告を懸念していたが涼しいひとみが笑いながら見逃してくれた。改札口に殺到する群衆をソ連兵と保安隊が一列に並べ、朝鮮語で一人一人尋問し始めた。刻々太郎の順番がやって来る。あと五人……絶望的だった。だがとっさにハプニングを試みた。殺気だっている後ろの大勢の圧力を前にぶつけたのだ。群衆の列が二、三度うねり、四回目には列が大きく乱れ、そのまま改札口を突っ切って列車に殺到した。ソ連兵も保安隊もはじき飛ばされ、どの無蓋貨車もあっという間に立ったままでの超満員、一人も座る余地はなかった。

発車の時、そっとホームを見た。満州から逃げて来た不運の同胞十余人（男女）や子供連れの親もいた。三つ目の駅で松下が見つかり、貨車から飛び降りて行った。列車が止まるたびに、日本人狩りは執拗に行われ、そのうえ、ひと晩中雨が降り続き全員ずぶ濡れになった。そして翌朝雨があがると素晴らしい田園風景、視界がぐんぐん明るく開けると乗客たちは身を乗り出し手を振り歓声をあげ始めた。あと一時間で平壌だ。太郎も乗客たちの歓呼の声に合わせて思わず「チャリハンダー」と絶叫した。

途端に隣の男が右腕をつかむと叫んだ。「日本人だあ」。万事休す。おしがしゃべったのだ。千尋の功が一瞬に吹っ飛んだ。「たたき出せ」「放り出せ」「ソ連軍へ突き出せ」。車内はたちまち修羅と怒号のるつぼとなった。

最後の脱出列車

超満員の無蓋貨車の中である。一晩中立ち通しのうえに雨に打たれ油煙をすすって乗客たちはいら立ち、うっ積していた。それを一人の日本人に向かって爆発したのである。絶体絶命、両腕をつかまれ、憎悪に燃えた目が全身を刺す。放り出されるか、ソ連軍か、太郎は観念した。だが、最後の賭《か》けにでた。青年は左の片隅で泥のようにしゃがんだまま眠っていた。手を振り切り近寄って揺り起こし叫んだ。

「起きろ！　見つかった」。青年は舌打ちしながら立ち上がり太郎につぶやいた。「だから、おしになれと言ったのだ。こうなったら覚悟だな」。青年は太郎と並び激昂する群衆に向かって叫んだ。「この若者は日本人だ。だが兵隊ではない。私の親友だ。戦争が終わったので日本の郷里へ帰るところだ。あの清津から何十日もかかって、やっとこの汽車に乗ったのだ。今もしこの日本人一人を降ろしたところで、一体何人が座れる。ひと晩中皆と一緒に雨に濡れ、やっとここまで来たのだ。あと一時間で平壌だ。ほとんどの日本人は捕まってしまったのに、この日本人は運が良かったのだ。ここで不幸にして、だれが得をするか。それでも降ろすというなら私も一緒に降ろせ。同じ避難民ではないか。しかも、この友人は長男だ。何も悪いことはしていない。内地には、まだ大勢の同胞が残っているではないか。どうか静かに見逃してくれ」。

するといすぐ前の老婆が言った。「長男だそうだ。親も兄弟も待っていることだ。助けてやれ、助けてやれ」。続いて隣の老人が言った。「運が良い日本人だ。良い友達だ、黙って見逃せ。どうだ、皆！」。

聞いているうちに周りの空気が変わった。表情が和らぎ、目をふいている婦人もいた。そして一様に「イエ」「イエ」と答えた。太郎は一度引いてしまった全身の血が一度によみがえり、言い知れない感動に包まれて深く頭を下げた。太郎をつかまえた二人の男は悔しそうににらみ返していたが、ここは孝悌の国、長老の言葉は絶対である。次の駅でも保安隊が車内をのぞき込んで叫んだ。「日本人はいないか」「隠した者は厳罰だぞ」。太郎は息を止めた。だが車内は異口同音に答えた。「いない」「いない」。

青年は二つ目の駅で降りた。彼の郷里である。太郎が一緒にホームに飛び降りてお礼を言うと「同じ東洋人じゃないか。当たり前じゃないか。これから白人たちに対抗して互いに協力して東洋を守っていこう。無事に帰ったら困っている同胞を助けてやってくれ」。名前も告げず明るく笑い握手して別れた。一七歳であった。

平壌駅で下りた。雨が降っていた。日野原も無事であった。構内には正規の軍装をした日本軍の大部隊が整然と並び静かに列車を待っていた。将校だけ刀をさし兵隊は皆丸腰で重そうな背のうを背負い全員が妙に沈んだように黙り込んでいる。そして要所要所に自動小銃を構えたソ連兵が見張っていた。一人の将校に近づき話しかけたが、じろりと見返したまま無言である。沈黙の平壌師管区（定平）旧第一三七師団の将兵たち、一体これからどこへ行くのか。

太郎たちの乗った列車は満州からの最後の脱走列車であった。

大同江

駅前の水道で顔を洗った。帽子も手もすすけて黒ずんでいた。雨の中広い電車道を通り右手の銀行社宅を探し、その中の一軒にお世話になった。

主人は召集された若い夫人と二人の子供（男と女）、それに二人の脱走兵（下士官）が住んでいた。社宅のほとんどの主人はいないので脱走兵が主人になりすまし強盗やソ連兵の侵入に対する用心棒を兼ねているとのことである。夫人が太郎たちに早速ふろをすすめ、主人の下着や服を出して着替えさせてくれた。

夕食に豆腐のみそ汁とたくあんが出された時、二人はやっと人心地がし、久しぶりに畳の上に寝ころんだ。夜中近くで人が追われる足音とともに数発の銃声が聞こえた。「毎晩ですよ」と夫人が言った。「内乱状態だ、混とんとしている」と脱走兵が言う。そこで今日の駅の構内の部隊のことを話したら「きっとシベリアだ」と言い「満州から避難民が大勢この市内にあふれている」と話してくれた。

三八度線まで直線距離一〇〇キロばかり、三日で行ける。決行しようとしたら止められた。

三日目、朝早く出発した。三〇分ほどして大同橋を渡ったら、さっそく捕まった。近くに詰所があり、中に入ると一人の背の高い将校が若い保安隊になぐられ大声で泣いていた。さりげなく近より、小さな声で「泣くな中尉」と言ってやった。目ざとく気づいた隣の保安隊が「この野郎！」といきなり太郎を殴った。

中尉は間もなく別の隊員に連れられて出て行った。三〇分ばかり油を絞られ、たたかれ、やっと釈放された。だが、行く先々で捕まり、そのたびになぐられ尋問されて二人はうんざりした。四キロほど歩くたびに一度の割合である。だが、どこでも一貫して絶対に兵隊ではないと言い通した。

午後、大同江《だいどうこう》の支流に添って進んだ。やがて前方に橋がかかって、そのたもとに屯所（関所）らしい建物が見えた。「もうたくさんだ」。二人は泳いで渡ることにした。周りを警戒し服を頭にくくり付け全裸になって飛び込んだ。その時、草むらにチラッと小さな子供の影がよぎった。「まずいな」と感じたが、ゆっくりと流れながら対岸に近づいた。

川幅三〇メートルぐらい、岸は一面ツルツルの粘土層、やっと土手（高い堤防）に上り、身体を乾かしていたら、突然五、六発の銃声！　草むらに伏せて見たら、あの橋の上からだ。数人が太郎たちに向かって走って来た。急いでズボンをつかみ二、三メートル左へ移った。続いて二度目の狙撃二、三発の銃弾が頭上をかすめた。「日本人だな、手をあげろ！」。三人が銃で囲み二人が怖ごわ近づき所持品検査をした。武器がないことを確かめると急に威嚇的になった。銃を突き付けられたまま街の中を歩かされ検問所で尋問され、竹刀と木刀でなぐられた。だが最後まで民間人一本で通し、脅かされ、そして釈放された。わずか一日で五回である。

「くそ！　負けるものか！」。二人は夕暮れの道をひたすら西へ向かった。そしてどっぷりと暗くなった。はるか前方に小さな灯りが見えて来た。「兼二浦だ！」

混とん

そこは兼二浦の鉄鋼統制訓練所。終戦の日まで大勢の若い（一五～一七歳）養成工たちの集団訓練合宿寮であった。兼二浦組の厚意で清津製鉄所からの避難民のために提供してくれた施設である。全部で五棟、南向きの小高い丘の中腹にあった。

門を入ると大勢の顔なじみがいて温かく迎え入れてくれた。皆あの社宅や製鉄所の人たちである。早速衣服と食事を与えられ、二段ベッドの部屋へ案内された。所内はどこも明るく総勢五一八人。新山課長を中心に結束し、規律正しく行動していた。太郎はその晩からボイラーたきと警備の任に就いた（九月八日）。

だが、平和は束の間であった。ソ連軍は、ここに矢継ぎ早の命令を出した。三日目「明日まで娘を五人出せ」。そして一週間目、ソ連軍の命令で兼二浦九一一人が市内から追い出されて大挙引っ越して来た。それから八日目「全員三田面《さんでんめん》へ移転せよ」とのことである。ソ連軍の命令はここでは法律である。代わりの女を出し、引っ越すことになった（退去してから間もなく、ここはソ連軍の兵舎になった）。

出発の前夜、兼二浦組の葬式があり、すごい豪雨と雷鳴の中、四人でひつぎを担いで日本人墓地へ運んだ。周りの墓標は大半が倒され無ざんに転がっていた。終戦のあの日からすでに各地の神社はほとんど放火、

破壊されていたが目の前に散乱する日本人の墓を見て太郎は暗然となった。

この頃、この半島は未曽有の激動と大混乱の渦中にあった。ソ連軍はこの北朝鮮を自国の衛星国家とするため次々と指令を発し着実にそれを実行させていった。徹底的な日本色、旧勢力の払しょくとともに、大量の政治犯の解放、亡命者の帰国が相次ぎ、日本人の財産没収、公共施設の接収が強行され、道ごとの人民政権の結成と活動が行われた。一方これに対抗する各種勢力の暗躍や相剋、軋轢《あつれき》が表面化し各地での騒乱が頻発していた。

こうした中、日本人たちは自衛のため各地で日本人世話会を結成（北は九月、南は八月中）し、リーダーたちは同胞を守るため、最悪の条件下、日夜英雄的な献身と尽力を続けていた。避難民の中には順調に南下した者もいた（約一万五〇〇〇人）。そのうち、清津製鉄所から京城に着いて帰国を待っていた者は六三一人で、六か所に分宿していた（新山課長が確認）。

だが、咸北からの避難民は咸興だけで約一万七〇〇〇人、そのうち四〇〇〇人は入る宿もなく雨の中、野ざらしのままボロきれのように市街の広場にかたまっていたという。

またこの空前の激流の中、現地の朝鮮人たちの多くは、これからどうなっていくのか、ほとんどが五里霧中で慌ただしい日々の変化を固唾《かたず》をのんで見ていたのである。一挙に噴き上げたマグマの熱風と、米ソ二大勢力の思惑との重圧の狭間にあって、大小無数の混とんの泡立ちと陣痛の深いぬかるみの世界。どんな国が生まれるのか、また三田面では何が待っているのか。互いに、不安と戸惑いが重くのしかかり交錯していた。

孤島（1）

未曽有の混とんと深いぬかるみ。九月二五日、太郎たちは、そのぬかるみの中を雨に打たれながら三田面へ向かった。女も子供も全員徒歩である。途中、太郎は歌った。「どこまで続く泥濘《ぬかるみ》ぞ……」。濡れて滑って、ただ歩くだけ、歩くしかない。

太郎は兼二浦組の引っ越しを手伝った。日本人の社宅へ行き、家財道具を牛車に積んだ時、散乱していた書物の中から一〇冊ばかり拾って積みこんだ。これからの生活に貴重な消耗品である。

三田面、そこは大同江と黄州川《こうしゅうがわ》で区切られた州《す》で、周囲はクリークと河と鉄条網とで隔離された全くの孤島であった。外部に通ずるただ一つの通路には保安隊が駐在して監視し、ソ連兵もよく巡視に来ていた。この州の上に木造の製鉄社宅と寮があり、兼二浦組一一七五人は社宅に入り、清津組五一八人は昭和寮へ移住した。

昭和寮は戦時中、囚人を収容した木造バラックで荒れ果てており、床はコンクリート、廊下は土間で窓は小さく、倉庫同然、窓ガラスや戸はなかった。建物は全部で九棟あったが、第一と第二寮を使い、合わせて二七室、太郎は第一寮の五号室に入った。各室とも平均して一八～一九人、太郎の部屋は八世帯二〇人（男五人、女八人、子供七人）その他に養成工六〇人ばかりが第二寮に分宿した。清津組の半分は主人が応召された女世帯（九一世帯）で幼少児（一五歳未満）は二三七人である。

入所早々、課長は係分担と各室長や班長を決めた。まず全員で大掃除と枯れ草集めをしコンクリート床に敷いた（あとで、かますからむしろに取り替えた）。また粉炭と粘土を混ぜて豆炭をつくり冬に備えた。窓や戸には、かますをつるして寒さをしのぎ、食事は炊事班の苦労の結晶である。一日二食、それもソバ粉に雑穀を混ぜたおかゆと大根の干し葉汁が主であり、たまに煮干しにでもありつけたら幸運であった。一日平均カロリーは一一〇〇から一〇〇〇（普通の半分以下）。皆徐々に体力が低下し栄養失調が目立ち病人が増えていった。

入所してから三月（最後の脱出は二月一一日）までの間の罹患者は計一二一人（衛生班の記録）、死亡者は四二人と記録されているが、そのほかに太郎が直接かかわって知っている範囲では自殺三人、発狂二人である。食糧のろくな配給もなく手持ちの資金も日に日に底をつく中での新山課長たちの心労と憔悴は、いかばかりだったろうか（現在にしてなお察するに余りあり、太郎たちは生涯決して忘れることはない）。当時の最低以下の劣悪な状況下、死亡者を四二人に食い止めたことは、けうの結果である（課長は当時三八歳、これら同胞の救恤《きゅうじゅつ》のため、危険を冒して、三八度線を突破し京城へ赴き、奇跡的に帰還していた。その崇高な精神と行動は関係者の間で今なお広く語り継がれている）。

一室二〇人の共同生活は、終始家族的で和やかであった。太郎は手袋や防寒頭巾などを作ってもらって冬を乗りこえることができた。部屋の壁に「哭兄弟」の三字がはっきりと刻まれてあった。どんな囚人だったのだろうか。寒さが厳しくなると夜ごと近くの河からドーンドーンという音がつき上げ伝わってくる。聞くと河の氷が裂けて飛び散っているのだという。晴れた晩には河の向こうの共同墓地の真上にオリオンが、いつも静かに優しくまたたいていた。

孤島（2）

太郎は機会あるたびに進んで使役に出た。使役は三田面の収容所の中と、朝鮮人とソ連軍の三つである。案内の仕事は物資運搬と警備と連絡、そして遺体の運搬埋葬、病人の移送、共同ぶろのボイラー焚きと三助（番頭）である。遺体搬出は一〜三回、死者をかますでのり巻きにし棒を差し込んで二人で担ぎ日本人墓地（寮の南側の川の向こう側の急な山の中腹）に埋葬するのである。墓地は次第に広がっていった。共同ぶろの仕事は二か月ばかり、ある日の午後、女たち（二〇余人）が入浴中、すぐ側を四人ばかりのソ連兵が通った時は心臓が止まりそうになった。

朝鮮人の使役は家屋の解体や修繕、引っ越しの荷造りや運搬、ピッチ工場、れんたん造り、キムチ漬け、市場のどぶさらい、道路工事などであったが、そのたびに外部の情報や彼らの本音が聞かされ、運が良ければ昼食にありつけた。彼らは植民地政策をうらみ、訴え、真実を語り聞かせてくれた。

ソ連軍の使役は電柱や丸太運び、たきぎ切りやたきぎ割り、兵舎（旧鉄鋼統制訓練所）の外の整備作業、パン焼き小屋造り（ここは日本人では太郎一人だけ）、旧日本軍の物資搬出（トンネルの中に大量の食糧や軍需品の山）、防空壕の始末などであった。

その他にきつかったのはセメント運搬（一袋八〇キロ）と石炭の貨車積

み（鎮南浦《ちんなんぽ》が見えた河畔）、そして真冬零下一〇度以下の烈風下のセメント舗装工事作業であった。いずれも相当な重労働であったが午後二時の昼食と六時過ぎの夕食が楽しみであった。

それはソ連兵と全く同じで一緒に食堂で取るのである。羊の脂肪のこってりしたスープと黒パンが腹いっぱい。それは彼らと仲良しになる機会である。おかげで三回に一度の割で帰りにはパンや缶詰などをこっそり持たせてくれた。万一見つかれば危険だが衛兵の門をうまく出れば、もう大丈夫である。そうしてせしめた物を太郎は部屋の子供たちにいつも皆分けてやった。ニコライ中尉や一七歳のモンゴル兵ら忘れ難い思い出である。

そうした矢先である。一〇月の半ば、ソ連軍は日本人世話会に「一七歳以上の男子の名簿を至急提出せよ」と命じてきた。つい半月前、ソ連軍は八月一五日以降の解散兵の名簿を突きつけ、日本人二〇〇人をトラックに乗せて連行していったばかりである。加えて、これと前後（一〇月二八日）して東海岸の咸興から元の清津製鉄所の職員三人が朝鮮人に化けて極秘に昭和寮に潜入し、現地（咸興）の避難民の悲惨な窮状を訴え救援を求め、翌日帰って行った。このニュースはたちまち寮内に伝わり不安と動揺は次第に深まっていった。さらに加えて寮の運営資金も底をつき始め、しかも引揚げ帰国のめどは皆目つかず、このまま座して餓死するよりは一か八か脱出しようとの機運が高まっていった。

こうして太郎が独りでいた時、一人の先輩がそっと打ち明けた。「このままだとシベリアか飢え死にだ。一緒に脱走しないか」。こんな厳戒態勢の平安南道と、太郎はためらったが緊迫した状況と極秘の誘いのきつい表情から断ればどうなるか。断ることはできなかった。

群島

この頃、避難民たちは都市部を中心に結集していた。そこには行政や治安や病院などの公共機関や施設が集中しているから安全だと思ったのである。だが事態はむしろ逆であった。集結した主な所は東北朝鮮が三二か所で西北朝鮮が三一か所、計六三か所。その一つ一つが互いに分散孤立して周囲と隔絶された陸の孤島となり、全体として群島のように分布形成していた。そして事態は急速に悪化し、破滅的となっていた。

各地で疲労と飢えと衣料不足、寒さ、不潔な共同生活と病気による死亡者が激増していった。戦後の厚生省の発表では死者二万六〇〇〇人となっている。しかもその過半数が東北朝鮮（東海岸地帯）である。時間的には一一月から一月までの三か月間だけで死亡者の過半数が斃《たお》れていた。

地域別には咸興《かんこう》六四〇〇人、興南三千余人、富坪《ふひょう》一四八六人（二人に一人）元山一三〇三人、そして平壌六〇二五人などとなっている。いずれも大都市である。また同じ抑留者の中でも最も悲惨だったのは、北朝鮮の戦場地帯からの避難民六万人と、満州から西北朝鮮に南下した避難民六万人である。住むに家なく、夏服のまま厳冬を迎えた者が大勢いた。しかも避難民の大半は女子たちである。衣料不足と栄養失調、寝具もなく、そのため平壌では五歳以下の幼児は全員死亡している。その他の群島でもマイナス一〇〜一五度の酷寒の冬というのに、食も衣も住む家さえもろくに与えられず、富坪では病人は生きながらに舌まで凍っていた。

しかも、この群島に米の配給がなされたのは翌年二月からである。終戦の日本政府の公表によると北朝鮮地域における死亡処理数は三万二七〇五人となっている。それに当時の未帰還、不明者数を合わせると推定三万五千余人から四万人ともいう。

ソ連軍は「日本人の生命財産は保障する」と布告し街角に張り出していた。だが現実はどうであったか。しかも各地で女狩りが半ば公然と行われていたのである。戦場での死亡者を除いて、ここではなぜかじわじわと何か月もかけて組織的に確実に飢えさせられ凍《こご》えさせられ、痛めつけられ、そして死んでいったのである。

死者は語らない。だがいまなお墓標なきこれら不運の死者たちの魂は、どこを彷徨《さまよ》っているのだろうか。だれが慰め、導き安らげていくのか。また、その時が来るのか。非業の死に追いつめられた北朝鮮の同胞三万五〇〇〇人（総じて四万人ともいう）。これが当時の一つの真実である。

こうした多くの地獄の群島に比べたら三田面は天国であった。だが、その中でただ一つの忌むべき集団がいた。警備隊と名乗る男たちである。

脱走者を捕まえては殴る蹴るの暴行を加え、肩を怒らせ六角棒を振って避難民を威嚇し、ごう然とうそぶいていた。「お前ら、脱走したら手足の骨、ぶち折ってやる」。憎むべき卑劣な裏切り行為である。太郎が兼二浦組からの脱走の誘いを断り切れなかった一つの背景が、これであった。事態は緊迫し、脱出は互いに極秘なのである。

オリオンのうた（1）

〝白いフィルム！〟深渕！　霧が凍りついた朝、いつものようにソ連軍の使役のトラックを待っていた時である。三田面の世話会の前に二人の日本人の惨殺死体が戸板で運ばれてきた。「よく見ろ。脱走すればどうなるか」。付き添って来た治安隊が怒鳴った。

その夜、太郎たちは脱出したのである。皆が寝静まったのを確かめアジトへ向かった。全員に青酸カリの小瓶が渡されたが太郎は断り、代わりに小刀をもらった。そして一つのリュックを任せられた。男七人女五人計一二人、太郎以外皆兼二浦組。三日前決行したが途中で中止、今夜が二回目である。にやにやしていた賄賂をもらった四人の衛兵、牙を向く獰猛《どうもう》な二頭のシベリア軍用犬。

そのすぐ前を通り、クリークを渡り、足音を忍ばせ南へ向かった。だが二つ目の集落を過ぎた時、最後尾が見つかった。先頭のリーダーと次に歩いていた太郎は立ち止まり、二人で叫んだ。「逃げるな！　逃げたら全滅だ！」

だが恐怖にかられパニックとなった皆は二人の制止をはね飛ばし死に物狂いで近くの高粱《コウリャン》畑へ逃げ込んだ。一行がたったいま越えて来た向こうの上から追っかけ襲いかかって来る十数人の黒い人影、太郎とリーダーは突っ立ったまま身構えた。前の太郎には三人の暴漢が代わる代わる殴り蹴り踏みつけ、目から何度も火花が流れた。後ろのリーダー（中尉）も数人からやられている。

ふっとマッカリ（酒）の臭い。「危ない」と三度目に立ち上がった時、前面の男が大きく振りかぶった。三日月にキラリと光った途端、太郎は抱き付き、組み付いたまま左手のがけを転がり落ちた。ロ惜しさと怒りがこみ上げ、馬乗りになって男の顔を思いっきり殴りつけ、一気に反対側の丘へ駆け登り、下の修羅場を見ていた。

暗がりの中、悲鳴と怒号！　全滅かと思った時、ライトが近づき一台のトラックから若い赤衛隊数人が飛び降り、暴漢どもを排除し、日本人を一人一人抱きかかえトラックに乗せた。しばらくして「太郎君！　生きているかぁー戻って来ーい」「皆無事だぁ」「戻って来ーい」。地獄の底からの哀れな呼び声。太郎は背筋が逆立ち、しばらく迷った。リュックを外し足でけった。リュックは坂をゴロゴロ転がり湖へ落ちジャボンと音がした。

トラックは三田面の治安署で皆を降ろした。そこで地獄が始まった。「貴様ら、ソ連軍の布告を見たか（脱走者は銃殺）。今朝の死体を見たか。俺たちをなめたな」「三六年間、俺たち同胞の血と汗をどれほど搾りとったか」「大勢殺したな」「生かせてもらっているだけでも幸せと思わないか」「裸で来たのだ、裸になれ」。

男は皆上半身裸にされ、三人が交替で右から一人ずつ思いっきりの棍棒の滅多打ち。リーダーは二七発で気絶した。次が太郎だった。「このチンピラ、日本帝国主義の片割れ、くたばれ！」。一七発で気が遠くなり目の前を白いフィルムが流れ、続いて三発こめかみをやられ鼻血が吹き出し気を失った。男は次々やられ七人目の医者は三八銃の床尾板の脳天からの一撃で倒れ、けいれんした。「貴様ら、銃殺だ」。女たちが絶叫した。地獄の底からのケモノの断末魔の叫び、太郎には遠のく意識の中で倒れたまま聞こえていた。殴る者と殴られる者と、太郎たちはこうして深渕に長くもだえあえいだ灼熱のマグマの飛沫を浴びたのである。そしてその深層を垣間見たのである。

オリオンのうた（2）

〝尋問！〟薄明！

女たちの凄絶《せいぜつ》な悲鳴と絶叫とで救われた。釈放され女たちに担がれて外へ出た。一〇人ばかりの男たちがじっと立っていた。ドキッとした。警備隊かと思った。だが皆世話会のメンバー。一人ずつ両わきにかかえ、背負ってくれた。太郎は寮へ帰るのが死ぬよりつらかった。五号室だけ灯りがつき皆起きていた。女たちが背中を洗い介抱してくれた。

この日のことを新山課長は日記にこう書いていた。「一一月六日、兼二浦側の一部に強行突破を企図する者ありしが阻止さる」。三日間うつ伏せながら、あの時拾って来た本を読んだ。トルストイの「戦争と平和」「小島の春」。だが、いずれもなぜか空しかった。

そして三日目、不意に一台のジープが寮の前に止まり大声で呼び出した。「五号室、太郎、出て来い」。兼二浦の地下室へ連行され質問された。「あのリュック、どこへ隠した」「兼二浦製鉄所解散の時の資金だ。五〇万円入っていたのだ」。寝耳に水、太郎は現場への案内を申し出たが断られ「なかったら覚悟せよ」と堅く口止めされ、ジープで寮へ戻された。

それから二日目、またジープが来た。異様に冷ややかで険悪である。再び地下室。左の男が怒鳴った。「うそ言ったな。リュックはなかった」。

「お前一人ぐらい虫けらだ」「何か言い残すことはないか」。ひしひしと氷のような殺気が迫る。しばらくして朝鮮語で打ち合わせして二人は出て行った。机の男は「運が悪かったな」と言ったきり腕組みし太郎を凝視している。

太郎は不吉な予感とともに重大局面を直感し、全身の血が引いた。だがその男に食いついた。「殺すのですか」。男は黙って目をそらした。太郎は続けて言った。「兵隊ではない」。男が答えた。「その証拠を出せ」。そして太郎に反問した。「当時の所長、課長、同僚の朝鮮人の名前、溶鉱炉の爆破など。太郎は一つ一つ正確に答え「溶鉱炉は大型が二つ、小型が四つ」と言うと男の目が光り、にやりと笑った。

「そうだ。俺はパルチザンだった。俺たちがやったのだ。すると、あとの二つは俺たちのあとのグループがやったのだな」。太郎は続けて言った。結婚式や披露宴、石炭や砂糖、貯金や朝鮮語など、男の表情が変わり空気が変わった。そして言った。「お前たち一人一人には罪はない。だが、お前たちは、侵略者の手先だ、俺たち同胞を奴隷にした」。「お前、危なかったぞ。珍しい日本人だ。待っていろ」。そして二人を連れて来た。二人は口惜しそうに太郎をにらみつけていた。堅く口止めされジープで送られた。部屋では皆が心配して待っていた。

その夜、太郎は星に向かって言った。「おれは、この国とここの人々に対して何も悪いことはしていない。なのになぜだ」。だがオリオンは答えない。小さな流れ星が音もなく消えていった。どこまで続く薄明の道！　一八歳の太郎は暗い夜空を仰ぐしかなかった。

一二月になるとソ連軍は三八度線以北内の日本人の移住をようやく認めるようになった。いろんなデマの中、四個班が別々に脱出し、続いて第二次集団脱出が計画され、一三五人とともに太郎も黄州川を渡った（一月一一日）。

川は凍結して突き上がり、まるで氷が噛みつくようにきばをむいていた。

三八度線（1）

越境のめどが立たず飢えと寒さが厳しくなるにつれて三田面は次第に熱くなっていった。

出発の前日。各室とも大掃除をし、遺留品はすべて残留組に引き継いだ。最後の残留組（六六人）は病人が多く新山課長が最後まで残って掌握していくという。

寮の前に全員整列し残留組と最後のあいさつを交わした。五班編成、太郎は日野原とともに第一班、常に先頭に立った。独身者は全員が幼児を背負い黄州川を渡ったが、途中で一六人が落伍し、寮へ引き返した。互いに手を振って別れた。「日が暮れないうちに急いで寮へ戻れ」。沙里院《さりいん》まで山越えし歩き続けた。途中、まるで絵のように美しい雪景色。夕方到着、日本人会の世話で朝鮮人の民家へ分宿、どの家でも温かく受け入れてくれた。

翌日、列車で鶴硯《かくけん》に着き、そこからいよいよ三八度線突破となる。朝から猛吹雪。互いに間隔をつめて歩いた。一時間ほどして二つ目の集落にさしかかると、数人の保安隊が銃を持って待ち構えていた。太郎は八幡の野田一家と一緒、三歳の幼児を背負い、三番目の娘（一七歳）を頼まれていた。案の定、その娘が狙われた。「これから先は危険だ、娘を保護する」といい、いきなり手を捕え列から引きずり出した。

太郎は娘の右手を握り叫んだ。「二人は夫婦だ」。すると二人が銃口を太郎の横腹に突きつけ叫んだ。「この野郎、ぶち殺すぞ」。太郎は二、三歩進んで言った。「殺すなら、この子と三人一緒だ」。運よく二人の老婆が駆けつけ中に入り助けてくれた。走りながら民家の窓を見た。窓の中からじいっと一行を見ている若い女の白い顔が二つ（娘だ、直感した）。

やがて日が暮れかかった。栄養失調で女たちが次々倒れた。青年たち（七人）は次々と赤ん坊や幼児を背負い進んだ。太郎は五人（五回）取り替え取り替え背負った。吹雪がひどくなった。そして暗くなった時、太郎ははっと気づき後ろから来る女たちに聞いた。「釜石の沢田さん親子は？」最後尾の女が言った。「ああ、ずっと前から落伍して座っていたよ」。赤ん坊を女に預け太郎は今来た道を一目散に引き返した。

母子は抱き合ったまま雪だるまになっていた。「早く行け、足跡が消える」「ここでこのまま二人で死にます」という母親を怒鳴りつけ、帯で娘を背負った（弟と同級生で一一歳、足が悪かった）。死に物狂いで皆のあとを追った。突然娘が太郎の肩を強く掴んだ（危険の合図）。前方の深い渓谷を吹雪が渦巻いている。その中を一人の老婆が両手を上げ、笑いなが

ら泳ぐように動いていた。雪女だと思った。だが歩いている、裸足である。五号室のお婆さんだ。声をかけ夢中で皆のあとを追った。二〇分ぐらいしてやっと追いついた。一行は疲労困憊《こんぱい》、のろのろ、ふらふらとなっていた。娘を母親へ返し、倒れている女四人をロープでつなぎ二人で押したり引っぱったりして歩いた。大半が極限状態！　一人倒れると次々雪の中へ頭から突っ込んでいく。

深い谷間では太郎たちががけの途中で足場をつくり、雪煙をあげて落ちて来る女や子供を一人一人受け止め先へ進んだ。やがて真夜中になり、五、六人の女が、とうとう動かなくなった。けってもなぐっても「ここで死にます」と言う。相談の結果、止むなくそのまま置いていくことになった。その時である。すぐ右手の山の上から数頭のオオカミがほえた。

三八度線（2）

「ウオー！　ウオオーン！」。真っ黒い深い深い谷間の中腹。恐怖と戦りつが一行を包んだ。続いて、すぐ左手の山の中腹からも別のすごい声でオオカミがほえた。左右数頭ずつの不気味な遠ぼえ。まるで挟みうちである。

「かたまれ！」。リーダーが鋭く叫んだ。太郎も叫んだ。「木を折れ！　構えろ！」。皆必死になって生木を折り、子供たちを中に入れ、やみに向かって身構えた。その時、奇跡が起きた。死んだように雪の中に倒れ埋まっていた女たちがガバガバと起き上がり、一行にくっついてきた。その時、一人の赤ん坊が泣き出した。二、三人が母親に低く叫んだ。「泣かすな」。だが、赤ん坊は泣き止まない。すると回りから「殺せ」「殺せ」の声、皆恐怖で殺気だった。だが、だれも手をかけない。オオカミがまたほえた。このままだと危ない。「よし、おれが殺す」。太郎は若い母親の前をかけ分けて行った。母親の悲痛な声、太郎は咄嗟に母親にぼろ布を出させ、赤ん坊の口へ突っ込み、鼻だけ残してぐるぐる巻きつけた。吹雪が止みかかり、不気味な張り詰めた時が流れた。オオカミの気配をうかがいながら静かにやみの中を進んだ。オオカミはしばらくほえていた。

子供や女たちは最後の気力を奮い搾り、一歩一歩進んだ。太郎は五人目の赤ん坊を、その母親に返し先頭に立ち、全神経を凝らし身構えながら進んだ。未知の暗やみの吹雪の山道、鬼とオオカミの野獣の世界。一歩一歩が地雷原か薄氷を踏む思いであった。だが、幸いにもオオカミは襲って来なかった。お陰で、この時は一人の落伍者も犠牲者も出なかった。

二時間ばかりして東の空が明るくなった。リーダーが高らかに叫んだ。「国境線！　完全突破！」。とたんにドッと歓声が上がった。明け方、一人の老人が息子の背中で死んでいたのを見つけ知らせた。号泣する息子、一緒に道ばたの雪の中に埋め、合掌して進んだ。

やがて小さな川、四匹の鬼がいた。刃物をちらつかせ渡り賃として一人五円ずつ出せという。また、その集落の入り口には七、八人の追いはぎがてぐすねを引いて待ち構えていた。「裸デ来タノダ。裸デカエレ」。一行は金を奪われ荷をはがれ、朝八時頃、青丹の街へ着いた。そして宿泊所に分宿した。初めて見る南の米兵、だが夜になると「女七人出せ」という。女たちが出て行ったあとも油断はできなかった。真夜中、懐中電灯を持って部屋ごとに娘を物色して回っていた。

翌朝、汽車が出た。有蓋の貨物列車、朝鮮人の運転手が注意した。「窓から顔を出すな。戸は絶対に開けるな。山賊が出没している。先日も機関銃で襲って来た」。車内は冷蔵庫のように寒く、互いに身体をくっつけていた。

夕方、開城《かいじょう》に着いた。赤十字の小旗が目にしみた。ＤＤＴや予防注射などを受け、近くの西本願寺へ案内され温かい夕食を頂いた（梅干しとみそ汁とおにぎり）。しばらく本堂で休んでいたら一人の女（若い母親）が太郎をそっと呼び出し、庫裏《くり》の暗がりへ案内した。四、五人の女たちが待っていた。女たちは後生大事に隠し持っていた最後のへそくりを出し合い「ぜひ受け取ってくれ」と言う。「おかげで母子とも助かりました」。だが同じ運命共同体、しかも非力な女や子供たち、当たり前のこと、太郎は断った。

南の風

〝どこへ　何のために〟、俺たちに問いはない。最早や　俺たちの自らに答がある。嵐を浴び　時空を越え、奪われたものたちを跨いで　静かに目指す　俺たちの　限りない行進の彼方！

中村泰三はその詩集「三八度線」の中でこううたっている。そして、太郎たちは〝ただ　前へ！　前へ！　転んでも、倒れても、這い上がり、起ち上がり、引きずり背負い、殴りつけ、必死に、山を、谷を、川を越え吹雪の中、ただ南へ南へと歩き進んだのである（一月一三〜一四日）。

南は米軍が管理し君臨していた。だが北の混沌に劣らず未曾有の混迷の渦の中に在った。米軍の進駐と日本軍の解体引揚げと前後して、此処でも解放と革命の嵐が吹き荒れ、急進派と漸進派等、大小一一もの政党が乱立し騒乱と不安が全土に波及拡大していた。

太郎たちは京城の東本願寺で三泊した。着いた翌朝、日本人世話会のガリ版刷りの新聞が配られた。ザラ紙の見出しは「嵐の中の祖国と共に」。次の日は「この悲惨な北からの同胞を救おう」との記事で読むのが切なく辛かった。だが何度も何度も読みかえした。四日目、病人輸送の担架隊に応募したがひと足違いで米軍の将校クラブへ回された。

そこは南大門の近くの元の食料卸問屋の吉川社長の別荘で、日野原と吉村の三人で住み込んだ。ＭＰや巡羅隊がよく出入りしており、中には最後の残務整理のため、若旦那（吉川社長の息子、海軍少尉で特攻隊の生き残り）と支配人の岩城中尉（沖縄から復員）、それに年期奉公人の爺《じい》やと朝鮮人の使用人春子の四人がいた。到着早々若旦那が言った。「ご苦労であった。北は悪夢だ。皆忘れろ。今からすぐ風呂に入って昨日までの垢全部洗い落とせ」。

浴槽は広くお湯がたっぷり。風呂から上がると爺やが真っ更な下着を渡し、大きな倉庫へ案内した。中には荷造ったままの百個ばかりの行李《こうり》の山。「従業員たちの物だが内地へ送れなくなった。好きな物を一つ取れ」という。太郎が選んだ行李の中には背広や革靴やレインコート等がびっしり。着替え終わるとボイラー室へ行き、北から着て来た物全部丸めて火の中へ投げ込んだ。

仕事はボイラー焚きと清掃整理、そして夜は決まって何人かずつの米軍の下士官たちが手にブランデーやストライク、ミルクやコーヒー、チョコレート等抱え込んで太郎たちの部屋へ遊びに来ては毎晩のようにドンチャン騒ぎ。その中でカリフォルニアのリッチーと黒人兵のジャックとは特に仲良しになった。

市内の治安は悪く、日中でも日本人の一人歩きは厳禁された。「時々市内の路地に素っ裸にされた日本人の男の死体が転がっている」と爺やが忠告してくれた。毎晩のように火災が頻発し武装した強盗団の出没等々。だがその中を太郎と日野原たちは砂糖やパンやケーキ等を背負って近くの収容所の子供たちを慰問に行ったりした。そして此処（クラブ）は絶対安全王国、まるで夢のような熱砂の中のオアシスであった。

京城最後の夜

出発の前の日、若旦那が言った。「君たちも知っている通り、いま日本人はボロ布のように乞食姿となって朝鮮人たちの侮蔑と嘲笑の中を引揚げている。だが、その中で我々は堂々と引揚げるのだ。各自最高の服装で胸を張って市内を通り、こういう日本人たちもいたのだと彼らに見せつけてやるのだ。今日はゆっくりと散髪してこい」。久しぶりにさっぱりとして帰って来ると支配人が言った。「今夜は眠るな。京城最後の晩だ。大勢の日本人たちに代わってこの街の夜をしっかり見ておくのだ」。

そして夜。会場は別荘の二階の一六畳間、部屋には部厚い座布団の前に朱塗りのお膳が二つずつ、見たこともない山海の珍味の山と和洋四種の飲物類、まさに「飢渇の国より来たりて大王の膳に遭うが如し」（仏典）である。太郎たちにとっては何も彼も眩《まぶ》しくて別世界の感である。

やがて正装した妓生（キーサン）三人と米軍の若い将校三人が来席、爺やも春子も同席して総勢一三人（日本人六人、朝鮮人四人、米兵三人）の宴が始まった。司会は若旦那（英語が通じた）。代表たちのあいさつから始まり、乾盃に続いて妓生たちが「アリラン」を歌い「トラジ」を舞った。和やかな拍手と乾盃が繰り返され、中頃に若旦那が立って「同期の桜」を独唱した。太郎たちは初めて聞く歌であったが、感動のあまり太郎は支配人に歌詞を書いてもらい、途中から合唱した。爺やは鴨緑江節で支配人も歌った。

宴たけなわの頃、ふと、あの三田面の残留者たちの顔が太郎の脳裏をよぎった。申し訳なく気分が重くなったが周辺の明るい雰囲気がそれを打ち消してくれた。そのうち真ん中の妓生が静かに立って歌い出した。この歌も初めて知った歌であったが素晴らしい名曲である。聞くと古賀政男の「影を慕いて」との由、太郎はすかさず左端の妓生にその歌詞を書いてもらい声を合わせて歌った。爺やがそっと耳打ちしてくれた。「この妓生と支配人は恋人同士だよ。そして春子は引揚げて行った日本人の子を身ごもっている。互いに生木を裂かれる最後の晩だ」。そのうち妓生が涙声になった。するとあとの二人が応援して最後まで歌ってくれた。米軍の士官たちも英語の歌を歌ってくれた。場内は別離の哀しさと出発を祝う高揚との二部合唱になった。夜中近く、皆が去った後を片付けよ

うとしたら若旦那が止めた。「明日俺たちが去ったあとに大勢の朝鮮人たちがここへやって来る。日本人の最後の引き際を見せてやるのだ。そのまま放っとけ」。それから若旦那の部屋の整理に行った。ライフが一冊あった（表紙は全面百人ばかりの日本の将兵の頭蓋骨だけのカラー写真）。記念にと思ったが税関で捕まるので代わりのものを三冊もらった。パスカルの『瞑想録』と三木清の『哲学概論』そして和綴じの白いノートである。

夜更けの二時頃、爺やが地下室に案内した。入口に施錠し灯りを遮蔽《しゃへい》し低い厳しい声で言った。「朝鮮最後の仕事だ。俺たちは日本人。必ず起ち上がる。これ手伝え」。

太郎たちは目が覚める思いがした。

突風

出発の直前。若旦那が一同に厳しい口調で言った。「最後まで油断なく、堂々と引揚げるのだ」。そして太郎に命じた。「君はこの牛車について行け。すぐ後からジープが追いつくことになっている」

〈嫌な予感がした〉。

牛車はやがて広い電車通りに出た。ちょうど向こうから大勢のデモ隊が通りいっぱいに広がってやって来た。「マンセー」「マンセイ」。興奮と怒号の波と波。太郎はそのあらしを避けて左側の歩道へ移り、牛車と並行して進んだ。歩道もひどく混んでいた。

と、いきなり二人の男に両腕を取られた。「ヨオー！日本人！　いい服着てるじゃないか」「靴磨け！」。万事休す！　断ったが無駄である。ガッチリつかまれ、ぐいぐい引きたてられた。見ると歩道の傍らに靴磨きの台が並び数人の男がにやにやしている〈いいカモだ！〉。

太郎の脳裏を爺やの言葉がかすめた。〈裸の死体！〉太郎はとっさに覚悟した。「よしッ！　磨いてもらう！」言いながらぐっと二、三歩大きく前へ進んだ。すると、右腕をつかんでいた男の手がはずれた。途端！　左の男の胸を一撃！　あとは無我夢中！　死に物狂いで突っ走った。

何人ぶっ飛ばし突き飛ばしたかわからない。デモのあらしの喚声と騒音の真っただ中の人混みの歩道である。ドンドンという鈍い衝撃音と次々と目の前を流れ吹っ飛んでいくいくつもの白い顔！　そして直ぐ後ろに迫る死の叫喚と怒号の息づかい！

追う者と追われる者！　ただ一直線の捨て身の旋風！　走りながら大通りを見たが万一の頼みの牛車は見えない。どうせ死ぬならと、斜めに突っ切って電車通りへ素っ飛んだ。デモの奔流は過ぎていたが四面楚歌、だれも助けてはくれない。次第に息が苦しくなり、走りながらもう駄目かと思った。

その時デモの後ろからチラッとジープが見えた。「しめた！」。両手をあげて飛びついた。窓に映った真っ黒なジャックの顔！　瞬間ジャックが黒い菩薩に見えた。ジャックは拳銃を振り上げた。間一髪！　地団駄踏んで口惜しがる男たち！　恐らく虎口を逃れた太郎は、ありったけの悪口をありったけの声で浴びせた。お陰で太郎の堂々の引揚げと行進は突風と悪口になってしまった。

牛車は少し遅れて竜山の駅に着いてくれた。駅はごった返していた。ハワイの日系三世の若い将校や昨夜のメンバーが見送ってくれた。釜山に着いたのは夕暮れであった。博多からの引揚げ船が着いていた。大勢の朝鮮人たちに混じって一〇人ばかりの日本の女たちがタラップを降りて来た（いずれも子供を背負っていた）。

　太郎たち四人は汽車から飛び降りて引き止めた。「行くな！　地獄だ！」「一緒に日本へ帰ろう！」「戻ろう！」何度も何度も呼びかけた。だが涙ぐみ、うつむいたまま暗がりの中へ消えて行った。

　その夜、船の中では即興の演芸大会が開かれた。人々は目を輝かせ、終始飛び入りの大盛況。どっとわき上がる歓声と大拍手！　大喝采！　すごい熱気である。うっ積されたエネルギーが爆発したのである。人々の蘇生の歓喜と感動で超満員の船艙も大きく揺れた。

波のうた

〝さらば清津よ！　羅南よ旧友《とも》よ！　名残尽きない　夕日が紅い　炎《も》ゆる砲火よ　窓辺よ岸よ　高く手を振り　さようなら！〟

〝さらば同胞よ！　元気で帰ってネ。咆《ほ》ゆるあらしよ　凍《い》てつく大地　何のこれしきアリラン峠　意気で破った　三八度線！〟

　船が釜山の岸壁を離れた時、甲板は人々の激情の坩堝《るつぼ》となった。

「さようならー！」「さようならー！」

　それは、長い試練に耐えた者たちの凝縮された万感の血の叫び！　痛恨と怒りと口惜しさと愛と悲しみの交錯した永訣の歌である。

人々は、こみ上げる激情に手を振り、拳《こぶし》を上げ、全身で叫び呼びかけた！

太郎はそれをメモに詠《うた》い記し一緒に叫んだ。

〝さらば朝鮮よ、流るる星よ　濡れた翼を愁傷《いたみ》を抱いて　荒れた山河の故国を目指す　帰る出船のドラの音！

〝さらば朝鮮よ！　遥かな空よ！　三とせ六とせの幾百千里　せめて手向けの別れの絶叫《さけび》！　明日よ　昨日よ　さようなら！〟

人々は重い歴史と深い悲しみを抱いていた。ひとときの感情のあらしが過ぎると、やがて人々は敗戦の惨禍と荒廃にあえぐ祖国の空に、遠く近くそれぞれの思いを馳せていった。「日本はどうなっているのだろうか？」「自分たちの住む家は？」「夫や兄弟たちは？」

引揚船は「徳受丸」。魚雷で右舷のスクリューをやられたまま敗戦の無数の縮図を乗せて片肺運行を続けていた。そしてこの二つの海峡、ともにそれぞれ一〇〇キロ。悠久太古の昔から、どれほどの哀歓がこの海を彩り渡ったことか。

日本人の引揚げは古代と中世に続いて今度が三回目である。いずれも朝鮮進出と支配の哀しき終焉と結末である。太郎は無限の彼方から押し寄せる海峡の波に向かって叫んだ。「海よ！　語れ！　我々は失われたすべてのものに向かって永訣の歌を歌った。ならば海よ、我々に不滅の栄光の詩を語れ！」

刻々と遠ざかり、やがて薄れ消えゆく無量の思いの異国の海峡！そして、もはや再びは来ることもあるまい非情の山河！　波沫《しぶき》がひときわ高く舞い上がり飛び散っていった。

その夜、船は対馬の沖に停泊した。漁《いさ》り火が揺れ、夜光虫が歌っていた。そして真夜中、寝静まった船室の片隅で二人の女が丸い船窓の外を見ながら泣いていた。北朝鮮からの引揚げについて中村泰三は詩集「三八度線」で次のようにうたっている。

〝風が鳴るのか……遠く流れ行く音のない歌の響き　青い波涛《はとう》の彼方へゆれる　俺たちの歌　永劫の時を侵して潮とともに流れ行くのだ！　見はるかす果てまで　連なり進む影たち　水と砂の接する　遠い海底の地平へ勝利もなく　まして敗北もなく　先頭は既に　沈黙の海溝を越えている！〟

翌日、やがて群青色の淡い波の彼方に、目指す博多の湾が見え始めた。人々は冷たい潮風の中、甲板に鈴なりとなったまま、身じろぎもせず、ただ食い入るように見つめ、立ち尽くしていた。

焦土

船が岸壁に近づいた時、太郎の目に小さな「日の丸の旗」と「白衣の天使」の姿がまぶしく映った。なぜか言い知れぬ感動がこみ上げた。「おお日本！　おれたちの旗が生きている！」。そしてそれは一面の灰色の世界の中で際立って鮮烈な印象となって心に深く刻まれた。港では援護局や港湾の係員と医療班や学生同盟などの関係者が静かに待っていた。

タラップを降りる時、太郎のまぶたにあの六年前の新潟出航の時の風景が浮かんだ。あの時は大勢の見送りと歓呼の中、五色のテープが舞い、人々は希望に輝き、期待に胸を弾ませていた。だが、今、ここでは人々は一人の身内の出迎えもなく、わずかな手荷物一つで黙々と船を降り焦土の焼野原へと散っていく。

クレーンから次々と降ろされる荷物をまとめると若旦那が言った。「国破れても山河あり、どこにあっても祖国再建のため！　健闘を祈る。さらば！」互いに堅い握手を交わして別れた。三人は大阪へ向かった。見渡す限りの焼野原。その中に複雑な服装の復員兵があふれ、白人兵や黒人兵がよく目についた。

市街の一角に一軒だけ焼け残ったデパートがあった。二階の正面に、ガラスケースに入った日本人形がポツンと一つだけ置いてあった。優雅で清楚でかれん、日本の文化の象徴でもある。

あまりの美しさに太郎はすっかり引きつけられ長い間その前に立っていた。敗戦の焦土の中の日本人形は奇跡に思われた。たまらなく欲しかったが高価（千円）のため、ついにあきらめた。

八幡の日鉄本社のあっせんで枝光寮に三泊した。着いた夜、隣室で同室であった大山一家の幼児が死亡した。三日目の夜、日野原と二人で缶詰の空き缶で夕食のご飯を炊いていたら思いがけない来客があった。あの五号

室の夫妻とその末娘である。

夫妻は「住む家も焼けて失っていた。この娘を一緒に連れていってくれ」と言う。「娘も承知だ」と三人手をついて頼まれた。だが太郎は郷里と家庭の事情を述べ、あきらめてもらった。翌朝早く霧雨の中、駅のホームで三人はいつまでも手を振っていた。娘のハンカチが目にしみた。

戸畑で一泊し、翌日下関で日野原（島根県）と再会を期し別れた。荒寥とした廃墟の街に「リンゴの唄」が流れていた。車窓から見る日本列島は、どこもかしこも焼野原。一面の灰色のがれきの広島を通った時、あの老夫婦の顔が浮かんだ。そして翌朝、初めて富士山を見た。

荒廃した国土の真ん中、堂々とそびえ立っている日本の霊峰！　白雪にかがやく大日蓮華山、多宝富士！　そのあまりにも荘厳な気高さに太郎は圧倒され、そして深く確信し叫んだ。「富士山がこんなに盤石であり安泰である。日本は必ず再起する！」

それから二日目、太郎は郷里の土を踏んだ。

郷里では四畳半ひと間に一家八人暮らしの借間生活。そして日雇い人夫の長い毎日が待っていた。帰郷の二日目、京城からの服装のままで記念写真を撮った。一九歳の誕生日の二日前である。その日、太郎は子供の頃、よく遊んだ海辺の丘に登り、懐かしい潮の香と浜辺のにおいを胸いっぱい吸い込み、はるかな天に向かって叫んだ。「とうとう振り出しに戻った！」「さあ、いよいよ再出発だ！」。

昭和二一年二月六日！

こうして、ここから戦後の太郎のすべてが始まった。

はるかなるもの

悲劇の三八度線！　それは当時の日本人にとって恨みの死の国境封鎖線！　そして朝鮮人にとっては民族分断の呪いの絞首線！　苦悶線！　日本人が引揚げた後に勃《ぼっ》発した朝鮮戦争では南北合わせての死者一二六万人、しかも離散家族は一〇〇〇万人という。この境界線が消えてなくなるのはいつなのか！　しかも、これらのほとんどの責任はソ連にある。ソ連は自らも批准したハーグの国際法（四三条）をことごとく無視し非道と冷酷さをもって二つの民族を奈落の淵へ突き落としたのである。

昭和寮に残った六六人は新山課長の統率のもと、二月一二日に脱出し三月二日博多に上陸している（途中の死者三人）。出発の前夜ひそかに案内を整とんし、病人は一人残らず肩にかつぎ、戸板に乗せて南下した。

太郎が帰郷して二年目の春、姉が意外な「言伝《ことづ》て」を持って来た。釜石へ引揚げた旧友（羅南女の同級生）の藤原さんからだという。彼女たちが釜山で乗船を待って並んでいた時、一人の青年に尋ねられ「岩手には太郎君がいるはずだ。生きていたらぜひ伝えてほしい。あの時、貯金をおろせと言ったのは私である。金日成の部下でした。元気で、よろしく」と。朴の優しい顔が浮かんだ。

当時それは最大級の友情である。ありがたく懐かしかった。

思えばこの五〇年！　短く長かった。この五〇年！　太郎の引っ越し移転は二三回！

多くの引揚げ者やその子供たち、そして在日朝鮮人や慰安婦たちとも知り合い、またあの非常線の分隊長と会うという奇遇もあった。皆健気に立ち上がり見事に成長し活躍している。

総じて海外からの引揚げ者は六六〇万人。そのうち朝鮮からは全国で九二万人。県内は一五三三人、引揚げ途中の死者一八八一人。そのうち清津在住の県出身者は一〇六世帯三四五人、引揚げ途中の死亡者五六人（戦闘に巻き込まれたり、避難や越境途中）となっている。

今年の秋、舞鶴では「シベリア戦没者慰霊法要」と「引揚記念館の除幕式」が盛大に行われた。太郎たちが下船した博多では一三九万人の引揚げ者が上陸している。

太郎は、その後の楠中隊について当時の関係者に尋ねたが「そんな部隊はなかった」という。だが現に、日野原（千早隊）と落合（赤城隊）が健在で大阪と埼玉で頑張っている。また、あの寒い収容所でキッと肩をあげて「日本は負けても僕は負けないよ」と叫んだ澄んだひとみの小学生たち。どんな人生を歩んでいるのだろうか！　戦後、慌ただしく駆け巡った四季の折々！　吹雪の中に、ヒグラシの声のかなたに、それらが浮かび流れていった。

こうして描かれたこの〝はるかなる天〟。かつて三〇万同胞がアジア解放の理想と夢を抱いて乱舞した所！　そして、哀しき終幕をもって昇華し決別した所！　それはまた一人の太郎の小さなカンバスに映り描かれたはるかな遠い心像世界！　五〇年の星霜越えて今なお重く問いかけてくる。

そしてオリオン！　それははるかな天の優しい立会人！　三〇万同胞の悲しみと、三〇〇〇万朝鮮人の哀しみをよく知っている。

そして、あの頃と少しも変わりなく、今夜もオリオンが、きれいに静かにうたっている。

（『天馬山』第十一号より）

〈参考文献〉
『北朝鮮脱出記』……清津製鉄所　労務課長　新山半次郎氏
『襄陽』（上・下）……大沢小学校の教え子の兄・日吉史郎氏
『清津憲兵分隊』……清津憲兵分隊上等兵　開勇氏
『日本植民地史（1）朝鮮』……毎日新聞社
『日本の侵略・中国・朝鮮』……ほるぷ出版
『秘録・大東亜戦史・朝鮮篇』……富士書院
『別冊：清津』（引揚者名簿）……全国清津会
『平和への遺言』……全国清津会
『在外邦人　引揚げの記録』……毎日新聞社
『七六会泡』（七六連隊の機関誌）……遠藤眞夫氏

（注：本稿は、沼崎氏の盛岡タイムス連載の主として後半部分を同社の許可を得て掲載している）

第6章　家族との別れ

清津からの引揚げの思い出

佐藤　尚（第五期生）

一九四五年八月一三日、清津の町は、濃霧でどんよりと曇っていた。ソ連軍の海からの攻撃が伝えられ、北へ避難せよとの連絡が入っていた。母は、お腹の痛みで苦しんでいた。父は生きる希望を失っていたようで、私に「どうするか」と聞いた。私は「生きたい」と答えた。父は、大きなリュックサックに、衣類と食糧を詰めてくれたので、それを背負って裏口から、父に見送られて出た。

しばらく歩くと、海の方角から数発の弾が、頭上を飛んでいった。北へ向かって、夢中で歩いた。右手の丘の中腹に、清津中学校の校舎が見えた。

父から、清津の弥生町でコンロの製造・販売をしていた叔父・叔母を頼っていくように教えられていた。が、待ち合わせの場所には「先に行く」と書かれた紙が貼られていた。とにかく北へ歩くより他はなかった。大勢の避難民と一緒になって歩いた。どこかで、小学校から親友の立石君に出会った。二人は、古茂村《こもむら》から日本軍のトラックに乗せてもらった。曲がりくねった山道を走るトラックの荷台の上で、同乗の兵隊から、日本が降伏したことを聞いた。立石君は、背に日本刀を負っていて、「いざとなったら、これで腹を切る」と勇ましいことを言っていたように記憶する。

茂山で立石君と別れて、一人になり、畑のじゃがいもを掘って、鍋で煮て食べたりした。

荷台に満員のロシア兵を乗せた頑丈そうなトラックが走っていくのを見た。彼らは、勝ち誇った大声で合唱をしていた。日本人の避難民が南へ向かって歩いていくので、一人でついていった。途中で、朝鮮人に呼び止められ、リュックの中から、父が詰めてくれ、「叔母に渡して着るものを作ってもらいなさい」と母に言われたネルの反物を奪われてしまった。

何日、歩いたか覚えがない。日本海に面した港町・城津《じょうしん》に着いて、町へ入っていくと、学校の門の前で、「尚」と呼ばれた。叔父の声だった。叔父は、私の祖父の末弟で、近藤逸三といい、叔母の以都子、息子の和雄と一緒だった。城津から、引揚げ者を乗せた無蓋貨車で、南へ向かった。元山の駅で、貨車が停まった時に、叔父の判断で秘かに貨車を降り、走って駅から出た。後で聞いたのだが、貨車で戻されて、興南《こうなん》という町に集められた引揚げ者の多くが、病気や飢えで亡くなったという話を聞いた。

元山の町のある家に叔父が頼んで、二階の狭い部屋で、一夜を過ごした。

それから、元山の寒さの厳しい冬を迎えた。いろいろなことがあった。一時期、避難民の収容所に入れられた時、ロシア兵が数人、銃を持って入ってきて、腕時計等を取り上げるのを目撃した。恐ろしかった。しらみが肌着について、痒かった。

叔父が、避難民を助ける団体から、日本人の家を紹介してもらった。奥の六畳一間を借りて、その冬を過ごした。叔母が、女児を生み、晃代《てるよ》と名付けられた。私は、買物、炊事、洗い物などを手伝った。春には、果樹園で、リンゴの木の樹皮を道具で削って虫の卵を取る仕事をした。また、日本の工場にあった旋盤などの工作機械を運び出す仕事にも駆り出された。ロシアのウラジオストク港へ運ぶ船に乗せるためと聞いた。その時、船員から黒パンを一つ貰ったので、持ち帰り、分けて食べた。

その頃、叔父の知人で、清津から来た人がいて、私の両親と妹のことを知らせてくれた。母・春枝と妹・香は、薬を飲んで死に、父は外へ出た時にロシア兵に出会い、銃殺されたとのことだった。私は涙をこらえることができなかった。このことは、私の帰国後、清津中学で親しかった光田さんが、日本に観光で来られた時に、彼の母上の話として知らせてくれたことと一致していた。

光田さんは、私の家と近かったので、学校の帰りに、よく一緒に話しながら歩いた。とても親しみやすく、彼の家に遊びにも行った。面白い本を貸してもらって読ませてもらった。

六月、いよいよ帰国の時が来た。叔父一家と、元山から有蓋貨車で、日本海側の線路を南へ下った。途中、貨車が動かなくなった。ロシア兵が、女性を出せ、とのことだった。やがて動きだした。その道の方に降りてもらったという話を聞いた。

三八度線に近い駅を降り、全員が一列になって、山越えをした。真っ黒な夜道を、少しずつ歩いて登った。私も、リュックを背負い、両手に荷物を持って歩いた。叔母は、赤児を抱いて歩いた。途中で何度か休憩をしながらやっと、なだらかな場所に出た。列が止まった。ロシア兵が、南北の国境線の手前に、銃を持っていて、金を出せ、とのことだった。みんなで金を出し合って、やっと国境を越えた。

その後の行動は、あまり覚えていない。ひたすら、南へと歩いたのだろう、休憩もしたかもしれない。山を下っていくと、夜が明けてきた。そして、真っ青な空と海が見えてきた。ここは、注文津という港であった。海岸には、アメリカ海軍の輸送船が停泊していた。

この船に、多くの避難民と一緒に乗せられて釜山を経由して、博多港に着いた。何日か待たされて、やっと上陸ができた。頭から白い粉を大量に掛けられた。しらみ退治のためのＤＤＴだった。

汽車で、母の故郷である広島へ向かった。確か清津の我が家のラジオで、原子爆弾が落とされたことを聞いていたが、市内は正に廃墟と化していた。叔母の実家が郊外にあったので、まずそこを訪ねたところ、市内に住んでいた母方の祖父母と叔母が、奇跡的に助かったことがわかった。叔父に連れられ、広島市郊外の府中町に行った。祖母の実家の借家に住んでいた。祖父母は、朝鮮と満州に資金を持っていたが、すべてを失ってはいたが、まだ元気だった。そして私を引き取ってくれた。

今、思いかえすと、母の病気の原因が私にある気がする。清津を離れた年の三月、兄の雄《ゆう》が清津中学校を卒業し、旅順高校へ入学するため、我が家へ友人を呼んで、ささやかな送別の会をした。その夜から、私は突然、高熱を出して倒れた。意識を失ってしまった。

ふと目を覚ますと、心配そうな母の顔があった。相当長い間、オンドルの部屋で寝ていたらしい。足が萎えて、立つことができなかった。母が足をマッサージしてくれた。母が、どんなに私の病気を心配してくれ、献身的な看護をしてくれたことか、優しかった母を思う。(『天馬山』第二十五号より)

私の北朝鮮・清津から海州まで

立石　正博（第五期生）

私は、昭和六年九月一〇日朝鮮釜山《プサン》で生まれた。父は、朝鮮全土に支店を持つ石油販売会社「立石商店」に勤務していて、済州島～仁川～木浦～清津と転勤、私は、清津で「すみれ幼稚園」「清津小学校」を経て清津中学校に進んだ。二年生の時一級先輩の方が予科練に行かれたことに刺激されたせいかどうか、当時の私は、大日本帝国に命を捧げることに何の疑問もなく、予科練に行くつもりで、父に刀を買って貰った。「関の金貞」の銘入りの名刀だった。飛行場でグライダーの練習をした記憶もある。「五〇センチ直線滑空」のコースまでしか練習はしていない。

これから先の記憶は、鮮明な部分と、薄れた部分と、どうしても思い出せない部分がある。したがって、この記は比較的鮮明な記憶を辿っての箇条書きに近いものになるし、また、記憶違いもあるかもしれない。

終戦時の家族構成

私の家族は、父（終戦まで済州島で軍人……三重県熊野市で胃癌のため死亡）、母（昭和二〇年一二月三一日海州にて死亡）と私、小学六年生の妹（昭和二一年一月死亡……死亡日時の記憶無し）、小学三年生の弟

（現在大阪市在住）、六歳の弟（戦後、長崎県壱岐で脊髄カリエスを患い死亡）、一歳の妹（昭和二一年一月死亡……死亡日時の記憶無し）の七人家族だった。

私が住んでいたところでの記憶

福泉町に住んでいた頃、近所に故瀧沢英治さん（清中四期生）、瀧沢博康君（清中五期生、現在　斉藤博康君）のご兄弟が住んでおられた。まだ私が小学生の頃、英治先輩は、新聞紙に小便をかけ、それを私に舐めさせたことがあった。不思議なことに、この事件はとても楽しい思い出として私の脳裏に焼き付いている。瀧沢ご兄弟とは、以降ずっと仲良く過ごした記憶が強く、栄治先輩が、今、この世の中の人でないことがとても残念である。しかし弟の博康君が健在で、しかも、同じ関東在住であることに縁の深さを感じている。

福泉町から北星町に転宅したら、近くに別所さん（清中四期生）が住んでおられて、毎日、一緒に通学した記憶がある。この頃、飯澤さん（清中四期生）にお世話になったことも、よく覚えている。飯澤さんといえば、ラッパがすぐに結びつく。

ソ連参戦で山中に逃避した時の出来事

――乳呑み子を捨てて逃げた人々がいた。その泣き声を聞いても誰も振り向かなかった。

――わが家族六人（母と私、弟二人、妹二人）の所持品は鍋一つ、粟少々、敷布数枚。この頃の記憶が極めて曖昧である中で、日本軍のトラックに乗せてもらったことは鮮明に覚えている。乗る前に、運転をしていた日本の兵士に「ブレーキが壊れていますが、それでよければお乗りなさい」と言われたのが、不安ごころか皆疲れていたので、喜んで乗せてもらった。このトラックに前述の「佐藤尚君」が同乗していたことは記憶が消されていて、彼との再会の時に彼から聞いて知った次第である。彼の話によると、トラックの中で私が喋っていたことは、「もし日本が戦争に負けたら、俺はこの刀で自決する」だったという。佐藤君は、本当に私が自決したと思っていたらしく、数年前の彼との再会の時にこの話を聞かされて、当時の自分の純情さを改めて知った次第である。

さて、逃避の最初の夜は粟を鍋で炊き、敷布を被って野宿。夜明け方敷布がビッショリ濡れていたことが記憶として鮮明である。

——八月一五日敗戦を知る。

——名刀「関の金貞」ソ連兵に没収される。一五円也を受領する。この瞬間、我が軍国少年の魂は、進路変更と相成る。

清津に舞い戻る——清津での思い出

清津の街には、ソ連のトラックが右往左往していた。トラックの兵士たちは、走行中、大声で歌っていた。とてもすばらしいハーモニーだった。彼らはとても陽気だった。後から知ったことだが彼らはソ連の正規軍兵士だったのだ。ソ連軍は、当時軍人の不足から囚人の一部を軍人に当てた。彼らは所謂「囚人兵」。この囚人兵の所行が、ソ連軍の名誉を損傷したことを私はあえて唱えておきたい。

私たち家族六人は、なにはともあれ、まず、我が家に直行した。途中、腕と足に時計を巻き付けたソ連兵（囚人兵）に出逢った。特に何も奪われることはなかったが、「時計をくれ」と迫った兵士がいた。私は、大切な「エンジン」を後生大事に隠していた。我が家に着いて驚いた。すでに朝鮮人が入居していて、自分たちの移住を当然としていた。この頃になると、日本人の立場が判っていたので、以前庭に埋めていた衣類等を掘り出し、食器を貰って我が家を去った。これが我が家との決別であった。

これから先の記憶が中断しているが、山の斜面の住居跡に住むことになる。多分、日本人の居留地としてソ連軍が決めたのだろう。一〇戸位はあったと思うが、記憶が定かではない。

生活の糧を得るために、私と母はソ連軍の「使役」とし埠頭の清掃に従事した。作業後、報酬として大豆が支給された。大豆は、煎って食べ、大豆粕も支給されることがあった。噂によると、成人男性は労働力としてソ連軍に連行されたと言われたが、我々は、食料を除けば、夏季であったため、比較的安穏の毎日であったように記憶している。

ある日町を歩いていた時、かつて、父の会社の給仕をしていた朝鮮人のSさんに出逢った。彼は腕に「保安隊」の腕章をつけていた。保安隊の身分では、日本人と気安く会話などできる状況ではなかったのに、優しく、心配げに気遣ってくれて、米をくれた。そして、父の部下だった人たちの住所を教えてくれた。後日、これらの家族を訪ね歩いた先では歓待を受け、多くの食料品等を貰い受けた。思い返せば、時折、父が我が家に、部下の朝鮮の人たちを招待しては楽しく談笑していて、酒に酔った

Sさんが私に「オーイオヒヤクレ　オヒヤ」と言い、彼に水を運んだことがあった。

我が家全員が朝鮮の人が大好きだった。「ナナさん」という泊まり込みのお手伝いさんがいた。「ナナさん」は一七歳でとても綺麗な人だった。彼女たちの習慣なのか、毎晩オンドルで素裸で寝ていた。張文術（「ナナさん」のお父さん）から戦後二〇年位経って父宛てに郵便が届いたことがある。もし、「ナナさん」に会うことがあれば、私は、きっときっと「ナナさん」の膝に顔を埋めて泣き続けることだろう。たとえ彼女が老醜であったとしても。

悪徳朝鮮人と囚人兵――ソ連正規軍人、日本人を護る

ある日、日本人の居留地に「悪徳朝鮮人」の手引きで「囚人兵」が侵入し、日本人から物品を奪い、女性に暴行を働く事件が発生した（未遂に終わったかどうかわからない）。日本人代表の男性の方が、司令官に保護を願い出た。すぐに若い兵士が五人位やって来て、居留地を鉄条網で囲った。侵入者に気づいたら石油缶を叩くように指示を受けた。一度だけ、石油缶が叩かれた。そして銃声がした。侵入者は足を撃たれ、軍帽を剥奪された。ソ連の軍律の厳しさを知ると共に、弱い立場の日本人を保護してくれた、軍司令官と若き兵士たちにどれだけ感謝の念を抱いたことか。

若き兵士たちは皆色白で温和だった。彼らは天婦羅が好きで、日本人の主婦が揚げる天婦羅を喜んで食べていた。この頃までは気温・気候も良く敗戦人民としては比較的平和な生活であったように記憶している。

強制送還――清津よさようなら

秋風が吹き始めた頃、日本人は、強制的に南下を迫られた。牛馬用の有蓋車両に日本人が詰め込まれた。車両の隅に石油缶が置かれていた。これが「トイレ」である。列車が動き始めた。動く街並みを見ながら、涙声で「清津もこれで見納めネ……」と主婦たち。これから先の記憶は希薄で霧のようである。列車が止まったり、動いたり、列車を降りて歩いたり、また、列車に乗ったり、歩いたり。

海州での記憶――乞食生活・多くの人間の死・家族の死

海州に辿り着いて、「日本人世話会」のお蔭で空きの民家に住むことができた。我々に与えられた部屋は十畳くらいで、この部屋には、わが家族六人、三五歳位の主婦（貴志さん）と子供さん二人、傷痍軍人の浜崎さん、合わせて一〇人が暮らすことになる。

この頃すでに、母は病の床に臥していた。そして私も高熱を出して寝ていた。きっとこの時の高熱が私の記憶の一部を奪ったに違いない。弟二人と、乳飲み子を抱いた妹が、毎朝近くの朝鮮の民家に乞食に歩いた。鍋の中には、キムチと赤飯がいつも大盛りで、一〇人が生きていくために十分ではなかったが、餓死から救われるには十分であった。

母は食欲がなく、やがて死を迎えた。虱《しらみ》を噛んだのか、その死顔の唇には虱とその血が付着していた。親切な朝鮮人の方たちが大八車で母の死体を運び出し、どこかに葬って下さったと聞いているが、それがどこかわからない。立石ヤス　三八歳　一二月三一日母と母乳を失った乳飲み子の妹にも死が迫っていた。乞食で貰ったご飯を流動物に変えて与えていたが、そのまま排泄していた。コパン　コパン　タンコ　タンコ　オモチ（ご飯　ご飯　団子　団子　お餅）いつ覚えたのか、この言葉を残して乳飲み子の妹は母の後を追った。立石紀代子、満一歳に達せず、一月の寒い朝。この時も、遺体は朝鮮の方がどこかに葬って下さった。

それから間もないある日、「兄ちゃん！　血が出た！」と妹の声。事情を知った貴志さんが洗面器に妹を跨がせた。高熱で寝ていた私は、妹の股間から滴り落ちる鮮血を凝視していた。洗面器の側には、貴志さんが用意した少し汚れたタオルがあった。翌日、妹は死んだ。子守をして欲しくて、先立った紀代子が呼んだのだろう。立石麗子、清津小学校六年生。別所さん（四期生）の妹さんの芳枝さんとは仲良しの同級生だった。遺体処理はまたも朝鮮人の方々のお世話になる。

乳飲み子の妹を抱いて乞食している時、「二五円で赤ん坊を売って」と言われたという話を麗子から聞いたことがあった。その時、売っていた方が良かったのかどうか。わからない。

母も妹二人もどこに埋められたか判らない。長崎県の壱岐の島の墓の中には写真が埋められている。今までに一度だけ母の夢を見た。派手な着物を着て少し笑って横になっていた。妹たちは一度も夢に出て来ない。知己の憎侶にこのことを話した時、彼の話によると、成仏すると夢には出て来ないとのこと。すると、妹二人は成仏していて、母は少しこの世に未練があるのだろうか。なんとなく判る気がする。独身時代のある年の一二月三一日にこんなことが起きた。この日が命日と気づき、机の上に母のために饅頭を置いた。気は心のつもりで、うとうとしていると、玄関を叩く音で起こされ、階段を降りて玄関に行っても誰もいない。机に戻った時、白いものが階段を駆け上がってきて饅頭のところにスーっと入った。母の霊魂だと思った。そんな出来事を思い出した。

さて、やがて、私は死の世界に招かれることなく、病状は回復した。しかし、私にはやるべき仕事が待っていた。妹たちが死の世界に招かれた頃から毎日バタバタと人が死んだ。佐藤さんという六〇歳位の男性と私しか死体処理をできる人はいなかった。浜崎さんは凍傷に罹っていたし、あとは女と子供たちだったから。

死体を筵《むしろ》で包み、私が前、佐藤さんが後ろで、担いで運んだ。どこに、どうして埋めたか詳しくは覚えていないが、死人が溜まって、死体を井桁に積んで、その側で平気で食事をしていた記憶は比較的鮮明である。処理件数は二〇～三〇人、性別・年齢等は全く気に掛けてはいなかった。

戦後、背中は重く（今でも続いている）だるいのは、私が葬った人たちの霊の重さなのだろうか。未だ成仏していなければ早く成仏していただいて軽くなりたいと思う反面、ずっと居て欲しいという気持ちもある。私が断崖絶壁に立った時、いつも窮地から救ってくれる不思議な力を感じるからである。

海州よさらば――三八度線脱出

当時、三八度線を越える方法として次の方法があった。①山越え、②干潮時海岸を歩く、③ヤミ船で海を渡る。最初我々は①を選択したが、途中で、国境警備兵の発砲の噂を聞いて③を決断した。②を選択した人々の多くが満潮時に海水に溺れて命を失ったという情報も入手したからである。

かくして、三月のある夜、二〇人がヤミ舟で、海路、三八度線を突破したのである。出発の際の朝鮮の男の人の言葉をはっきり覚えている。「いつかまた、日本と朝鮮が仲良くしましょうね。気をつけて。さようなら」。そう言って舟を強く押した。この時の船賃がいくらであったか、誰が払ったのか記憶が非常に希薄である。ただ、私がロシア人の家で、薪割りをやって何がしかの金を稼いだような記憶がある。

追記

今、思い出した。凍結した路上で死んだ鳥を、拾って持ち帰りそれをスープにして食べたことを。この時の味を超える食事に未だかつて出逢ったことはない。

歩いて一里位の所に豆腐屋さんがあった。毎日、すぐ下の弟と二人でリュックを背負って「おから」を貰いに行った。朝鮮人の主人はいつもニコニコ笑いながら大きなスコップでリュックに湯気の立っている「おから」を詰めてくれた。醤油を振り掛けて食べたこの生の「おから」の味が今のところ第二位である。

ありがとう！　優しかった北朝鮮の人たちよ！

そして、敗戦国の人民を保護してくれたソ連司令官と若い兵士たちよ！

もし、あの戦争がもう少し続いていたら、私はきっと、予科練を志願し、名刀「関の金貞」を抱いて散華したことであろう！

（『天馬山』第十五号より）

第7章　北朝鮮脱出記

田崎伸治（清津商業学校教頭）

迫り来るソ連侵攻　生徒は勤労動員

大陸の夏はまだ焼き尽くすような暑さが続いた八月、上級生は松原海岸の三菱精練所に勤労動員され、真っ黒にこげた背中をして作業に励んでいた。私は、動員期間の最後の日程を担当して隊長として参加していた。

その頃市内ではソ連の艦船が清津沖に来襲して、漁師や海岸住民がしばしばおびやかされているという噂が伝わっていた。深夜の作業の音が聞こえてくることもあって、みんな何となく不安にかられ、険悪な空気を感じつつ浮足立っていたのである。

B29連夜来襲

私自身も、もし急変の事態が起こって生徒に事故があってはと、内心当惑を感じていた。一方、市民の恐怖をそそったものは、隔晩定期に来襲するB29であった。夜九時頃になるとB29敦賀湾上空に現わるの情報があり、一時間後には元山上空から咸鏡《かんきょう》道円沿岸沿いに北上して私たちの頭上に雷鳴を轟かし、埠頭に機雷を投下してさらに北上、羅津湾から日本海方面に姿を消すのであるが、この機雷の目標が逸れて海に沿った山手の住宅街に点々と落下するのである。

これは陸上に落ちても爆発しないようにできているのであるが、不発は絶無ではなく、時に爆発すれば普通の爆弾の数倍の威力を持っていた。……来襲の翌朝には郵便ポスト大の真っ黒で、中には尻尾に落下傘のついたやつが畑や道路や庭にスポッと突っ立っていたり転がっていたりするのを見るのは、何と気味の悪かったことか。

ある人は台所に突っ立っていたといい、羅津ではこんな話があった。通行中の老人に落下した落下傘をその老人が頭からかぶり気を失っていたという落語のような話もあった。

ソ連機の清津攻撃開始

八月九日朝九時頃、異様な形をした飛行機が九機編隊で突然清津湾の一角、天馬山の上空に現れ、機銃掃射、爆弾を投下して東海岸を抜けて遁走した。無知の市民にとっては実に青天の霹靂《へきれき》、唯ならぬ雲行きを感じた。

思えばこれが、ソ連開戦の初弾であったのである。翌日学校へ行ったが、職員室は消防隊、在郷軍人の幹部の人たちが緊張した面持ちで情報を語り合っていた。話は総合的には楽観論であった。しかし動員中の生徒の配置についてかねて心配していた私は胸中唯ならぬものがあったので、生徒の動員引揚げのこと、さらに当地が戦場になって生徒が義勇軍として出動しなければならなくなった場合、職員の後顧の憂いをなくすために、職員家族の集団疎開について校長に進言した。動員中の生徒については一切私に臨機応変の処置をとるよう一任するとのことであった。市民は商船人は勿論のこと内地人もかなり動揺していることが窺われたので、翌一一日私は生徒の動員引揚げを工場長に申し出た。

勤労動員の引揚げ

工場内でも工場長を囲んで幹部の操業打ち切りに関する協議が行われていた。操業について同知事と連絡中であるから明日までに引揚げを保留してくれとの希望であったので、生徒にも一応その経緯を伝え、最後の勤労作業に打ち込んだ。

夜間の作業場を巡視する私たちにとっては、無心に廻るキルンの音が何となく不気味に響いて異変の勃発を暗示するようであった。開けて一二日午前一〇時、工場長と面談、非常事態の予想と生徒を親元へ帰すべきことを痛感し、正午勤労動員を引揚げた。

家族の疎開計画は挫折

民衆の不安動揺も刻一刻募り、我々日本人はデマと真実の判断に苦しみ、全く行動の帰趨《きすう》に迷い五里霧中であった。若い職員も次々に在郷軍人として清津守備隊に参加していった。親友藤岡教諭もその一人であった。私はいよいよ家族疎開と意を決し、藤岡君の家族と両方を明旦《みょうたん》京城へ移すことにした。清津の警察署は九日、府庁は一一日、鉄道は今日すでに疎開していることを聞いて一般市民の不平不信噴激の声高く、全く無警察状態であったことを知って驚愕の外はなかった。

嗚呼、八月一三日、我人生の岐路となったこの日、この日は朝からどんより曇っていたが四時頃にはもう明るくなっていた。下町の淸津駅付近から群衆のかまびすしいどよめきの声が聞こえてくる。この辺は朝鮮人の住民が大半を占めているので、この人たちが騒いでいるのだと思っても、何となく心が落ち着かない。

そのうち五時頃であったか、近所の親しい奥さんが柳行李を一個携えて泣きながらお別れだといってやってきた。いよいよ緊急事態が来たのかと、私たち親子も小型トランクにわずかばかりの重要品を入れて駅の方へと家を飛び出したが、途中で避難解除と聞いて何のことやら判らずまた家に戻った。無事朝食を食べ終え一〇時頃登校した。学校では朝鮮人の書記がきていないので金庫の鍵が開かないと教員たちが大慌てだった。私は幸にして金庫には何も預けてなかったが、遂に朝鮮人書記はそれっきり姿を見せなかったのである。

金融組合は業務停止

私は昼食の時間を利用して、家族たちの京城行きの切符を買うべく帰宅した。途中金融組合にわずかばかりの出資と預金があったので立ち寄ってみた。驚いたことに組合はがらんどうではないか、そして用事の方は理事私宅まで来るように貼紙をしてある。いよいよ事の重大さに気づいた私は万一家族が逃げ遅れて危害を蒙《こうむ》るようなことがあっては大変だと、急いで帰宅し街の情景を妻に知らせ昼食が済んだら切符を買いに駅へ行くことにした。子供たちもみんな家にいた。昼食の支度も整いテンプラと南瓜のご馳走であった。

ソ連軍、上陸始まる

時に午後一時半、突然海岸方面にけたたましい銃声、お隣の小学校の若い先生が「先生対面です」といって飛んできた。出てみると数隻の舟艇が機関銃の掃射と共に海岸に向かって侵攻してくるではないか。ご飯どころではない。

直ちに近所の家族たちと共にひとまず裏山へ避難することにした。妻は強いマラリヤに罹っていたので、動作も不自由であったが一番下の豊義を背負い、私は三歳の修宏の手をひき小学三年の良暢と一年の賀子を励ましつつ、最後の小型トランクを思い切って庭の防空壕へ放り込み、備前長船を腰につけ、一時的避難のつもりで家を出た。良暢の足もと一メートルほどのところへ弾が飛んで来た。海岸では寄せ来る舟艇が白波を立てて沈没する光景も見える。まだ演習位に思っているのか、子供たちは「やっ、船が沈んだ沈んだ」と面白そうに見入っている。

家族、昼食半ばで裏山に逃げる

励まし促しつつ物陰に隠れながら山道を辿って裏山に急いだ。適当な窪地で小憩したが、まだ昼食も終えていない。それにこれからの食糧の準備も必要になって来たので、私は危険を冒して家に戻り、ご飯のお釜をリュックに入れ、水筒と飯食をもって裏山へ戻った時は午後二時半頃だった。海岸から輸城平野一帯にすでに小競り合いが始まっていたのであろうか、銃声がしきりに聞こえてくる。しかし清津はそう簡単には占領されることはないであろうと思った。

一同が小さい窪地に車座になって小休みした時は四家族で、婦人が四人、子供が九人、男の大人はさっきの若い先生と私とふたりだけであった。夫と一緒でない婦人たちは心配で行動も決し兼ねる有様であった。

羅津から南下した傷病兵の案内役を仰せ付かる

そのうち約一個小隊の傷病兵が引率の中尉と共に私たちの側に腰をおろした。子供たちがお菓子や砂糖やお米などを貰ったりしているうちに、お互いに打ち解けてこの辺の地形などについて話し合うようになった。この部隊は羅津から南下した傷病兵で今日の午後六時までに羅南本部隊に到着すべき命令を受けているとのことであった。

北方にはソ連兵がすでに侵攻しているが、やがて関東軍の来援もあることと思うけれども、早晩ここも戦場となるであろうから婦人子供はできるだけ早く南下したらいいだろうと隊長が話した。そしてできるなら私に羅南まで案内役を頼むとのことであった。私たちの予想は全く裏切られ、再び家に戻るなどということは最早考えることもできなくなった。

一五年の朝鮮生活の愛着の品々、思い出の部屋、親しい友懐かしい教え子、それらがこの数時間にうたかたの如く消え去るのかと思うと一抹の淋しさを禁じえなかった。沈みゆく夕日と共にやがて灰色に包まれて大地の底に滅入って行くであろうこの街この丘の姿をいつまでも見守りたいと思った。

しかし最早、逡巡執着する時ではない。家族たちのため一時も早く安住の地を求めねばならない。そう覚悟を決めて腰をあげ兵隊さんの先頭に立った。輸城平野はソ連上陸部隊との間に小競り合いが行われていたので、平野横断は途中までで断念せざるを得なかった。

輸城駅から無蓋車で羅南に向かう

已むを得ず山沿いに輸城平野を巡回して羅南に抜けることを試みたのである。行く行く銃声は響き、三菱、日鉄、発電等の大工場であろうか自爆の音が私たちを追うが如く、呼ぶが如く響き続けた。輸城駅に着いたのは午後七時半であった。幸運にも駅は南方行きの貨物列車が私たちを待ってくれた。

しかしこの列車が平野を突っ切ることはかなり冒険であったが、一切この隊長の指示に従って運転されることになり、私たちは悲壮な覚悟で無蓋貨車に身を伏せ、銃を撃てる兵隊は弾をこめ、黙々として列車の運行に身を委ねた。幸運というか天運というか、遂に一撃も受けずに列車は敵前を通過し無事羅南駅に滑り込むことができた。この列車はここで軍用列車となったのであるが、いつ発車するとも知れなかった。それは咸鏡本線の走る沿岸の要所要所はソ連の爆撃に見舞われているという情報があったからである。

子供たち四人は朝からの疲労で両親の膝の中に顔を埋めていた。さて、これから京城までは決して平坦な道ではない。このあどけない子供たちに負担しきれないほどの苦難がこれから襲ってくることを予感すると可哀そうでならなかった。と同時に私は自分の職務についてこれでいいのかと思った。学校も生徒もそのままにして逃げることはどうも無責任のようで気がとがめるので、もう一度学校へ帰り、あとから追いかけても家族と京城で会えるのではないかと考えた。

南下する家族と別れて職務のため羅南に残る

「お父さんはここで降りてもう一度学校へ行ってみようと思うがお前たちは頑張って京城まで行ってくれるか」。私はみんなにこう言った。「学校へは黙って来て何だか済まないですからそうして下さい。私たちは京城で幸彦と会いみんなでお待ちしてます。それからもしできたら家に寄ってみて下さい」という言葉など二言三言意見を交換した後「やっぱりその方が良い。京城で会おう。お父さんはもう一度清津へ行ってみることにする。お前は一番大きいのだからお母さんをよく助けるんだよ、それから身体には気を付けるんだ」。私はこう言った。子供は一言「うん」とうなずいた。その時の子供の健気な顔が忘れられない。

私は四人の運命を列車に托して車から飛び降り、駅長室へ駆け込んで列車が確実に京城に行くかどうか尋ねたが、行ける所まで運行するとのことであった。そのことを走って家族たちに知らせ、後髪を引かれる思いで状況報告と進退伺いのため道庁へ行った。

羅南の道庁に出頭、清津の状況報告

時に午前三時、道庁の庁舎は真っ暗でガランとした恰好であった。せっかく張り詰めて来た私たちにとっては何だか気が抜けたような感じであった。いっそのこと引き返して家族たちのもとへ戻ろうかしら、まだ列車は出ないだろうなと思いつつ適当な室で休んだ。そこは兵事課の事務室であった。しばし、まどろんだと思ったが目が覚めたら朝の九時であった。外は細かい霧雨であった。学務課を訪れ、ついで高等官食堂で知事、部長、課長たちと食事を共にしつつ昨日来の状況を報告した。まだ学校関係者が誰も来ていなかったので、私の報告は大変貴重がられた。やがて付近の三人の小学校長も見えて私もこの三校長と行動を共にすることにした。

混乱の中の道庁首脳部

私たちは知事官房事務所にいた。道庁首脳部は数日会議を開いて道庁の勤務対策を講じていたが意見が対立して容易に決定されない模様であった。一つの意見は、白茂線の白岩を経由して鴨緑江上流に出て平安北道へ移動しようというのでいわば山説で、他の意見は咸鏡線沿線つたいに京城へ移動したほうがよいといういわば海岸説であった。若い警察部長は前説をかなり強調したし、警備の実力を持っているので大勢を引っ張っていた。もう一つの問題は羅南師団司令部の連絡を待って行動を起こそうということであった。

道庁は羅南を離れ、山説により北に移動

輸城平野は砲声轟々として道庁舎も砲弾に見舞われる思いであった。清津へ帰ることなどは全く不可能であった。道庁では一五日遂に山説に決定、午前六時出発の命令が発せられた。待っていた師団司令部からは連絡もなく軍部は後退してしまったのだった。道庁移動隊が軍倉庫の前を通った時は二三人の係将校がむらがる朝鮮人に兵隊用帯革だの水筒や飯食だのを投げるように与えていた。

さて、この日道庁移動の形態は警察部長指揮のもとに、先頭と後尾には警察署員のものものしい警備隊が立ち、その中間に知事を囲んだ職員の一隊が各課ごとに並んだ一大大名行列であった。各々伝家の宝刀といいたい一振りを腰につけた格好は、今にして思えば誠に滑稽で爆笑したくなるのであるが、当時はそれで皆真剣であった。

私たち四人の教員は知事官房の一員となってその行列に参加した。戦争はいよいよたけなわとなり、市内にも砲弾が炸裂した。行列は蜿蜒として羅南北方の谷間から茂山《もさん》方面に向かって進行した。約三時間も行軍した時この行列はソ連機に発見され、急降下機銃掃射の見舞いを受けた。それ以降は行列を解いて三々五々進行することにした。それでも時折ソ連機の目標となり機銃掃射を受け、身を伏せたり物陰に隠れたりしたことも幾度かあった。

午後一一時富潤洞という部落に落ち着いたのであるが心身共に相当の疲労を覚えた。この部落は翌日一一時頃出発したのであるが、これからは所謂茂山地帯となった。馬養洞という部落は茂山発電の水源地である人工湖に面した美しい雄大な景色であった。

道庁、茂山に移転

私たちは殺伐な戦場から遠く逃れて、ほんとに静かな平和境桃源郷に来たような感に打たれた。かなり大きな湖水で、私たちはその周囲を迂回して堰堤は約二〇〇メートル位もあった。堰堤から落ちる谷川伝いに森林を縫い茂山街道に出て平坦な国境を茂山の街に落ち着いたのは一九日午後八時であった。茂山街道では私たちより数日前に流浪の旅を続けている北辺地帯の羅津、雄基の人たちとも会い、生徒の父兄、生徒とも懐かしく顔を合わせた。日本軍を満載したトラックが至る処を超スピードで私たちを尻目に走り去るのを見て義憤を超越して敗軍の無情さに悄然とした。

避難民、続々と茂山に集まる

茂山は茂山森林鉄道の起点であり、山地帯第一の町であるので、北部の避難民がここを目標として続々と蝟集《いしゅう》して来た。道庁は茂山警察署を道庁本部として一時看板を掲げた。私たちも道庁職員と共にむらがり来る避難民の救援、指導などの事務をとった。私は官房にいて知事の職印を預かり引揚げ証明の仕事をさせて貰った。この仕事は避難民の状況を知ると共に生徒や知人の動静を知るのにほんとに私自身にも役立った。

署長室は知事室県会議室に当てられ、密議が行われていた。警察部長を中心とする警察部の職員たちも鳩首《きゅうしゅ》協議に緊張の色を見せていた。私は本部付けであったので会議以外の時は知事室で学務課長、視学等と雑談などすることもあった。引揚げ証明受付へは続々と知人、同僚、生徒たちが現れお互いに健康を祝福した。しかし次の瞬間には直ぐに明日への憂色を見せ合わさずにはいられなかった。悲観的な情報もしきりに入ってきた。会議の結果警察部長が三、四名の警察官を従え、騎馬で古茂山へ派遣された。ソ連兵が古茂山に進駐して来ているという情報があったので、避難民保護のため特使として派遣されたのだということであったが、この人たちは遂に消息不明で本部には帰って来なかった。

内務部長は職員一名を伴い、自転車で平安北道方面へ向かって出て行った。総督と事務連絡のためであった。私は行軍中、特に内務部長と親しくなって氏の飯盒《ごう》を預かっていたのだが、これが別れの記念となった。

日本の敗戦を知る

その頃しきりに日本敗戦の報が伝わってきた。しかし山の中を彷徨っている私たちは全く戦況の状況を得るすべもなかったのでその真偽をつかみ得ず、不安な気持ちを続けていた。八月二三日午前九時、急遽出発の命令が本部から発せられた。ソ連の部隊が近くまで進攻して来たのだという人もあった。本部が携行して来た大国旗を私たち三、四人で営林署の裏庭で焼いた。じりじりと燃えて行く国旗を見て拝みたい気持であった。

道庁、延社に再移転

九時三〇分道庁部隊は次の拠点、延社に向かって出発した。驚いたことに沿道の部落には旧韓国の国旗が立てられ、大韓国などと書いた貼紙が目に付いた。そして部落民が誇らし気な姿態で私たちに送る眼差しは、実に憤激に堪えないものがあった。かくして私たちは日本敗戦を知らされたのである。

二四日午後六時、延社に到着、警察署に道庁本部の看板が揚げられ、署長官舎を知事官房として当てられた。食糧も豊富に確保せられ、疲労を癒すに十分であった。道庁の後を追って集まる避難民はますます増して、この小さい部落をはみ出すほどになった。おそらく万を越したことであろう。

今はもう敗戦も確定し、道庁の存在価値もなくなったとなると職員たちも一時も早く職責を免れて家庭復帰を望むなど、動揺の色も濃くなって来た。

道庁解散、職員がいなくなる中、残務員を志願

しかしこれまで道庁を頼って来た多くの避難民を見殺しにして、このまま解散するに忍びないので、残務員として最後まで残る者を募ったが、道庁職員は一人もいなかった。本部付けの学務課長を中心とした課員と私たち六人がその責任を負う旨を知事に申し出た。一同強い決意と覚悟に緊張して、語る者もなかった。

小学校長たちはポケットから勲六の瑞宝章を取り出し庭で焼いた。嗚呼、この人たちの歴史もこれで終末を告げたのか、明日にでもソ連兵が進駐して来たら指導者として私たちの命がないかもしれないのだ。私も今まで携えてきた備前長船を庭に持ち出し、目抜きをはずして記念のためポケットに収め刀身を庭の片隅に埋めた。淋しい夕方であった。

ソ連兵、現わる

八月二六日晴午前一〇時頃遂にソ連兵がやって来た。三台のトラックに満載されて鉄兜に機関銃、半長靴、服装は皆お粗末であった。砲弾の下をくぐり山野に起状して来たのだから、相当汚くはなるだろうけれども、品質は決して日本軍ほど良くはなかった。中には日本の軍服を着ていると思われる兵隊もいた。

彼らは第一線の精鋭部隊であろう。皆緊張した面持ちで殺気に満ち物凄さを感じた。日系露人ヤンコフスキーの通訳で、道庁職員は警察署の裏庭に全員ソ連兵の人垣に囲まれ機関銃を向けられた中で服装検査を受け、警察職員は拳銃、剣を全部没収された。

知事、課長らソ連軍に拉致され、道庁は解散

通訳によれば、知事を迎えに来たというのである。そして知事以下課長まで有無を言わさずトラックに積まれてどこかへ護送された。

産業部長と衛生課長は、民生安定のため連行を免れた。私は去り行く学務課長から形見として将校用毛布、双眼鏡、将校用バンドを贈られ、互いに健康を祈った。ソ連兵はそのまま当地の守備につき、道庁は本日をもって解散し、職員は各々四〇〇円の現金の配分を受け避難民の仲間に入り、思い思いに離散することとなった。

避難民のため、引揚げ証明を発給

私たちはしばらく署内で避難民の人たちのために引揚げ証明の仕事を続けていた。丁度お昼頃二人の傷病兵が手と足に血のにじみ出た包帯をして、生々しい戦場姿で一人の婦人に介抱されつつ飲料水を乞うて入って来た。室に連れ込み世話をしているうちに、その軍人は清津の在郷軍人であることがわかったので、藤岡氏のことを聞いてみたら事情がよくわかってきて藤岡氏もやがてここへ来るだろうとのことであった。どうにかして藤岡氏とうまく会えることを念願して心待ちに待った。神の導きか天の恵みか、午後一時その藤岡氏がやって来たではないか。

藤岡氏と再会

「おー」と行ったまま二人はしばらく交わす言葉もなかった。二人の縁は深いねと異口同音であった。そして二人はただ抱き合って感泣きした。話は天馬山に戻って尽きない。

君の留守中第一回目の避難の時、君の家族を呼びに行った時はすでに見えず、第二回目の避難の時は余りに咄嗟に家を飛び出したため遂に誘うことができなかったことを詫びた。

藤岡氏、激戦の清津から九死に一生の離脱

聞けば藤岡氏は清津で在郷軍人は清津を死守すべしとの命令を受けて参戦中、駱駝山《らくだやま》の激戦に下士斥候として二名の兵隊と共に敵の重囲にあい、銃口を口にくわえ、もし敵に発見されてたら自害する

つもりで囲みを突破し、山伝いに逃げ延びる途中で銃を捨てて、ここに辿り着いたとのことであった。まだ軍装のままであり敗戦のことも知らなかった。九死に一生を得た彼の幸福を祝福し共に手を握り、一日も早く家族にめぐり合うため努力しようと励ましあった。

私は愛する藤岡氏を得て何よりも心強くなった。誰の援助を受けなくても二人でやっていけるという自信がつくと、大きな力が身体の中にむくむくと盛り上がって来るように感じた。藤岡氏は勿論無一文であったので道庁に交渉して四〇〇円の分け前に与《あずか》った。道庁は離散したので二人は今晩から無宿者になった。二人は警察の庭で野営と決め、眠ることを忘れて今後の行動の方針などを語り合った。学務課長から貰った毛布が早速役に立ったし、その後数度の野宿も二人抱き合ってこの毛布の下で露営の夢を結んだのである。

南下を急ぐ数万の避難民

八月二八日、今日も朝から晴れた良い日である。遂に中心を失った数万の避難民の群れは朝鮮人の冷笑を浴びつつさまよえる小羊の如く、一歩一歩と生き地獄への前進譜を奏でるもののようであった。鉄道も指令系統を失い怠業状態である。南下を急ぐ群集はたまたま連行する列車めがけて押しかけ、忽ち阿鼻叫喚の惨状を呈した。

以後、助け合いながら藤岡氏と行動を共にする

二人は今となっては身軽な身分であったので一日も早く南下して家族に巡り会わんものと、密林地帯を鉄道線路を伝って白岩へ向かって発足した。行く行く鬱蒼たる大森林、大自然、正に千古斧鉞《ふえつ》を加えずとはこのことか、大木は天を覆い、老樹は折り重なって地に伏し、谷深く万象森閑としてその雄大、その神々しい姿に心が打たれた。虎も豹も棲むというこの密林を縫うこと三日、私たちは白頭山麓の高原に出た。

鉄道はすでにソ連軍に撤収され、ソ連兵を満載して南下していたその中の一列車が私たち避難民を乗せてくれた。私たちと相前後して歩いていた人たち、老若男女子供全部で三〇名、蘇生の思いで無蓋車に乗った。列車は大高原を丘を越え谷を渡って驀進《ばくしん》した。一帯はもう初秋の空気が漂っていた。私たちはしばしば雄大な高原の秋色にうっとりとして自己を忘却した。

ソ連兵に機関銃を向けられ、列車から降ろされる

午後一時頃列車が高原の頂上とおぼしき所で突然停車した。そしてソ連兵は急に色めき立った。重機関銃が機関車の上に据え付けられた。そして私たち男は全部列車から下車を命じられ線路脇の土手に座らされた。機関銃が火を吹けば万事休す、私たちはただ黙々として座った。私たちはなぜこんなことになったのか解せなかったが、私は遂に最後の時が来たと思った。

異郷遠く白頭山麓に秋の尾花の命の如くこの屍を晒すのかと思うと、瞬間私の脳裏に走馬灯の如く

過去の生活のことが去来した。この状態がしばらくそのまま続いた。

今度は列車が急に動き出した。機関銃を向けられた私たちは微動だも許されない。仲間の中には妻、母、子供、荷物と別れ別れになってしまった者もあった。私たちは茫然として高原に消えていく列車を見守るのみであった。命は助かったが実に不可解だった。列車の姿が遠くなった頃仲間は一人立ち二人立ち、憤慨する者笑い出す者まだ真剣な面持ちの者、とりどりにまた線路沿いに歩き始めた。次の駅は島内という駅であった。

ここで一部始終が判明した。それはここは駅長が日本人で、爆弾を準備してソ連の列車に危害を加えようとしているというデマが飛んだため、我々日本人の男が警戒されて下車させられたのであった。

野宿を重ね、歩いて城津に着く

私たちは線路を伝って野営に野営を重ね朝鮮民警隊と称する青年に身体検査され、略奪にあいデマに惑わされつつ、炎天下に玉葱をかじり馬鈴薯を喰らい、頭髪は伸び放題、髭はボーボー、下痢と虱に悩まされ、見る影もない姿となった。ヨレヨレの肌着に破れズボン、裸足でトボトボと無心に歩く子供たちを見るにつけ、哀れというよりも聖なるものを感ぜずにはいられなかった。九月三日、真っ赤な夕焼けを眺めつつ午後六時半頃懐かしい咸鏡線沿線の城津駅にたどり着いた。

八月一五日大名行列で羅南を発足以来一八日目である。一日平均約五里として約九五里の行程であった。藤岡氏はやはり戦争のためか身体も衰弱して、早くより下痢を起こしていた。私も遂に二、三日前から下痢気味になったので、共に行動上大いに悩まされた。

城津の収容所、避難民で溢れる

城津駅では咸鏡線が運行していた。しかし移動する朝鮮人に専用されて、日本人は到底寄り付けなかった。したがってここに集まってくる日本人避難民の数もますます増加し、収容所に当てられた小学校は立錐の余地もなく校庭まではみ出していた。私たちは校庭の一隅に腰を下ろした。街には汚い服装のソ連兵がたくさん進駐して、時々収容所を巡視し、めぼしい物を掠奪した。何よりも私たちの憤激に堪えなかったことは、婦女暴行を目撃させられることであった。若い婦人は散髪男装をしたがそれでもしばしば発見され暴行連行を加えられるので、戦々恐々として姿を隠すことに懸命であった。

南下する列車に乗車

九月七日、幸いにも汽車に乗ることができた。私たちのホームは貨車の屋根の上、ベッドは一枚の叺《かます》、こんな世帯にとっては私の毛皮は実に豪華に見えた。

屋根上民族は大抵若い人たちで、私たちと乗り合わせていた二人の青年は北満から来たとのことで、職業は大工だと言い麻の朝鮮服を着ていた。私は青年将校と推定した。身分を隠さないと連行されたら暴力に合うからである。

列車は元山通過、三八度線北の漣川に到着

列車は炎天下の咸興平野を鈍行して九月一〇日午後一時に元山に着いた。元山には友人松沢氏がいるはずだが、家族たちはあるいはここに立ち寄っているかもしれないと思ったので尋ねてみようかと藤岡氏に相談した。今まであれだけたくさんの友人知人に会っても家族の話がなかったことは無事京城へ行っているに違いないと思われるから、一層私たちも先を急ごうではないかとの意見であった。二人は貨車屋上の旅を続けることにした。

ここで電気機関車と交換のため時間があったので駅前の朝鮮人市場でコッペキと称する馬鈴薯の餅を買って食べた。その美味といったら、イキもつかずむしゃぶってしまった。貨車の屋根の上には高圧電線という新たな危険物がまた一つ加わった。列車は表朝鮮と裏朝鮮の境界にあたる太白山脈を横断するため鉄原の峡谷を登り、間もなく漣川駅に着いた。前方五〇メートルの漣川の鉄橋が三八度の線であったが、列車は遂に鉄橋通過を禁じられ、駅に釘付けとなってしまった。あと数時間で京城を目睫《もくしょう》に控えて残念で堪えられない。

幾度か交渉委員がでたが何の反応もなく、朝鮮人の服装検査を受けつつ一泊せざるを得なかった。決心してここから脱出しようかと藤岡氏は駅前付近の模様を探索したが、警備が厳重で決行できそうもなかった。

松沢氏を訪ねて元山に戻る

翌日列車は逆送されたのでもう一度家族の動静を探ってもよいと、私は元山、藤岡氏は咸興まで戻ることにした。一二日お昼頃元山に着いたとたんに全員元山駅頭に放り出された。已むを得ず元山倉庫に一泊し、翌一三日二人で友人松沢氏の宅を訪れた。

松沢氏は元山商業学校に勤めていたが今は召集され済州島で復員したはずだが、家族を迎えに来ることができなかった。若い美人の夫人と四人の子供たちはソ連兵の家宅侵入を恐れて付近の知人宅に同居していた。私たちの不意の訪問にかつ喜びかつ驚き、早速自宅に戻り私たちを招じいれて慰問に預かった。そしてむしろ私たちの滞在を希望された。早速風呂を浴び髭を剃り、松沢氏の着物を拝領して畳の上に座った。

修羅地獄だった一か月の逃避行を振り返る

八月一三日、家族と共に家を飛び出してからちょうど一か月の放浪生活、その間ほんとにこの世の修羅地獄であった。餓飢地獄であった。親を呼び子を呼ぶ離散家族、背中と腕に子供を振り分け荷物にしたような乱れ髪の若妻、路傍に倒れる老人、鉄路の傍らに葬られる無心の童子、さては朝鮮人の掠奪、ソ連兵の暴行など、悲惨事は枚挙に遑《いとま》がない。

二人の身体も栄養失調でむくみが来ていた。足の裏は二重三重の総マメであった。疲労と安心で動けなくなったので、ともかくしばらく休養させて貰うことにした。これから家族に会うまでどれほど試練が続くかと思うと心が暗くなった。

松沢氏ご家族の歓待に感激

晩は私たちのため家族で歓迎会が催され、配給のお酒に喉を鳴らしつつ四方山話に時の過ぎるのを忘れた。松沢氏の住宅は元山の山手で高級住宅地のため、付近には上層階級の人たちの邸宅がたくさんあった。したがって朝鮮人の目標の的になって追い出しを強要され、同居生活に変わる人も出てきた。

ソ連軍政下の元山

ソ連部隊は陸海軍共に進駐して各軍司令部を設営し元山は完全にソ連軍政下に置かれその指令によって共産系の朝鮮人が地方自治らしいものを施行していた。しかしソ連のG・P・Uが来るまでは不良ソ連兵と之に便乗する不良朝鮮青年の強盗婦女暴行が無警察状態の如く行われ、日本人市民は恐怖にかられて安眠できない位であった。

無警察状態の治安状況

日没からは皆厳重に戸締りをし遮蔽幕を張り、進入を受けた時の婦女子の隠れ場所を作っておいて被害防止につとめた。私共も九月二二日の晩、朝鮮人の呼び声にうっかり戸を開けて二人のソ連兵の侵入を受けたので、松沢夫人と娘さんを床下に隠してうまく撃退することは決死的な仕事であった。

北朝鮮方面からの避難民には緑町の大きな郭地区が収容所となっていた。清津からの知人たちもたくさんいたので二人はしばしば訪問して慰問しあった。

徴収物資をソ軍艦に積み込む荷役作業に駆り出される

もうこの頃は元山から地方に通ずる道路の要所要所はバリケードで閉鎖され、ソ連兵の歩哨が立って市内の日本人は全く軟禁状態となった。そして毎日元山埠頭にソ連軍艦が積み込む徴収物資の荷役の作業に駆り出され、ノルマが与えられた。これもソ連に抑留となって酷使されるのではなくお互いに気心の知れた自国内のことだから適当にサボったり、ゴマ化したりして愉快な気分転換にもなった。仲間の中には一日中砂糖倉庫に監禁されて、思う存分甘味に浸った者もあったりして大いに笑った。また、時には緊張した面持ちで元山脱出の方法について話し合った。

私たちは松沢氏のお陰で避難民色が薄らぎ、元山市民らしい生活をすることができた。あちらこちらと招待されてご馳走になったり朝鮮人市場に通ったり、松涛園の松籟を聞きつつ散策を試みたりして大いに英気を養うことができた。

京城に向かった家族の安否は依然不明

家族の消息は依然として不明だった。私たちは、家族はもう京城に出ているに違いないと信じていたので、何とかして京城と連絡の道を得るチャンスがないものかと念じていた。元山の町でもソ連が四二度線まで進出したとか、米軍が鉄原まで進駐したとか、一一月には引上げ船が迎えに来るとかのデマに迷わされたり、ソ連兵の不法行為も多少あったが、だんだんと平静になり、時には陸軍刑務所に投ぜられたソ連兵が隊伍を組んで街を歩く姿も見えた。彼らは私たちの目には獰猛な人種のように見えた。

私たちの埠頭作業はいつ止むとも知れない。ソ連は軍需物資ばかりでなく（日本軍に保管された軍需物資も驚くばかり大量にあった）、家具類、ラジオに至るものまで積み込んでいた。滑稽に感じたことは果物の林檎を非常に丁重に扱うことであった。一〇月も中旬に入ると秋色も一入《ひとしお》深くなり、朝夕の冷気も増し衣類夜具などの不安も起こって来た。一方郷愁しきりなるものもあった。

元山脱出、三八度線越境を計画——失敗が続く

松沢氏の子供たちはすっかり私たち二人に頼り切っていたが、二人はいつまでも厄介になってはいられないから越年の窮地に追い込まれないうちに脱出することを語り合った。一一月になって藤岡氏が作業場で知り合った家近君という青年から、同君の母と共に朝鮮服に変装して朝鮮人若者の案内で脱出ができることを聞いた。私たちは、脱出ということはよほど困難が伴うことだから常に二人で行動を共にすることはできないだろうと覚悟していたので、まず藤岡氏に決行して貰うことにした。一一月二日、一同に送られ午前五時藤岡氏は家を出た。無事成功を祈っていたが午後一〇時藤岡氏は満面蒼白、意気消沈して帰ってきた。彼らは元山駅で発見され、民警隊に連行の上ひどく折檻《せっかん》され放免されたとのことで、とんだ試練にあって私たちの計画は見事失敗した。

これに懲りないで今度は翌日私が決行することにし、夜列車を利用するため午後五時家を出て発車時刻まで駅前の民家に隠れていたがまた発見され、私は隙を窺って素早く一目散に逃げ帰った。今度は折檻に合わなかったので私の計画は一同の笑い話になった。

家族の動静を探る——もたらされたデマ情報

二人はこれを機会に真剣に慎重に脱出の方策を研究し始めた。その頃二人でいつも行く松涛園の餅屋で会った真面目そうな朝鮮人が、京城へ往来している話を聞かせたので、二人に相談の上この男に京城で家族の動静を探ってもらうことを依頼した。この男が快諾してくれたので一縷《いちる》の望みをかけてその返事を待っていた。一三日松涛園でその男の報告を受けた。京城では家族たちと面会して私たちのことを連絡し家族は皆元気で私たちを待っているとのことであった。これは全くの嘘であったことが、のちに家族と会ってわかったのだが、当時の私たちにとっては福音とのみ信ぜられた。この男の話が全く私たちの予想と合致したからであった。ともかく、私たちはこの男の嘘によっていよいよ脱出の決意を固くし、意気軒昂なものがあった。

同志三人、入念な脱出計画を練る

まず私たちは元山の町を脱出する通路の研究にとりかかった。藤岡氏は玩具用磁石と手頃な朝鮮全図をどこからか見つけ出した。そのうち、いつもの作業場仲間から三人の同志を得た。一人はもと憲兵、二人は元元山小学校の教諭で私以外は皆三〇歳台の軍人上がりのような荒くれ男であった。同志はほとんど毎日の如く寄り合い、研究に余念がなかった。

私たち二人は元山の町を抜けるため予行練習を三回試みた。遂に意見が一致した。脱出経路は金剛山《こんごうさん》の麓から京城に流れる漢江《かんこう》上流に沿って山道を南下し、江原道《こうげんどう》の首都春川に抜ける方法であり、目標は金剛山発電の高圧送電線の鉄塔であった。この鉄塔は金剛山発電所から満州に向かうものは四本建て鉄骨で、京城に向かう方は三本建て鉄骨であったから元山より金剛山までは四本鉄塔を目標として西に進み、金剛山に達したら三本鉄塔を目標に南下すればおよそ見当がつくのであった。

同志五人に増え、ついに脱出を決行

決行は二〇日と決めた。私たちは身の回りの一切を金に換え二人で七〇〇円宛てを持つことができた。出発前夜にはその金を身体の各所に隠し、地図は一寸四角に折り分けて二人で持つなど用意周到にした。幸せなことに私は懐中時計を没収されずに持っていた。

それから松沢氏の家族に対し、脱出行程の予定される苦難や女子供を恐ろしい危険に晒すに忍びないことなどを述べ、私たち二人の事情についても了解を求め、長い逗留中の厚意を謝し、将来のことなどを語り合って午前一時を過ぎるのを知らなかった。

一一月二〇日、出発する日は天が祝福するかのように日本晴れで穏やかだった。私たちは近所の人たちにも見送られて、午後一時家を辞した。さて同志五人が同行では目立って仕方ない。そこで元山を脱出するまでは二隊に分かれてほとんど無一物の軽装で行動することにした。私と藤岡氏が一隊となった。時刻は午後三時、場所はこの時間最も盛る朝鮮人市場から、人混みにまじって京元国道の大通りを選んだ。これまで脱出して行った人の話を聞くと、大抵夜か早朝裏通りを利用したが、必ずしも成功者ばかりではなかった。私たちは大胆にもその逆に出たのである。私は計画通り市場の中をぶらぶら歩き、互いに目で合図をしつつ一人ひとり朝鮮人の群れに紛れ込んで市場から国道を抜け、無事市街地を脱出することに成功した。

途中別行動の同志三人、合流地点に現れず

次の部落、呉渓の裏山で一同集合する手筈になっていたが、別働隊はなかなかやって来ない。遂に夜の幕が落ちても来なかったので私たち二人だけで行動を開始した。内地引揚げ後、彼らは不成功に終わり一か月遅れたことが分かった。二人は山道深く分け入ったが、夜道に不安の中、午後一〇時安道面に到着し第一夜をここで明かした。私たちはどこでもなるべく道を尋ねる時は老人に、泊まる時は部落から離れた目立たない老人のある民家に一夜の宿を請うことにした。一度も失敗したことはなかった。藤岡氏が朝鮮語を話せることも有利な条件の一つであった。

金剛山の景観を鑑賞する余裕なし

脱出に生命を賭けている二人にとっては金剛山の景観を鑑賞するなどの余裕はなかったが、瑠璃色

の渓流に影を映した奇岩怪石の聳《そび》え立つ風景は一幅の南画であった。牛鳴洞という小盆地の部落は大きく湾曲した緩やかな流れに面し、いかにも鳴牛の里らしい長閑な秋の夕景であった。

しかしこの部落に入る少し前の部落で、突然前方に二人の騎馬ソ連兵の後姿を発見したので、急いで身を隠した。この付近にはかなり大きな道路が通じているのではないかと不安な気持ちでもあった。

漢江流域に到着、他の脱出者と合流

漢江流域に出てからは道の判別に当惑するようなことはなかったが、一、二、三等道路を除けるためにはやはり苦心した。方目里、泗東里、大井里等を経て印佩里の山中、山小屋で家族連れの脱出者と同宿した。中年の夫婦と三人の子供を連れて皆朝鮮服をまとい、主人公は非常に朝鮮語は堪能であった。警察官らしく見受けられた。

ようやく、三八度線に到着

一一月二八日、方山面を経て文登里に到着した。いよいよ私たちは三八度線まで進んだことを地図の上で知ったので、二人は慎重に国境突破について策を練ることにした。ここから三八度線を突破して安全地帯までの距離は約一三里であるが、途中で休むよりはむしろ一気に踏破することが有効であり、そのためにはできる限り近道を選ぶことが肝要であった。

地元の地理に明るいガイドを雇う

そこで私たちは朝鮮人のガイドを雇うことにし、その人物を探すため朝鮮人冷麺屋に行った。人の好さそうな一人に話しかけ案内役を頼んだら、意外に即刻応諾してくれたので、目的の地点まで三〇〇円で契約を結んだ。

一一月二九日午前四時三〇分、折からの残月に照らされて私たちは宿を出た。夜が明けると共に案内の朝鮮人は私たちと離れて前方二〇〇メートルの位置に立って私たちを導いた。このあたりで朝鮮人が日本人と歩くことは禁物であったからである。

脱出を見破られたが、危機一髪これを脱する

院里の部落では青年に脱出者と見破られ、あわや民警隊に突き出されんとしたが、平身低頭、罵言雑言に甘んじてようやく危機を脱した。一難去ってまた一難、部落を離れた国道の坂道を二台のソ連トラックが登って来た。直ちに叢《くさむら》に潜伏して発見を逃れた。

午後二時三〇分、三八度線を流れる渡船場に出た。

渡船場から小舟で渡河

両岸は切りたった山が迫り、川幅は五〇メートル、向こう岸はわずかばかり河原になって川柳の繁みが山道に続いている。ここは山地帯の交通の要所に当たり、ソ連歩哨も来ているそうである。

私たちは山陰に隠れ案内の朝鮮人に様子を探らせた。彼は無造作に渡船場に至り、左右前後を見回した後、私たちを手招いた。スワッと二人は折柄岸に繋留されてあった小舟に飛び乗った。真昼間の二時半であった。向こう岸に着くまでは二人は生きた心地がしなかった。小舟が川岸に着くや否や三人は柳林に躍り込み、一目散に駆け登った。午後三時過ぎ峠の宿に着いた。

遂に三八度線を突破する——万歳、感激

二人は手をとって喜んだ。万歳。感激。遂に脱出の宿望を遂げたのである。まだ日は高かったが今日はこの宿で泊まることにした。宿の主人が特別に作ってくれた餅に舌鼓を打って、誰に憚《はばか》ることなく苦心談を語り合った。

翌日は朝七時、意気揚々と宿を引き上げ、第二の渡船を渡り内坪里という宿場風の部落の冷麺屋で案内の朝鮮人に約束の金を払い、一気に春川街道の広い国道を胸を張って足を運んだ。天は二人を祝福するかのように快晴、小春日和、暗黒の世界から光明の世界に来た思いであった。

江原道の春川に着く、明日はいよいよ京城

米兵のジープも勢いよく走っていた。何事もなかったように……。身も心も朗らかに高原の街道を知らず知らずピッチが上がり、午後四時一五分目指す江原道の首都春川に着いた。春川では全部の日本人は引揚げ、唯一お寺の住職が脱出者を世話するために残留しておられるとのことであった。しか

し、私たちは思い出のため第二派の朝鮮旅館に宿泊したが、割合親切に待遇してくれた。いよいよ明日は京城に入り懐かしい家族に会うことができると思うと嬉しくて眠れなかった。

翌朝は一〇時三〇分発京城行きの列車に乗車した。春川駅では同行の三組の脱出者があった。みんな疲労のうちにも満面喜悦の色で高調していた。こうして毎日どこかの国境から水が漏れるように幾組かの脱出が行われているだろうと思うと感慨無量だった。お互いに合掌したい気持ちになった。

京城で「お先に内地に引揚げる」の貼り紙を見つける

一二月一日午後二時京城東大門に到着した。脱出行程一〇日、実に八九時間一五分の歩行であった。二人は早速引揚げ者連絡事務所へ行った。事務所の連絡板に「お先に内地に引揚げる」という貼り紙があり、その下に二人の家族名が記されてあった。

嗚呼、家族たちは一か月の間私たちの消息を待ちあぐんだ末、諦めて内地へ引揚げたのであろう。瞬間さびしい思いであったが、ともに家族が無事帰郷の事実を知って喜び合った。そして私たちの心はもう内地の空へ飛んでいた。当時はまだ引揚げ体制が確立してはいなかったので、京城の混雑は言語に絶した。それだけに引揚げ世話係の人たちの苦労も並大抵ではなかったと思う。

咸鏡北道視学に面会、慰問の辞を聞く

京城の町にも不穏分子が出没して、元日本人高官が狙われるので皆もぐっていた。私たちは咸鏡北

道視学の宿を探して面会し、顛末を報告して慰問の言葉を受けた。私たちは運よくいち早く釜山行きの乗車券を手に入れたが、それでも二日間は避難民収容所で過ごさねばならなかった。収容所は臨済宗教会所であった。ここの人たちは割合早く引揚げる人が多く、室は余裕があり物資も豊富で私たちの食欲を満足させてくれた。

四日午前一〇時駅に出た。駅頭は送る人、帰る人、呼ぶ人、応える人織り交ぜて大混雑であった。私たちの列車が竜山駅を発車したのは午後六時であった。

一昼夜平穏な貨物列車の旅が続いて午前八時釜山駅頭に着いた。埠頭では、米兵の検閲を受けた。米兵の態度は鷹揚で私は片言の英語を使ってみたくなるほど親近感を感じた。

さらば、在郷一四年の朝鮮よ

一二月五日午前一〇時、日本海防艦に乗船して釜山の岸壁を離れた。埠頭や海上の作業には元海軍人らしい人たちが従事して終始親切に扱ってくれた。艦室は超満員、ほとんど足を延ばすことさえ困難であった。それでも自己の座席を広く占有しようとする利己主義者があって憤慨に堪えなかった。重い、低い汽笛の音とともに、思い出の記録を刻んで大陸は去って行く。在郷一四年全ては夢か。今はただ、弊衣無袖、親子ちりぢりにいつか来た道を戻っていく。朝鮮よさらば、大陸よさようなら。

博多港に日本の土を踏む

六日、晴れ上がった朝八時、船は博多港に入港、一二時上陸することができた。待合室で連絡列車について注意を受け、博多の市街に出て郷里に打電し、ホッとした気持ちで市内見物をし、博多の暮色に包まれて小旅館に一泊した。翌七日午後六時、貨車上の人となった私たちは大阪駅で初めて客車の乗客となり一路帰郷の旅を急いだ。金沢駅で互いに長途の健康を祝福し、感謝し慰め合い、近く再会を誓って二人の間に堅く結ばれた紐を解いた。

旅の汚れを洗い清めるかのように、初冬の北国の冷たい雨がしとしとと降っていた。

終章

一人になった私は、長野、東京、兄妹、親友、親戚などを歴訪し、一九日午前一時一五分、一四年ぶりに懐かしい宮古に着いた。一昔見ぬ間に漁港から近代商業都市にすっかり衣替えした街の姿に驚きつつ長い旅のわらじを脱ぐべく姉の家へ急いだ。真夜中の街は真っ白な雪布団に包まれて静かに眠っていた。

（『天馬山』第二十一号より）

第8章

五七年ぶりに届いた手紙

牧山 邦彦（第五期生）

肥前平戸から朝鮮に

最近判明したことだが、長崎県平戸市の「松浦《まつら》史料博物館」に保管されている「増補藩臣譜略」に、牧山家の記録が残っていた。それによると、牧山家は代々平戸藩士で、松浦家第二六代鎮信《しげのぶ》公の時から馬廻役として仕えていて、豊臣秀吉の朝鮮出兵にもお供している。だが、明治維新の廃藩置県によりお役御免となって、収入の道がなくなり、明治八（一八七四）年生まれの祖父、安房の時代に朝鮮に渡ったとのことで、父、牧山直彦が生まれたのが明治三五年だから、日露戦争の二年前になる。祖父は、朝鮮の大邱《たいきゅう》（現在のテグ）に住んでいて、父は平戸の猶興館《ゆこうかん》中学校から京城医学専門学校に進み、卒業後は大邱道立病院や、釜山府立病院などに勤務していたので、私は昭和六（一九三一）年一一月に釜山で生まれた。物心ついた頃には元山に移っていて、元山泉小学校に入学したが、父の勤務の関係で、その年の一二月には清津に移転し、翌年一月から清津小学校に転校した。そこで六年間の小学校生活を送り、清津中学校に進学した。

母方の祖父、古市橋之助は三重県鈴鹿市の出身だが、小学校、中学校共に成績優秀で県庁から認められ、のちに朝鮮への派遣官吏として朝鮮に渡った。現在の文部科学省の役人のようなもので、教育関係の仕事をしていたが、今もその頃の写真が残っている。祖母は、同じ三重県の亀山の士族の出である。

母は、兄姉弟妹八人の四番目であった。祖母の弟榊原一光は画家で、若い時東郷青児らとパリに遊学したとのことで、清津の家には油絵があったし、叔父と一緒に写った家族写真もあり、母からはよく話を聞かされたものだった。

清津・吉州そして富坪へ

昭和二〇年八月初めは、晴天で暑い日が続いていた。毎晩真夜中になるとB29が飛来してきて、寝苦しい日が続いていた。その頃では珍しく鯖がたくさん獲れて、各家庭に配られたことを覚えている。本来清津は鰯の町で、鯖の大漁は珍しかった。

八月九日の朝、不意に戦闘機による爆撃と機銃掃射を受け、ソ連が対日戦を布告したことを知った。海岸通りとか、汽車長屋とかに対して、無差別の爆撃と機銃掃射で、子供心にもこれは大変な事態になったと感じた。それからは、毎日空襲があった。

不安な日々を過ごしているうちに、八月一二日頃になり、沖合の方で艦砲射撃の音がし、海岸付近ではエンジン音などで異常な雰囲気になってきた。相生町の高台に上って海を見渡すと、清津港の防波堤の沖にソ連軍の上陸用舟艇や小型高速艇などが、隊列を組んで円を描くように旋回していた。上陸地点の確認をしている模様だったが、後で聞いた話だと、この日は日本軍の反抗で上陸できずに撃退された、とのことだった。八月一三日朝、隣組の連絡で「大和町から一時避難するように」との勧告があった。用意していたリュックサックを背負い、母、兄と家族三人で家を出た。当時父は、現地召集で第一九師団羅南兵事部勤務の軍医となっていて不在だった。大和町から明治町、弥生町を通って歩いた。途中で艦砲射撃の激しい音がしていた。

弥生町辺りでは陸軍の若い少尉が襷《たすき》を掛けて抜刀し、指揮をとっていた。本当に若く、幹部候補生出身らしい童顔の将校だったが、革の長靴に緑色系の将校服の姿は今でも目に焼き付いている。明治町、弥生町の一部では、もう火の手が上がっていた。お互いに「皆無事に避難して日本に帰るように」と励まし合った。

中屋本屋前辺りに来ると、北星町方向から下ってきた一団と遭遇した。その中には、叔父の西島さんもおられた。叔父は清津水産株式会社の支配人で、母の妹久子の主人で、当時五〇歳ぐらいだった。これが運命の出会いとなり、私たちが無事に引揚げることができるきっかけとなった。一緒に避難して再び家に戻ることができると思っていた。

輸城方面に向かい、天馬山の下を通り浦頃町を過ぎ、清津駅前を歩いたが、本当は羅南方面に向かうのが良かったのだが、輸城川付近はソ連軍の上陸地点だった。ここは日本軍との交戦中で、通ることは不可能だった。その日の夕方には輸城に着いて宿泊したが、一晩中艦砲射撃の音が聞こえていて不安になった。

日本の敗戦の報せを聞いたのは、古茂山から茂山に向かう避難列車の中だったと記憶している。多分八月一六日だったと思うが、箱型の貨車の中にいたことだけは、はっきり覚えている。陸軍の兵隊がたくさん乗っていたが、半信半疑だった。不安な気持ちでいっぱいで、これからどうなるのかなどと話し合っていた。無条件降伏の情報は、陸軍の情報将校から流れたと思っていたが、民間人ではこのどさくさの時だから何もわからなかった。今の時代のラジオのような高性能の受信機を持っていればすぐにわかるだろうにと思うが、当時はそんなことは夢のようなことだった。

茂山で降ろされて、茂山の民間人の家に何日か世話になった。ソ連軍の小型機による爆撃と機銃掃射が相変わらずあった。軽便鉄道を使って吉州に一刻も早く行きたいのだが、なかなか順番が回ってこなかった。その頃には、陸軍の兵隊と物資の輸送が優先であった。やっとのことで、陸軍の物資を運ぶ列車に同乗させてもらうことができた。この列車は武器弾薬というよりも、糧秣物資が多かったように見えた。当時から民間では食料品を中心にして物資が不足していたのに、なんと軍にはあるものだろうと思ったものだった。やっと吉州に着いた時には、もう九月一日になっていた。吉州の町に降り立って気が付いたが、町の様子ががらっと変わっていて、朝鮮人の言葉遣いや態度が、日本人を蔑視の目で見るようになっていた。町中のそこここには、韓国旗の太極旗がたくさん掲げられ、「マンセー！　マンセー！」と朝鮮人が歓声をあげていた。国が敗れるということが、いかなることかを初めて切実に体験して、異様な思いをしたものだった。

日本統治の時代でも、吉州という所は過激な地域だったそうだ。吉州では所在の民間会社の社宅に入って一夜を過ごし、翌日早朝南に行く列車に乗るため吉州駅に行き、再び貨物列車に乗った。だが、列車はなかなか発車しなかった。朝鮮人の動きが変わってきたが、ソ連軍の先鋒隊が間近に迫っていたのだった。交渉の末、やっとのことで列車が動き出した。すぐに鉄橋に差し掛かったが、その時、機関砲の「ダーダーッ！」という大きな音と、「ピュー！　ピュー！」という小銃の音で恐怖のどん底に落とされた。河川敷に侵入してきたソ連軍の先鋒戦車隊に狙い撃ちされたのだった。列車は立往生し、それっきり動かなくなってしまった。この時の恐ろしかったことは、今になっても忘れることはできない。夜中に何かちょっとした大きな音がすると、すぐに恐怖感が現れてくる。

あまりにも昔のことなので、正しい記憶もだんだん薄れてきているが、それからは城津に向けて徒歩で行動した。城津では、陸軍の兵舎のような所に多数の避難民が収容されており、そこで偶然にも清津小学校の森田勉先生や、清津中学校の教練の先生だった配属将校の大尉にも会うことができた。

城津にいる時に、ソ連兵の略奪に遭遇した。「シギ、ダワイ！」と言われ、持っていた大部分の貴重品を略奪された。「シギ」とは朝鮮語で時計のことだった。夜になると女漁りにソ連兵が来るので、皆で大声をあげ、石油缶をたたき、追い払ったりした。一週間ぐらいそこにいたような気がする。その間、日本軍の武装解除が行われて、日本兵は捕虜となりソ連兵に連行された。ソ連兵は着ている軍服が良くなかったので、日本軍の軍服を上から引っ掛けて、マンドリンと呼称されている自動小銃を持っていた。

城津から咸興までは徒歩で行ったと思う。途中では興南の窒素肥料会社の社宅に泊まったりした。

咸興に着き、日本人会の人たちに迎えられ、いろいろな所に分散宿泊させられた。私たちは、「雀のお宿」という日本旅館に収容された。九月中旬頃だったと思うが、咸境北道や遠く満州からの避難民で市内はごった返していた。ソ連兵もたくさんいた。「雀のお宿」では、各家庭ごとに屋外に竈《かまど》を作り、煮炊きして生活していた。それからが大変だった。発疹チフスや再帰熱などの伝染病が蔓延したが、これは虱《しらみ》による伝染病であった。高熱を出して多くの人が亡くなった。左右両隣の部屋で肉親を亡くし、大声で嘆き悲しんで泣く家族の声をよく聞いたものだった。毎日虱捕りが日課となっていたが、今考えると本当に惨めなものである。そのうちに、こんな生活にも馴れてくると、咸興駅前の市場によく遊びに行った。ソ連軍の軍票が流通し始めていたが、基本券はやはり戦前から発行されていた朝鮮銀行券であった。

ソ連兵の家族が豪勢な食事をしている所を見たり、高級将校の一団に会ったりしたが、彼らは党の理論武装集団か、秘密警察（今のＫＧＢ）の要員だったと思う。女性が含まれていることもあったが、一般の兵隊と違い、服装が立派で綺麗であった。よく集団で二部合奏をしながら行進するソ連兵を見掛けたが、歌が皆上手で、それが日本の兵隊と違うところであった。

朝鮮人のデモにもよく出会った。彼らは革命歌を歌いながら行進していた。終戦により急遽できた革命政府の保安隊が組織、指導したものであろう。

元気な日本人は、朝鮮人の家に働きに行き、薪割りやリンゴの収穫選別などをして日当を稼いでいたが、親切な朝鮮人は、私たち子供にも傷ついたリンゴをたくさんただでくれた。これは大変に有り難かったことで、リンゴを腹いっぱい食べて空腹をしのいだ。そのうちに、朝鮮人に頼まれ、避難民の親は、二、三歳ぐらいになった自分の子供を預けるようになった。一緒にいても死なせてしまうので、致し方がなかった。

「雀のお宿」にいても保安隊員がよく調べにきた。元軍人、元憲兵、元警察官が紛れ込んでいないか、各部屋にまで立ち入ってきて調べて回った。朝鮮人の知り合いが隠れるようにして尋ねてきては、三八度線を越える手助けをする相談をしていた。

そのうちに、日本軍によって捕虜になっていた米軍兵士を引き取りに、米軍が咸興に来ることになったが、市内は日本人避難民でごったがえしていたので、避難民を減らすために、約三千人の避難民を、富坪《ふひょう》の旧日本軍演習地の兵舎に移動させることになった。

昭和二〇年一二月二日、風の強い寒い日だったが、咸興市内に分散宿泊していた避難民は、思い思いに荷物をまとめて咸興駅に集まった。市の職員と思われる年寄りが、朝鮮語で「一人、二人、三人」と人数を数えながら改札口を通過させて、ホームに待機していた無蓋貨車に乗せた。当時の記録によると、約三二八二人の日本人が咸興市内から富坪に移動させられたとのことだった。

私たちもその日の夕方、咸興の南約四〇キロメートル離れた富坪に着いて、駅からぞろぞろ歩いて元陸軍の演習場の兵舎に入った。電気もなく真っ暗だったが、寒さと空腹の中で大豆を煎った携帯食を食べ、ちぢこまって一夜を明かした。翌朝、周囲を見ると、そこには大型の兵舎が九棟と小型の付属棟が五棟あって、他には何もなく殺風景な所だった。区の会長が協議して宿舎を決めたが、私たちは第五分会となり、西南の端にある約一〇坪ほどの倉庫のような建物があてがわれた。

私たちのグループは、我が家族三人と叔父の西島岱造、そして楢崎夫妻の六人だった。すぐに着手したことは、食べることの用意であった。水は幸いに南側五〇メートルぐらいの所に綺麗な小川が流れていたので、ここで炊飯の用意をすることにして、竈を作ったり、薪を集めたりした。初めは手持ちのお米を炊いていたが、それを補充するために近所の農家に着物などの衣類を持って行き、米と交換してもらった。中には子供を連れて農家を回り、食物をもらって歩いている人たちもいた。朝鮮人の部落では、米つきの作業をする若者を求めていたので、兄は住み込みで働きに出ることにした。

一二月から一月にかけては、飢えと寒さと伝染病（発疹チフス、再帰熱）、栄養失調で、多くの人が亡くなった。後年、「富坪の惨劇」といわれる、北朝鮮からの引揚げの事態の中でも際立って悲惨な事件であった。

平成一四（二〇〇二）年一一月に、私たちのグループの横で一緒に生活していた、長崎県の友永倬夫様より、突然お便りを頂いたが、友永様は当時小学校三年生だった。当時の家族は、祖父、祖母、母親、そしてご本人と弟の五人家族だったが、お父さんは陸軍に召集されていた。当時おじいさんが大変に元気で、甲斐甲斐しく動き回りいろいろな農作物を作ったり、風呂の修理をしたり、井戸の滑車を作ったり、大変お世話になったことをはっきりと覚えている。この辺りでは、時々ソ連軍が演習にきて不要になった物を置いて行ったが、その中には直径三〇センチメートル、長さ一メートルぐらいのドラム缶もあった。これを私が拾ってきて、おじいさんがドラム缶の真ん中に円い穴を開け、探してきたパイプを通し滑車にした。井戸の水を汲み上げるのに滑車がないと不便だったので、これを滑車として使った。また、五右衛門風呂は一部壊されていたが、これもおじいさんが半田鏝《はんだごて》で蝋付けして直してくれた。おかげでみんなが風呂にも入れるようになった。

そのように、富坪避難所ではお世話になった、忘れがたい一家であった。その友永倬夫様から、思いがけずに便りをもらったのだった。

五七年ぶりに頂いた手紙

その手紙の内容は、あの富坪避難所での悲惨な生活を思い出すに十分な内容であった。それ以来、当時を回想して文通が開始された。友永様からの手紙は次の通りであった。

［前略　突然お手紙差し上げますご無礼の段平にご容赦くださいませ。私、清津、弥生町の友永金物店（夏川小間物店隣り。村瀬呉服店前）の孫の友永倬夫と申し、引揚げ途中、富坪収容所にいた者です。先日、親戚の大和町、松本ブリキ店（徳田酒店隣り）の長女、統子さん（清津女学校卒業後、羅南陸軍病院勤務）に久しぶりに会い、引揚げの回顧談にふけっているうちに、「牧山病院」の名を耳にしました。

ついでながら、私の祖父母と父は、明治四三年日韓併合の頃より清津に在住し、最初に建てた住居が、松本さんのいた家だったそうです。万一、誤っていましたら、お許し願いたいのですが、「牧山病院」との名を聞きました時、私にとって終生忘れられない記憶が忽然と胸中に蘇ってきて、失礼をも顧みず筆を執った次第でございます。

実は、私の母は昭和二〇年一二月一九日に富坪にて病死しましたが、母の臨終に際し、隣りに起居しておられた病院の奥様が「心残りのないように」と、隠し持っておられた最後の一本のカンフル注射を打ってくださったのです。そのご厚意も空しく、母は帰らぬ人となりましたが、あの筆舌に尽くしがたい異常な状況下で、最後の注射を受けられた母は、幸せ者と思う度に奥様の行為が身に沁みて有り難く深く感謝すると共に、決して忘れられない思い出です。

だが、混乱した情勢のもとでは、記憶も定かでなくなり、忘却してはならないことにもかかわらず、その方の名前を失念してしまい、どうしても思い出せないまま歳月が過ぎました。祖父母も亡き今日となっては確かめることもできずに、心にわだかまっていました。

そのような中で、先日松本さんとの話の途中で、その方は「牧山」さんではなかったかと思ったのです。幼い頃の記憶は風化しつつありますが、当時奥様は絣の着物を着て、眼鏡を掛けておられたと思います。そしてお子様が二人で、眼鏡を掛けた小父さんがおられたように思います。もしも、あの時の奥様があなた様のお母様でしたら、あの時のご厚意に対し、積年の想いをこめてお礼を申し述べたいと存じ、失礼をも顧みずお手紙差し上げた次第です。

なお、私は定年を機に、あの未曾有の体験を風化させることなく、孫たちへ語り継ぎたいと思い、引揚げの記録を記しましたので、「富坪」の項を送らせていただきます。拙文ながら、ご一読くだされば幸甚に存じます」と書かれてあった。

家族で避難する準備をしていた時に、母が父の使っていた携帯用の注射器セットと共に、カンフル剤とビタミン剤のアンプルを、リュックサックの中に入れていたのを思い出した。道中におけるソ連兵の略奪にも遭わず、注射器とアンプルは無事にリュックサックの中に残っていた。そして富坪の収容所で母が一人の病人に、いつも父がしていたように、鍋にお湯を沸かして注射器を煮沸消毒し、注射した。だれにしたか特定の人の名前は覚えていないが、臨終状態になっていた方に思い残すことのないように、母が注射をしたのを思い出した。それが、手紙の主の友永さんのお母さんだったのだ。すぐに私は、思い出したことをありのままに友永さんに電話で話をした。

そして数日後、再び友永さんより手紙をもらった。

［前略　お電話有り難うございました。手紙が届きました日が、ご母堂様のご命日でしたとは、これも亡き母の導きかと、因縁浅からぬことと思いました。あの時のご厚意に対する感謝の念の万分の一が、五七年ぶりに果たせたとの思いで、心のうちはいっぱいです。叔父様の西島岱造様につきまして、早速長崎大学の同窓会名簿にて調べましたところ、大正八（一九一九）年卒業で、第一二回生であることがわかりました。

私は昭和三四年の卒業ですので、実に四〇年先輩にあたります。後日、同窓の先輩になられる方と富坪で居を同じくしたことに、不思議な縁を感じますと共に、ご卒業の年はヨーロッパではパリ講和会議の開催、朝鮮では独立運動（三・一運動）が起きておりましたので、我が国の領土拡張期から一転して敗戦による国家崩壊への道と、まさに激動の時代を生きられた大変なご生涯だったと拝察します。

あなた様は当時清中二年生だったとのことですが、当時弥生町での清中生は村瀬（呉服店）の長男の方だけだったように記憶しています。弥生町界隈では、羅中の塩島（骨董屋）、秀川（材木商）、福泉町の松井（海洋少年団初代団長）、入舟町の徳弘（富坪にて家族は全員死亡）、商業の下川（税関前の食堂）、工業の浅田（印刷屋）、水産の桑野（病院）、清女では渡辺（風月堂菓子屋）、辻（夏川小間物屋）などが同級生だったのではないでしょうか。かなり上級生の方々によく遊んでもらっていましたので、懐かしく思い出します。そういえば、徳田君も同級生ではありませんでしたか。思い出話が長くなりましたが、僭越ながら、生前父が所有していました昭和三、四年頃の清津の写真の複写版と、駄文数稿を同封しますので、一読いただければ幸甚です。

目下、税関前北星町上り口の朝鮮銀行の建物を思い浮かべながら、多田井喜正さんの著書『朝鮮銀行・ある円通貨圏の興亡』を読んでおります」とあった。

この手紙を受けて、私もいろいろと思い出し、懐かしい気持ちでいっぱいになって、次のような返事を書いて出した。

［拝復　寒さも緩み春めいてまいりました今日このごろです。お手紙と各種の資料を頂き、有り難うございました。小生も定年になってから全国清津会に入会し、数回会報に投稿して自分の思い出を吐露いたしました。全国清津会の総会には、過去二回出席しました。富坪での思い出は、頂いた資料により、より新鮮に思い出されました。友永さんのお祖父さんのことは、はっきり覚えています。いつもかいがいしく動き回っておられたお姿が目に焼き付いています。小学校三年生であったあなたと弟さんの姿、そしてお祖母さんのことも覚えています。しかし、あなたのお母上のことは記憶にありま

せん。富坪の収容所で小生のグループは、あなたの描いたスケッチの通り、反対側の角に六人で起居していました。

清津会の会報に載せた『全国富坪会の呼び掛けとその反響』に、あなたのお名前を書き入れたものを同封いたします。これからも新しい情報があればお知らせください。あなたの弟様および奥様とご家族の方々にもよろしくお伝えください」

という内容の返事を出したが、友永様から送ってもらった資料は次のようなもので、実に当時の様子を詳細に書いてあり、その文才に頭の下がる思いであった。「三八度線を越えて」という内容で、清津脱出から当時の城津・咸興の様子、そして富坪での惨劇、そこからの脱出、三八度線を越えて、祖国日本に引揚げたことなど、一連の状態が書かれてあった。友永様の手記は事実が詳細で明確に記載され、思い出が蘇ったものだった。友永様との手紙のやりとりはそのぐらいにして、私の体験に戻します。

富坪での生活

兄昭彦は、一里程離れた農家に米つきの仕事に雇われて住み込みで働いていたので、時々会いに行っては米をもらってきたり、目印の松の木の下に隠してある卵を持ってきたりした。その農家の近くの松の木の下に枯れ葉をいっぱいにかけて隠してあり、兄とは前もって示し合わせてあったのだが、農家の家族が勘のよい人で、警戒心を強くした目で見られていたので、私はいったん帰るふりをして家族の目をそらし、しばらくしてから引き返し、松の枯葉の下に隠してあった卵をポケットに入れて持ち帰ったものだった。私たちの五分会の分室に眼鏡を掛けた綺麗なお姉さんがいて、体が弱っていたので大事に持ってきた卵をあげたこともあったが、その頃の卵は本当に貴重品であった。しかしその後、お姉さんは亡くなられたが、結核だったそうだ。

鉄の斧を持って半里程離れた山に行き、手ごな松の木を切り倒し、薪にするため担いで帰った。これを適当な長さに切り、薪にして保存した。暇な時にはよく山に行き、枯木などを集めてきたものだった。わらじ作りをしたこともあった。籾藁《もみわら》を叩いて柔らかくして、縄を編み組み上げていくのだが、山に行くのに重宝した。兄は住み込んだ農家での作業で、藁縄編みが上手になっていた。

中野さんは奥さんと娘さんとの三人暮らしだったが、建築の棟梁として近くの村に住み込んで、村の集会場を建築した。その村には大工がいなかったのか、日本人が頼りにされた。中野さんは病気上がりだったので、頭が丸坊主になっておられたが、だんだん元気になられたようだった。生きていくためには何かしなければならなかった。二か月ぐらいかかったと思う。清津では手広く建築関係の仕事をされていたことを思い、今でも顔が目に浮かぶ。

松本さんには息子さんがいたが、清津中学校から予科練に行かれていたので、余計印象深く思い出す。松本さん自身は大柄な人だったが、奥さんと、結婚して子供もいた娘さんと三人がここで亡くなり、小学生の娘、ユリ子ちゃん一人が残されてしまったが、叔父の西島さんがこの子を引き取り一緒に日本に帰り、山口県の阿川で成人された。

はっきりとは思い出せないが、予科練の制服を着た若者が一人、一月頃だったか、私たちのグループに入ってきた。近くの飛行場の航空隊にいたそうだが、結核を患っていたので、民間人の集団に入れられたのだった。この人も一か月ぐらい一緒に生活していたが、亡くなってしまった。このような苛酷な収容所では、一人で生きていくことは大変なことだった。死んでしまうと墓場に行く前に、衣服は全部剥ぎ取られてしまった。

あまりにも死亡者が多く出るので、ソ連軍の将校が視察にきたことがあった。その後、塩秋刀魚とか米とかが配給されるようになった。平壌《ピョンヤン》から米を積んだ貨車が一両、富坪に届き、それから米の配給が正常になり、生き永らえた。

虱退治のために、ソ連兵が高圧蒸汽関車を持ってきて、各分団ごとに避難民を集合させて、男も女も区別なく着ている衣服を脱がせて丸裸にして、各人ごとに衣服をまとめて、高圧釜に放り込み、高温高圧蒸気で蒸し上げてくれた。虱を撲滅させるための強硬手段であった。一時間ぐらい待っていると、自分の衣服が戻ってくるが、衣服は濡れていなくてぽかぽかと暖かい感じであった。虱もその卵も高圧蒸気で完全に死に絶えていて、息苦しい避難生活の中でこんなにさっぱりしたことは初めてであった。ソ連軍に虱退治の汽関車が常備されていたことには驚きだった。

日本軍の将校の奥さんで、赤ん坊連れの二人組が、この第五分団の分室におられた。三人組だったかもしれないが、記憶が定かでない。子供連れで女一人が生きていくには大変なことだった。現地除隊したらしい東北訛りの三〇歳代の男性が、やはり二、三人いて、これらの奥さんたちとペアになって面倒をよく見ているのを見た。この人たちは我々とほとんど行動を共にしていて、元山から三八度線を越え、京城（ソウル）に着くまでは見届けたが、その後の消息はわからない。

富坪からの脱出

いつまでもここにいては、日本に帰ることができないので、大人たちが相談を始めた。ここでの我々日本人に対する監視は朝鮮人の保安隊員であった。元日本軍の兵士の服装で、襟章、肩章だけを変え、各人は日本軍から没収した九十九式の歩兵銃を持ち、各分団が生活をしている収容所内を時々見回りにきていた。年を越し、昭和二一年の二月から三月頃になると、保安隊の考えも表向きは「収容所から一切逃亡などしてはいけない」ことを強調していたが、反面本音は「日本人の厄介者は早く出て行って欲しい」と考えていたようで、そのように思われることもいろいろあった。

気候が温暖になったので、徒歩で野宿をしながらでも元山に行くことがみんなの意見で決まった。四月の初め頃になって、まず我々のグループと別の人たちで行動を共にしようという人たちとで一五人ばかりの集団を作り、必要最小限の身の回り品だけを持ち、夜明けを待って富坪を脱出した。今になるとはっきりと思い出せないが、五日間ぐらい歩いて元山に着いた。途中現地人の家に泊めてもらったり、軒下で夜露を凌いだりしながらの強行軍だった。

元山では日本人会の人に迎えられ、市街地にあるお寺に案内されて食事を与えられ、畳敷きの広い部屋でごろ寝をしたが、久しぶりに手足を伸ばしてゆっくりと休んだ。この頃になると国内も落ち着きをだんだんと取り戻し、列車も定期的に運転されるようになっていた。列車は主として朝鮮人たちの旅行用に使われていたが、その列車に日本人である我々を紛れ込ませてくれたのだった。多くの日本人を制限された列車で輸送しなければならず、当然に順番待ちということが起きて、元山で一週間ぐらい止められて、このお寺で生活をしていた。

このお寺で、清津にいた宮崎県出身の那須さんに会うことができたが、蜆《しじみ》のみそ汁を鍋にいっぱい入れて持ってきてくれて、とてもおいしく食べたことを覚えている。

元山は私が小学校一年生として泉町小学校に入学したこともあり、知人も多い所だった。母がいろいろな人と再会して、おしゃべりに夢中になっていたことを懐かしく思い出す。ここで起きたことで忘れてはならないことが一つある。それは平戸藩出身であるという某氏から「平戸藩高分帳ノ類」の書き付け帳を頂いたことである。これは安政二年編ということで貴重な文献で、後年これが牧山家の唯一のルーツ探しの源となった。これのおかげで牧山家の先祖が、一五〇〇年代から平戸藩第二六代松浦法印公にお仕えしていたことが判明したのだった。

一週間ぐらい経って、やっと列車に乗ることができた。乗ったのは思い掛けず客車であったが、朝鮮人が先に乗り込んで、我々日本人はあとからの乗車なので立ちん坊だった。終戦前ならば全く反対の立場で、敗戦の悲哀をつくづく体験した。車内ではお互いに無言の行であった。満員の列車は走り出した。記憶が薄れているが、三八度線手前の漣川まで行ったと思う。満員列車では、途中からはこの列車に朝鮮人とかソ連兵は乗れないので、我々日本人グループは平康《へいこう》か鉄原《てつげん》（記憶が定かでない）で列車から降ろされた。我々が降りていたら、入れ替わりにソ連軍の兵隊に親切にされながら、赤ちゃんと二、三歳の子供を連れた日本人の女性が列車に乗り込んだ。ホームでなく線路上なので、デッキの昇降口が高く、ソ連兵が親切に押し上げていた。

我々はそこから三八度線まで歩いた。途中で朝鮮人が近付いてきて、西島の叔父とぼそぼそ話し込んでいた。徒歩の道を教えてもらったのである。後から聞いた話では、朝鮮人の話に騙されて追い剥ぎに遭い、金品を取られたグループもあったとのことだったが、その時は叔父が幾ばくかのお金を払っていた。

いよいよ漣川《れんせん》に着いた。国境の川を渡るのに、一人なにがしかのお金を支払った。川幅は約二〇メートルで、水量は多く流れも速かった。小型の舟に乗せられて、朝鮮人が二人で櫓を漕ぎ対岸の東豆川《とうとうせん》に着いた。ここは南朝鮮で、アメリカ軍の支配地域であった。

アメリカ兵がチューインガムを噛みながら二人で歩いてきて、我々を誘導してくれた。やっと自由な世界に入れたと実感した。ここに来ると、避難民の扱いは流れ作業であった。まずＤＤＴの散布を受けた。下着の中からと、女性の人は髪の毛の中まで吹き付けられ、真っ白になった。伝染病予防のための虱退治であった。今ではＤＤＴは使われないが、その時分はＤＤＴの全盛期であった。やっとさっぱりした気分になれた。乾パンかクラッカーのような食べ物をもらって、コーラと一緒に食べたことを思い出す。

京城行きの客車に乗せられて、午後に京城駅に着き、日本人会の男の人が迎えてくれた。大きな門の前を通って日本式のお寺に入れられて、一晩泊まったか、あるいはその日だったか正確なことは忘れたが、再び列車に乗せられ釜山に着いた。釜山港で朝鮮人の役人の簡単な出国検査を受け、待機していた日本の船に乗り込んだ。そこでは父の友人で軍医だった人が、自分の家族の到着を待ちわびながら、医者としての勤務に就いていた。この人は清津の家に二、三回軍医として遊びにきてくれたこともあって、私も覚えていた。写真など撮ってもらったことのある人であった。名前は忘れたが、あとで対馬の人であると聞いた。乗船した船は上陸用舟艇「SB－一一四号」だった。戦車や車両を上陸させるために、船の前が大きく開くようになっていた。船員はもちろん日本人であった。この船には約五百人が乗船した。船底にござを敷いた所に座っていた。玄米のおにぎりが配られたが、久しぶりの米食でおいしく食べた。この船は何かの本に書いてあったが、戦争末期に呉《くれ》の造船所で造られた戦時量産型のSB型であった。この頃に、中国、日本、朝鮮など東南アジアでコレラが発生し、船上でコレラの感染者がいないか検査が行われた。五月の終わり頃から、六月初めの頃だったと思う。一晩で博多港に着いた。コレラ菌を持っていないかどうかの再検査があって、ガラスの棒をお尻に入れられた。検査結果が判明するまで、一週間から一〇日ぐらい博多港沖合に留め置かれた。日本の地を目の前にして上陸できないとは、本当に苛立たしい思いだった。博多湾では、アメリカ兵がモーターボートに乗って波を切って走り回っていた。持てる国の豊かさをまざまざと見せつけられた気がした。

上陸待ちの船に、順番に「歌謡慰問団」がきて歌謡曲などの流行歌を聴かせてくれた。日本に到着して初めて聴く歌である。その頃大流行をしていた「リンゴの歌」も、ここで知った。やっとのことで上陸を許されて、「SB−一一四号」は博多港の岸壁に接岸して、我々は感激しながら上陸した。長い長い避難民生活から解放されたのだった。国破れたりとはいえ、日本にたどり着いたのだ。

祖父が朝鮮に渡ってから何年ぶりの帰国だろうか、はっきりとはわからないが明治四〇年頃からとすれば、約三九年ぶりの帰国ということになるのだが、その姿は哀れなものであった。私は一四歳になっていた。博多港に上陸後、帰郷のための諸手続を済ませたが、これといった帰る家がないので、まずは西島の叔父さんの実家に世話になることとなり、博多港駅から門司港駅まで汽車に乗り、関門海峡を渡し舟で渡り、下関駅から山陰線の列車で阿川駅に着き、叔父さんの実家に落ち着いた。母の妹、久子叔母さんとその家族にも初めて会った。祖父、祖母も健在で優しく迎え入れてもらった。だが、今までの疲れが出たのか、みんなは病気になり苦しんだ。その病気は、「再帰熱」という熱病の一種で、私も一週間ぐらい寝込んでしまった。それでも幸いに軽かったが、母は重病で死ぬかもしれないと言われて、随分心配したものだった。一週間ぐらい経った頃に、宇部で眼科医をしている母の弟、古市さんと、母の妹の主人である市川さんがそろって見舞いにきてくれて、宇部に移るように言ってくれた。ようやく元気になった母は、兄と私を連れて宇部に移った。昭和二一年の七月の暑い日のことだった。

引揚げ後の生活再建

父は、ソ連軍の捕虜になってシベリアに強制抑留されていたので、私たち母子は叔父に扶養してもらいながら、兄と私は県立の宇部中学校に通い始めた。そのうちに父の弟が、戸畑にいることがわかり、私はそこに引き取られて戸畑中学校に転校した。

父が、昭和二四年の秋に舞鶴に帰還し、家族そろって小郡《おごおり》駅で迎えた。それからの父は、本籍地の平戸で医師として勤務することとなり、平戸市に定着した。それに伴って私も平戸高等学校併設中学校に再度転校し、ここで初めて家族がそろって同じ屋根の下で生活することができた。それからは平穏な月日を過ごしていたが、父が職場を変えて宇部曹達株式会社の診療所長となったので、一家は宇部市に移り住み、私も宇部高等学校に転校、昭和二七年四月には山口大学文理学部の理乙学科に入学し大学生となったが、自分の将来の方向を考えた結果、進路を変え理工学を専攻したくなり、名古屋の名城大学理工学部機械工学科へ転学して、そこを卒業してサラリーマン生活に入った。就職先は、名古屋市に本社のある中堅自動車部品のトップメーカーで、定年まで勤めあげた。

昭和五〇年には技術研修のため、イギリスをはじめヨーロッパ主要五か国を、五週間にわたって研修したことが深い思い出となった。定年退職後、名古屋市にある自動車整備専門学校の講師として五年間教鞭を執り、新たな経験もした。さらに六六歳からは、カワイ音楽教室に通ってピアノのレッスンを受けていて、現在は六年生になったが、毎年の発表会と、年末のクリスマスには必ず出席して演奏している。また、それとは別の余技として、現在は日本紙飛行機協会の会員になって紙飛行機作りに精を出しているが、平成一四年九月に名古屋ドームで開かれた、全日本紙飛行機選手権大会に出場し、決勝大会まで進んだ。今は、地元で子供たちに紙飛行機作りを指導している。

子供は娘二人で、それぞれ健全な家庭作りをしていて、孫も四人いる。現在は家内と二人で平和な毎日を過ごしているが、これも日本が平和であるからのことで、感謝の極みである。五七年ぶりに届いた友永さんからの便りから、かつての苦しかった日々のことを思い出して、再び日本があのような悲惨な事態を繰り返すことのないように祈りながら、まとめた次第である。

（海外引揚者が語り継ぐ労苦（引揚編）第一六巻、四〇一–四二〇頁掲載）

第9章　引揚げの思い出

清津の思い出（三つの思い出）

田中　幸四郎（第三期生）

清津離脱の日

私にとっては、昭和二〇年八月一三日（月）の方が、八月一五日以上に忘れられぬ日となっています。この日が清津離脱の初日であり、この日を境として生活環境が一変したからです。当日、午前九時頃、大日本原鉄工場へ向かう途中で級友金相明（日本名金本、清中同窓会名簿には在美）君と一緒になって工場へ行った時のことです。工場敷地に入ると一昨日の一一日とはうってかわって、中には猫の子一匹もいない不気味な静まりようでした。正門わきの事務所、生徒の控え室（休憩時間には電気の講義等もあった）も、もぬけの殻、正門を入って左側の倉庫も開け放され、中の物質はすべて持ち出され、荒らされ、あわてて逃げ出した様子がうかがえました。

それで二人は相談の上、学校へ行くことにしました。学校は当時兵舎になっていましたが、何とか情報が得られると思われたからです。輸城平野の砂地を突っ切って校長官舎の一角に辿りついてみると、官舎は閉まっていました。そして道路わきでは、五～六人の兵士が塹壕をしきりに掘っていました。傍に白い手拭いを巻き付けた小銃が立っていて、印象的でした。一兵士が「もうすぐ戦場になるから早く逃げろ」といってくれました。私たちはおどろいて校舎を背にして急いで帰宅することにしました。

金相明君の家は私の家と近かったのですが、どこでどう別れたかは記憶にありません。あの日以来、五二年の歳月が流れ去りました。彼とは通学（勤）の途次、ドイツのロケットＶ２号のことやドイツの無条件降伏のことやらを話し合い、戦局を憂えていました。小柄で童顔の彼は、同窓会員名簿によると在美（在米）とありますので、ご健在であることを願っている次第です。

家族七人の逃避行

帰宅してみると母と姉二人（清小、浦項小教員）が懸命に荷物をまとめていました。私は近くの待避壕の側に立って、埠頭の方角を眺めていました。しばらくすると、沖合から海岸めがけ、白波を蹴立て走り来る船艇群を発見しました。「あっ敵の上陸だ」と気づくと間もなく、天馬山頂から一条の黒煙が上り始めたので、変電所か何かがやられたなと思いました。（後できくと、自爆したらしい）それから大変でした。砲煙にまみれた日本軍の兵士たちが、どんどんこちらの丘に上って退却してくるのです。その一群の中に一期生の清原さんがいました。階級章はつけていませんが、銃をもって担架のそばについておられました。担架には油煙で真っ黒になった負傷兵が苦しみ、呻き、目を覆うほどの惨状を呈していました。清原さんも私をみつけて、「何をボヤボヤしているンだ。早く逃げろ。敵がすぐそこまで来ているゾ」と怒鳴って、山の上へ一目散に駆け去って行きました。さあ大変！　それから家へ入って、荷物を背負い、炊きあがったばかりの飯をかかえて私たち家族七人の逃避行が始まりました。八月一三日午後二時頃であったと思います。

これから約一か月かかって、輸城駅→富寧→茂山街道→廷社→白岩→吉州→城津を経て咸興に入ったのです。この辺のことも一生忘れられない体験でした。ここらのことは後述の「どこまで続く逃避行」や「母よあなたは強かった」のところで詳述します。それにしても、清原さんのその後のことが今でも気懸かりです。二日後には終戦となるわけですが、ご無事であったのでしょうか。八月一五・一六日まで天馬山下での斬込み、白兵戦の話もありますから。

兄の伝言にうながされ

翌年（昭和二一年一月末）咸興日本人抑留所（遊廓街）で忘れられない一つの出来事がありました。夕ぐれどきでしたが、私に面会人が来ているとの知らせで二階の部屋を下りて玄関口へ行くと、リュックを背負った一人の青年が立っているのです。しばらく二人は見つめ合って気がつきました。その人は一期生の張本さんでした。この人にはこんな思い出があったのではっきり分かったのです。それは、私が清中二、三年生の時で、分隊単位で優劣を競う駈歩訓練《かけあしくんれん》の時のことです。どこまで走ったのかは忘れてしまいましたが、復路の校舎にさしかかる登りの坂道で、私はもう、ふらふらになっていました。目前が真暗になり、もう倒れる寸前でした。その時、分隊長の張本さんが自分の手を私の腰に巻き、背後から支えるようにして後押ししてくれました。その人だったのです。話をもとへもどしましょう。その張本さんが京城にいた兄（礼蔵）の消息をおしえてくれたのです。もう本籍地に帰国しているものとばかり思っていた兄が、京城日本人世話会で引揚業務に携わっているとのことです。そして米軍のジープに乗って通訳をしていると話してくれました。張本さんは別れる時、小さく畳みこんだ兄の走り書きを渡してくれました。内容は「早く脱出するように、日本人の脱出者が続いているので今だ！　早く」の意味のことが書かれていました。だが厳寒のさなか、栄養失調と発疹チフスで、父と弟は死亡、家族全員は寝込んでいる状況だったので、この時はとても脱出などできる状態ではありませんでした。けれども張本さんのご厚意は一生忘れられません。あの時期は日本人と話をするだけで危険が一杯でしたから。お宅は清中校舎の坂道へかかる製麺所だったと思いますが。この方の本名はわかりません。

母よあなたは強かった

まさに今日は一九九九年八月二三日です。五四年前の今日、僕たち一家は七人で咸北の延社駅前に野宿していました。清津を離れて一一日目になっていました。日本人避難民が群がる中で、茂山からの列車の到着、そして乗車を待ち望んでいたのはすべての人々でした。この頃になると終戦を信ずる人の方が多くなり軒並みに太極旗（現在の北朝鮮の国旗ではない）が掲げられ、朝鮮の人々は居住地であるもとの我が家へもどり始めました。日本人の中では未だ敗戦を信じない人もいて、「帝国聯合艦隊、ウラジオ逆上陸中」とか、駅構内で日本刀を振り回して暴れる軍人等もいました。そしてここでも八月一四日の富寧の時と同様に、この貸車は軍用列車だ！　地方人（民間人のこと）は降りろ！　とわめき、威嚇する始末でした。

別の路線では軍馬を積んで南へ行こうとする列車もありました。この頃には二週間におよぶ逃避行で疲労も激しく、病人も多かったようです。畑のジャガイモやトウモロコシも警戒が厳しくなり、勝手にとって食べるわけにもいきません。咸北道庁が臨時開設されて、食糧供給や列車の仮乗車券等の配布も試みられているようでした。少しでも秩序をたもとうとする考えでしょうが、焼石に水とはこのこと。切符なしに乗車している人が大半では当然のことで、列車が到着すると、われ先に飛びつく始末でした。

食糧も雑穀が少量だったと思います。僕たち一家は城津を目指して白岩方面行きを選んでいましたが、日本人避難民の中にも、もとの居住地へ帰ろうとする人もいました。僕が知っている家族の中では一家が南北に分かれて再出発する人もいました。僕たち一家は少しでも故国日本へ近づければそれでよいと思いました。清津はもう自分の住家とは到底考えられなかったからです。これは結果論になりますが清津へもどった人も財産一切をなくし、日本人だけの共同生活を強いられ、帰国も咸興・元山地区より数か月から一年近く遅れ、犠牲者も多かったようです。

生き抜くために

このような現状の中で僕たち一家はどうにか、列車にへばり着いて延社を離れました。避難列車のデッキにぶら下がったままの人、機関車最前部のデッキにしがみついている人、家族が離れないように、手を握り合って列車に乗っていました。しかし、それもどういうわけで下車したのか記憶にありませんが、白岩到着前にはまた徒歩避難にかわっていました。

白岩は清中在学中の行軍で民泊した懐かしい町です。今度は野宿なので南京虫の襲来はなかったけれど、八月末の高原の夜は夏服一枚のボロでは寒さに震えるばかりでした。とにかく沿線伝いに吉州を目指し、トボトボと歩き出しました。この頃から弟と私はアミーバ赤痢に罹り、もうふらふら歩きのようでした。五分ごとに用便に行く始末で、寒天ようの粘液に血が混じっているのにも気付きました。食欲も全くなかったのですが、このままでは死を待つばかりだと思えたので、僕は無謀にも、生のジャガイモやキャベツ等を口にほうりこむことにしました。

尾籠な話で恐縮ですが、粘液と血便の中に少しずつこれらの食べ粕がみられ、体力も快復に向かって行きました。弟は口に何も入れなかったようです。このことが生死を分ける結果になったと今でも思っています。こんな道中のある日のこと、道ばたで食べ物を売っている白い朝鮮服の婦人の一群を見つけました。彼女らは道ばたにしゃがんで、朝鮮餅、蒸したジャガイモ、トウキビ、玉子、それにリンゴ等を並べていました。それらは明らかに日本人避難民相手の商売です。高原地帯の一本道だからです。僕たちは汚れ切ったヨレヨレの乞食同様の姿でしたが、彼女たちは真っ白な朝鮮服をまとい、中には薄化粧した女の人もいました。

“地獄に仏”も……

食べ物に被せた濡れた布から温かい湯気が立っていました。でもそれらは一文無しの僕たちには高嶺の花でしたから、じっと目をこらして、眺めているだけです。するとどういうことでしょうか。オカミさんたちはそれらの食べ物を私たちの手に渡し始めたのです。文無しの僕たちが逡巡して手を引っ込めると、「いいから早くとりなさい。黙って早く持って行きなさい」とこれまでは行く先々の路上で所持品を並べさせられ、「これらは三七年間に朝鮮人から略奪したものだ。没収する。そして八月一五日以後、日本人の汽車は厳禁だ。さっさと歩いて村を去れ！」と石もて追われたことを幾度となく経験した僕たちには、それこそ驚天動地の一大変事でした。

生き地獄にも助ける仏はあるものだと感激の涙が出る始末でした。このような道中を続け、吉州に辿りついた時は、もう九月の初めの頃だったと思います。吉州といえば清小の修学旅行の帰路で、当時としては珍しかった西洋梨を買って食べたことが思い出されます。何か化粧品くさい味がすると思いながら食べた記憶が微かに残っていました。

さて、吉州↓城津間では旧日本軍の代わりに登場した私設保安隊の横暴に苦労したものです。この沿線一帯は日本統治時代には最も厳しく取りしまわれた反発なのでしょうか。「刃物をかくし持っているものは銃殺するゾ。お前の父親は軍人だろう。警察官だろう」と凄まれ通しで生きた心地がしませんでした。

この頃になると弟は担架で運ばれる体になっていました。茂山街道では先頭に立って、予科練の歌などを歌っていた弟の悲しい変り様でした。

吉州→城津間は歩いたのか、汽車だったのかははっきりは覚えていませんが、城津では大きな機関庫のようなところに、千名近くの大集団が寝泊りしました。終戦直後のこととて、ソ連兵も保安隊も猛り狂った鬼そのもの。毎夜、婦女子略奪の夜盗群と化すのです。まさに大江山の鬼ばら同然です。四、五人、徒党を組んで押しかけてくるところは、箱根山中の盗賊のようでもありました。お伽話が現実のものとなって起こったのです。

そこで私たちは次のような対抗策をとりました。男子は帽子のつばを切りとり、ソ軍の戦闘帽の恰好にしたり、胸に赤いリボンを着け恭順の意を表わし、女子は炭粉や泥を顔に塗り、男子風の服やシャツをまとうのです。黒髪を断ち切り、坊主頭にした人も数多くありました。夜は若い男性たちが戸口で見張り番をして、襲撃があると、直ちに内部に報せます。すると、中の人たちは是認で鬨《とき》の声をあげます。石油缶、弁当箱・茶碗も一斉に叩き鳴らします。赤ン坊のお尻もつねって大声で泣かせます。千名近くの人が一斉にやるので、こだまは天井を突き破って夜空に響き渡るので、四、五人のソ連兵はびっくり仰天して、慌てふためき、何もとらずに逃げて行く有様でした。

こんなことが毎晩続くと、ソ連憲兵も黙ってはいません。マンドリン銃をかまえて飛んで来ます。そして、味方の夜襲兵どもに向かって銃を乱射し、追い払ってくれるのです。ソ連憲兵は私どもにとってはありがたい存在でした。ソ連の兵士は敵味方に差別なく、銃を乱射します。日本軍が薬莢の個数を問題にするほど大切にしたのと、雲泥の差があります。私もヤポンスキーと怒鳴られ、銃口を向けられたことがありました。けれども彼らは、自分の帽子を空中に抛《ほう》り投げ、それを目がけて乱射する有様でした。ふざけ半分とはいいながら、「ああこれでおシマイか」と観念した経験があります。城津ではこんなこともありました。

ソ連兵のハラショー

私が野外の共同水道で顔を洗っているところへ突然四、五人のソ連兵士がやって来たので、水でも飲みたいのだろうと場所を譲ったところ、彼らは蛇口を全開して軍服の上から水浴びをし始めました。風呂がわりに体を洗うのかと思い、眺めていると、石鹸を服の上から下まで全面に塗りつけ、掌でゴシゴシこすりつけ、最後にまた水を全身に浴びせ、石鹸を洗い流しました。「ハラショー」とか何とかいって上機嫌でした。

着替えを持たない時の洗濯法なのです。乞食姿の私もこんな方法があるとは知りませんでした。そして彼らは私を呼び寄せて、話しかけてきました。片腕で拳固を握り、おやゆびを立てて「スターリンスターリン」、次に小指を立てて、「ミカードミカード」と言うのです。スターリンは偉大で、天皇は小物だとでも主張しているのだと思いました。

二、三日後に無蓋車に乗りましたが、方向は南進するだけで終着駅はどこであるか、誰もわかっていません。弟は担架に横たわったままです。この列車は鉄原を経て、三八度線近くの駅、連川か金谷まで南下しましたが、避難民を下ろすこともなく、再び北上し始めたのには全く驚きました。ようやく臨津江を目の前にしたのに、これこそ流浪の旅でなくて何でしょうか、この数か月後に再びこの河を夜陰に乗じて渡河することになります。

痛恨・父と弟の死

この時は結局、咸興で下ろされ、悲惨な集団生活を余儀なくされるわけですが、この時、越境できていたら、父や弟の死もなかったはずで、まさに一大痛恨事でした。一方視野を大きく広げてみると、朝鮮の人々自らの意に反して三八度線を境界として半世紀が過ぎ去った現今、彼らの悲しみと苦しみは、私たち日本人が思うそれ以上のものがあるでしょう。

「臨津江水清く、滔々と流れる　水島の消ゆる……飛び交う我が祖国、南の地、思いはるか……」

この歌はたまたまラジオから流れているのを聞いたものですから、歌詞ははっきりしません。臨津江(イムジンガン)という曲で、歌詞の中に「誰が祖国を二つに分けてしまったの」と、恨みがこめられています。余り聞かれない歌だと思えるので韓国の歌謡曲かもわかりません。

この歌とともに「病葉を今日も浮かべて、町の谷、川は流れる　ささやかな、のぞみやぶれて　悲しみに……ひとみに　たそがれの水のまずしさ」とこれも聞きおぼえの〝川は流れる〟で仲宗根美樹が歌っています。「病葉を今日も浮かべて」の出だしの句にどうしても、担架に横たわる弟の衰弱し切った顔が今でもうつるのです。

（『天馬山』第十三号より）

細野家の引揚げ記

細野 忠雄

小生家族は昭和一九年五月に埼玉県の大宮から、先に朝鮮に渡っていた父の赴任先、清津に引っ越しました。家族は父母、祖父（二〇年四月死亡）、兄姉五人で小生は末っ子で当時八歳、小学二年。近くに浦項小学校があるのになぜか清津国民学校に転入しました。住居は清羅街道ロータリー浦項町大通りを天馬山方角に向かって次の十字路左手の会社（日産生命支社）続きの社宅でした。その一〇〇メートル先の十字路左には八階建・暁アパートがあり、七月末頃その十字路のど真ん中にB29より爆弾が投下され被害を受けました。

長兄、次兄（清津商業）の転校してからの学業期間は短く、二〇年に入ってからはほとんど学徒動員で終日工場勤務のようでした。長兄の動員は新駅近くの製鉄所の品質管理室で分析の仕事をしていたそうで、したがって学校の状況は余り覚えていないかと。長兄は一〇年ほど前に連れに先立たれて子供はなく、現在埼玉新座市のマンションで元気で一人暮らしをしております。年に二、三回兄姉が長兄のところに集まります。石川様は班竹町に居られたそうですがどの辺にお住まいでしたか？

ロータリーから山手に二つ先十字路の左先に鬼頭酒造がありましたが、兄弟の中に小生と同学年の友達が居ました。今大会で挨拶した井元俊秀君は今年初めに六三年ぶりに出会った唯一のクラスメイトで鬼頭酒造より五〇メートル先の静山町に住み、同じ登下校班でした。清津での在住期間は、運命の八月一三日までわずか一年三か月、幼少期で行動範囲も限られたものでしたが、清津の風景やその間の出来事は鮮明に覚えています。左記に小生の清津の記憶と引揚げ前後を思いつくままに時系列で点描してみました。

○一九年五月、家族、朝鮮に渡る。敦賀港を夕刻出港する。翌々の昼、清津に上陸。途中、敵潜水艦に追われ救命具を着ける。すでに戦況は悪化、制海権も敵の手中に。

○時、父四四歳（日産生命支社長）、長兄・敏郎、清津中学四年、次兄・敏三、清津商業一年。姉・清津高等科一年、三兄・清津小四年、小生・清津小二年、母、祖父、家族八人。

○若芽汁付きコッペパン、黒パンのペアで提供する昼食堂が近所にあり、内地ではとうに消えていた。

○二年竹組に編入（男子は松〈下市鎮海先生〉と竹〈中山八千代先生〉の二クラス。女子二クラスは梅、桜）、藤原作弥氏の一年時の担任・小松先生、松組の友永君（清津会会員）、富秤で抑留中母妹を亡くし、弟と孤児で島原に引揚げる。小生三年前に清津会に入会する。入会して知る同期生唯一の生存者。

○低学年でも厳しい軍隊式教育　男性教師の挙骨、ビンタは当たり前、内地との格差に戸惑い驚く。
○隊列を組んで軍歌を歌い登・下校、夏期は裸足、ゲートルを着用。
○朝礼では斜面の奉安殿に礼拝。
○始業のブザーが鳴る、鳴り終わるまで、どこにいてもその場で直立不動。
○二年生でも体操時間は手旗信号の訓練。
○月曜の講堂での朝礼、西川校長の教育勅語の朗読、時局説明の時間長く、目眩《めまい》がして倒れる生徒あり、殴られる。
○高秣山のくびきにある清津神社へ、冬季を除き月一回始業前に集合参拝。
○二年の時プールを作る、その石を高秣半島岬の灯台下の海岸から何往復もして運ぶ。
○行軍（遠足）と称して燃料や薬草を山に取りに行く。
○ある行軍で沢の水を飲んだ級友数名と飲まない級長に、顔面が歪むほど男性教師から往復ビンタ、三、四日腫れ引かず。
○全校一斉清掃の時間、悪戯ベルで被疑者数名廊下に立たされ教師より暴力的ビンタ（五年生）。
○一九年秋の運動会、時局柄か父兄の参観無し。女生徒も上半身裸、胸の膨らみの目立つ子に好奇心。
○清羅街道の鉄道陸橋を渡って数百メートル先右側（輪城平野）に学校農園あり、開墾そして収穫の勤労。

○厳冬の教室、配給石炭では足りず盗みに行った有志捕まる。バケツを持ったまま廊下に立たされ男性教師の暴力的仕打ち。
○初めての冬、氷点下二六度。天馬山越えでは海からの冷気が棘のように目に刺さる。
○早春の真っ青な空にB29一機飛来、飛行機雲を引き成層圏を西北に去る。我が高射砲、二発の弾幕をつくる。
○三月、祖父老衰で死亡、清津商業裏山の斎場で火葬、ボロボロに朽ちた釜に驚く。
○敵潜水艦からの魚雷三発、防波堤の一部を破壊。
○六月、沖縄が占領されるや清津にも夜間にB29数機が頻繁に飛来する。機雷、爆弾を投下。
○七月、浦項大通り海寄り一〇〇メートル十字路に夜間B29からの爆弾炸裂、全ての窓ガラス破壊、天井抜ける。
○八月七日、埠頭で漁船が触雷、巨大水柱と共に木っ端微塵、天馬山中腹の仮校舎（修剣道場）より展望する。本校の一部は日本軍が駐屯。
○ソ連参戦の九日、校庭で朝礼中、ソ連哨戒機飛来、府上空を二時頃まで旋回する。我が軍威嚇もせず。夕刻、不意に戦闘機、爆撃機海上より低空で飛来、機銃掃射、爆弾投下で埠頭の艦船、石油タンクが炎上、港市街の被害甚大。黒煙、天馬山を越えて襲い来る。
○運命の一三日、未明、沖合に敵艦影ありと浦項大通りが騒然。警防団員の警告で家族裏山に一時避難する。一一時半過ぎ艦砲射撃始まる、警防団員に追われるようにして、着の身着のままの姿で家を飛び出す。着弾音、機関砲音激しく響く。輸城工場一帯、市街地の各所から噴煙、曇り空をさらに黒々と染める。清羅街道封鎖。新駅駅広場は群衆で大混乱。一路北・白頭山方面を目指して避難。道中、民家からも火の手、自爆か？

○徒歩避難で日没後に着いた山中の田舎駅・富寧、難民で溢れかえる、将兵ホームに駆け上がり来て「敵の第一派は殲滅せり」。群衆が歓喜の「万歳　万歳……」終わらぬうちに第二派攻撃の砲撃音、山並みを越えて響く。

○八時頃北より入線してきた無蓋車に乗車できたのは女子供、老人のみ、整理の将兵兵力にするつもりか、父、兄二人は乗車拒否され家族は二分。強引に乗った壮年男子は現地人か？

○九時頃やっと発車した列車は、輸城平野が戦場のためだろう、北に逆戻り、ソ連が侵攻の方角で不安募る。

○真夜中、列車は冷たい小雨降る漆黒の山中に停車、山中より懐中電灯の合図あり、パルチザンかと怯える。

○一四日夕刻に茂山(?)で降ろされる。駅構内外、避難民で溢れる。途方に暮れる無一文の僕ら、警防団風の現地人に助けられ一夜の宿とご馳走を戴く。京大で世話になっている息子の恩返しとか。でもなぜ僕らに声を掛けてくれたのか不思議である。先祖に人徳の人がいたのかと感謝。

○一五日朝、駅広場に警察官、家族を満載したトラック数台、昨夜姉が高熱で倒れる。母、乗せろと交渉するが拒絶。母、僕を抱き強引に持ち上げるが背の低いデブ警官に長靴で蹴落とされる。

何度目かに若い警官、座っている人を立たせスペースを作る。家族四人乗ると同時に急発進。山越えの道中、長蛇の難民の列、ほとんど老人、女子供、三時頃にはその姿も消える。日暮れに白岩に着く。歩いていたら小生たちの運命は。

○白岩からの難民満載の貨車、夕刻に吉州に着き降ろされる。母、駅舎へ。憲兵、助兵、駅員二、三名。

○憲兵、兄・僕を連れ、無人の町へ。ある店で米、鶏を失敬、夜飯はすき焼き。未だ終戦知らされず。官舎に泊まる。

○不気味に思ったもぬけの殻の町、後日訊いたところでは、一六日ソ連の哨戒機を日本軍が撃ち落としたという。報復恐れて町の人たちは逃げ出したか？

○一七日朝、吉州より南下の客車出る。車内であのデブ警官と出くわす。「お前ら未だ生きていたのか」の捨て台詞。発車した後に吉州駅付近、ソ連機の猛爆、駅舎も破壊されたとの話を、後日訊く。憲平たちの無事祈る。

○一八日朝、元山駅を通過、車内の現地人、威張り出す。デッキの両サイド、日本兵機関銃を外に向けて伏す。沿道で通過する列車に人々の振る見慣れぬ旗（太極旗）。神風吹いて日本勝ったかと皇国少年は思う。夕刻、京城駅に着く。訪ねる親戚の家まで兵隊二人付き添う。親戚の人より初めて日本の敗戦知らされる。誤報だったかとわかる。一五、六、七日と市街の各所で暴動があった模様。軍、警察が鎮圧。尚不穏、火事多し。

○父たちと再会を待つ間、小生たちは日本版新聞（京城日報）が廃刊（一〇月末）になるまで夜の街頭で売る。帰国の日本人が多額の金をくれる（所持金の制限）。潤う。

○迷信嫌いのはずの母が父たちの安否を祈祷師に。「あなた方を捜しているが、元気でいる」と。

○三八度線脱出の難民が収容されている神社に父たちの消息尋ね歩く。

○九月中頃、咸興支店の現地人社員、父の手紙届けに来る、父兄たちは咸興に拘留。無事と知り、皆、号泣する。

○父たちとの連絡一一月まで三回、現地人の三八度線往来も難しくなり音信不通となる。

○日本語版の新聞廃刊になり朝鮮飴を売る。

○親戚の高齢の伯父が健康を害し後ろ髪を引かれる思いで一緒に引揚げる。二一年二月。

○竜山―釜山―仙崎に上陸、福井小浜の遠縁の親戚（爺、婆二人）に身を寄せる。伯父は小倉の友人宅に寄ると言って別れる。

○五日後、伯父危篤の電報小倉の人から来る。母一人駆けつける。

○三月が過ぎても母から連絡なし。事故か事件に巻き込まれたのでは？　不安になる。入学の手続きできず。

○四月中頃、息せききって来る母の声が外に。「お父ちゃん、お兄ちゃんが帰ってきたよー」

○伯父の遺骨を郷里の新潟へ納めての帰り、単線上下の列車が小浜駅ですれ違う。乞食風の老いぼれ一人、少年二人。陸橋の階段で通り過ごす。もしやと振り返る。「事実は小説より奇なり」家族七人全員揃う。
○咸興に拘留されていた父たちは疫病に罹災。栄養失調。座して死を待つよりはと、病身を押して三月初めに脱出したとのこと。
○五月中頃舞鶴市に転居。父は身体の回復を待って東京の本社勤めとなり母も東京へ。
○二学期より学校へ。姉、三兄は一年遅れで、小生はブランクのまま四年に。長・次兄は学校を諦め山林伐採で働く。
○二三年二月、東京へ移住するが、父、兄二人は大宮に、母、小生たちは三鷹の会社寮へ。小生は武蔵第一小学校に転入・五年生。経済的な理由で結局その後も家族一緒に住むこと叶わず。

楽しかった想い出

○清津中学、清津商業周辺の山でキノコ（初茸）狩り、面白いように採れる。
○清津機関車庫裏の沼(?)で早朝フナ釣りをする。大きなフナ入れ食いで釣れる。
現在は六年前に事故死した三兄を除き、兄姉たちは東京、埼玉にそれぞれ年相応に元気で暮らしております。

（『天馬山』第二十三号より）

昭和二〇年一一月　引揚げ船で山口県仙崎港へ

牧内　一朗（第三期生）

船名を忘れたが、小学四年生の弟を連れて引揚げ者に混じって上陸した。検疫のところで、シラミ退治のためのＤＤＴ粉剤を頭から全身に吹き付けられることになり、長蛇の列で長時間待たされた。自分も弟も着の身着のまま、自分は布のリュック（なかみは清津中学生の身分証明書と旺文社のコンサイス英和辞典の他は忘れた）を背負っていたことを覚えている。

検疫を終わってから一人ずつに天皇陛下ご下賜のチョコレートを一粒ずつ手渡され、にぎり飯を一個配られた。ここから東海道線の貨車に乗せられた。行く先を確かめる余裕もなかった。広島駅で一時停車した時乗客からの騒然とした雰囲気に、貨車から見えたのが駅構内と思われる黒焦げの場所と一望の悲惨な地獄絵がいまだに目に焼き付いている。どのくらい時間が経っていたのか豊橋駅到着時間と飯田線に乗り換えた時間の経過が記憶にない。日中ではなく夕闇迫る頃ではなかったか、伊那八幡駅へ二人下車した時には深夜一一時頃に近かった。母の実家しか頼るところがなく、一一時半過ぎにガラス戸をたたいて驚く叔父や家族の姿が忘れられない。二、三日厄介になってから、父の実家（本家）へ移り山中の貧しい農家の蚕部屋を借り、父と三人の居候生活が始まった。母と妹は翌年引揚げてきた。復学の念止み難く、父も察してくれて県立飯田中学校へ同行してもらい校長室へ案内されて四年生編入の手続きをとってくれた。一一月何日か忘れたが、学期半ばからの編入生にとっては右も左も判らないままの仲間入りなので授業に追いつくのに一生懸命だった。

引揚げ中の無理から体調を崩してしまい、通院治療のつもりで外来診察を受けたところ、昭和二一年三月飯田病院の結核病棟へ入院する羽目となった。回診の医師から、せいぜい栄養を摂りながら心と体を安静にして気長に療養するしか方法がないことを知らされ、お先真っ暗になってしまった。しかたなく復学をあきらめて退学を決意、眠れぬ夜の病室に入り込む月明かりに涙して、何度か死を考えたことがある。引揚げ後の家族四人の生活は苦しくて、とても甘えて入院をしていられない立場を身に沁みて感じていたからである。

入院三年目に、飯田市医師会の後ろ盾があったのか、最新医療技術を希望する患者、今で言う実験台でもいいという患者を三人募集していることを病院から知らされた。藁をも掴む思いで希望を伝えてその一人に加えてもらい、「胸郭整形手術」を八月の暑中に飯田病院で受けた。執刀医を慶應大学医学部から迎えて、医師会に関係ある医師が手術に立ち会った。長時間になるので二回に分けて手術をしてもらったのであるが、二回目は三か月後の一一月で、まだ傷口に触られるだけでも身震いするほどだった。さすがにメスを入れられた時は死ぬ思いで歯を食いしばって耐えた苦い思い出がある。手術は全身麻酔でなくて局部麻酔（良く判らないままに医師に従った）で、切除する六本の肋骨を挟むように注射器で注入され、医師たちの会話がおぼろげに聞き取れる虚ろな状態であった。手術中ライトの明かりによって、ちょうど焼け火箸を当てられるように激痛が全身に走った。手術を三番目にしてもらったが、先の一人の中年婦人は傷口が塞がらなくて死亡したことを、退院後に聞いた。もう一人の中年男性は紳士服の仕立て屋さんで術後に癒着が酷くて姿勢が傾いたままで直らないと言っていた。やはり、この方も続いて死亡されたと聞かされた。結局自分一人が生き残り現在に及んでいるから、生命力があると感心されている。両親（いずれもすでに死亡している）と養母の恩に感謝し、妹と弟には生活の犠牲を余儀なくさせたことに報いたいという思いが頭から離れない。

退院してからは早く自立したいあせりから、東京の叔父を頼って上京したが思うような就職口が見つからず、住む込みで世田谷の製麺工場、青山のクリーニング店、新宿の製パン工場等を転々としながら、新宿の住む込み寮から夜学へ通学させてもらって簿記会計の勉強ができたことが、自分の希望する道へ近づける結果となった。

東京の浮き草生活に見切りをつけて、故郷へ帰ってから飯田職安の紹介で豊橋の公共職業訓練所へ入所して、謄写印刷科で訓練を受けた。訓練終了後職安の紹介で市内で専門店どんぐり堂から外注業者として発注してもらい自宅営業者となった。しかし腕と肩に力を入れる筆耕は体力を必要とすることから限界を感じて転職を考えた。今度は伊那職安へ照会を申し込んで伊那市の経理事務所の事務補助者として採用してもらった。約二年間事業所数件とお付き合いさせてもらえたことが、経営の知識と指導の経験となって血となり肉となり、今までの転々とした職場体験が教科書にはない貴重な財産となった。飯田の実家からは通勤不能なので、三食付の下宿を探して殺風景な一人住まいの生活が始まった。休日には映画館に入って時間を潰すことでストレス解消を図っていた。下宿先に長野県伊那地方事務所商工部の振興課長が単身赴任で住んでおり、隣同士の誼《よしみ》というご縁が幸運をもたらしてくれた。昭和三五年一〇月商工会法が制定されたが、この法律の狙いは中小企業の事業主に政策の恩典を少しでも与えようということだった。小規模事業者の経営改善普及員制度の適任者を募集しているという情報を食堂での雑談からもらい、隣市の駒ケ根商工会議所での募集に応募したのである。商工会議所へ連絡をとり専務理事と面談して履歴書を提出し、専務理事の骨折りで商工会議所の会頭室で正式な試験を受けて一応合格して待機となった。理由は経理事務所の在籍中の面接試験だったからである。

昭和三五年一一月一日から駒ケ根商工会議所職員として出勤した。身分は経営改善普及員として、職務は経営指導、金融相談、労務（雇用・社会保険・労災保険等）等巡回相談を主体に、事業主との打ち合わせをしてから合理的に相談指導を進めた。今までの数多くの経験が零細事業者には目新しい励みになったようで、人気を得られ、この仕事に就けた幸運に感謝しきれない。

昭和四四年に社会保険労士法の基盤となるものが議員立法で成立、以後毎年法律の改正をして整備され、人事問題・雇用対策・公的年金手続の代行、景気回復の遅れが企業の人員削減、リストラを避ける対策として、中小企業緊急雇用安定助成金が制度化された。職業安定所に専門スタッフが揃い審査体制ができたので、顧問先小規模事業者のために休業実施計画書の提出代行と実施後の助成金支給申請書の作成、提出代行の委任を受けて毎日の業務に追われている。平成二二年四月から改正労働基準法が施行になり、時間外勤務や年次有給休暇及び派遣労働者やパート労働者を対象に、有期労働契約の締結から終了までのあり方といった労働環境の課題が山積している状態である。
社労士事務所を創業して四〇年、得意先事業所のうち初代からの付き合いのある何社かは二代目になり、若手との付き合いをさせてもらって感謝の限りである。移り変わりの激しい世の中なのか、常に法律改正があって参考書が机上のも書類棚にも積み上げられて、棄却整理が一仕事になることがある。生涯現役を目標にしているせいか実年齢より若いと感心されたり羨ましがられることが役得と思って感謝の毎日を送っております。

（『天馬山』第二十三号より）

兄のこと

佐藤　尚（第五期生）

はじめに
兄、佐藤雄と私は三歳と五か月違いです。学年では、兄が早生まれなので、四学年の差でした。しかし、兄が清中の三年生の時だったか、体の不調で一年休学したため、私が清中に入学した時には、四年生でした。そして、翌年春に旅順高校へ入学したため、清中に一緒に在学したのは一年間だけでした。

家族のこと

父、米松は岐阜県郡上八幡町の出身、母、春枝は広島市郊外の温品村出身です。清津で結婚、兄と私はともに清津生まれです。父の仕事の関係で羅津、上三峰（会寧の北、豆満江沿いの町）に移り住み、兄が小学六年の時、中学進学のため、清津府（市）新岩洞の祖母の家へ行くことになり、私も一緒に移り、清津小学校に入りました。

その後、祖父母と、兄より一歳年上の叔父が広島に帰ったので、家業の質屋を継ぐため父母も清津に来て妹、香が生まれました。

清中でのこと

ある時、清中の校庭から市内へ向かって、全校の行進がありました。行き先は覚えていませんが、全校の生徒が行進する様子は、壮観に見えました。その隊列の行進に号令をかけたのは兄でした。その声はよく響いて、隊列の中にいる私にもよく聞こえました。一年生だった私は、心の中ですごいなと思いました。

そしてある日、私の声が小さいと心配した兄が、私を裏山に連れ出したのです。兄は、はるか遠いところから声を出してみせ、私に同じように大声を出すようにと、いわば発声練習をさせたのです。私は一生懸命に声を張り上げようとするのですが、どうしても兄のような声が出ず、情けない気持ちでいっぱいでした。しかし、兄は、少しも怒る様子はなく、いつもの優しい態度でした。

休学のこと

兄は、休学した年の夏を過ぎた頃でしたか、広島の祖父母のもとへ一人で行きました。気候のよいところで、のんびりさせようという両親の配慮だったのでしょう。私たちと仲のよかった、一歳上の叔父もいて、好都合だったのでしょう。翌年春に、兄が帰って来た時は、見違えるほどたくましい体になっていました。その時、叔父と一緒に採集した蝶の標本箱を持って帰りました。その蝶の美しさに、母と私は、びっくりしました。それから、母に捕虫網を作ってもらい、兄と裏山のあちこちに採集に出かけました。朝鮮にしかいない、珍しい蝶も採れました。展翅して、母に手伝ってもらって作った標本箱に収めると、母がきれい、きれいね、と喜んでくれました。私は今でも珍しい蝶を見かけると、思わず採りたいという衝動に駆られます。

終戦と帰国

兄が旅順へ立つ前日、数人の友人を招いて、我が家でささやかな送別の宴をした夜、私は高熱のため意識不明の状態が続く大病をしました。意識が戻っても、足がしびれて歩くことができず、三か月ほど学校を休みました。その看病に疲れたのか、母の体調が悪く、病床に臥せて苦しむようになりました。八月特有の濃霧がかかって昼も暗い清津で、不利な戦況が伝えられる中、父は生きてゆく気力を失ったようでした。ロシア軍の攻撃が激しくなり、避難命令が出た一三日、妹は幼かったので、私一人で、避難している親戚を頼っていくようにと送り出されました。そして、これが最後の別れとなりました。

私はただ一人、徒歩、軍のトラック、汽車で、古茂山、白岩、吉州を経て、城陽から三八度線を夜越えて、翌年六月に帰国しました。

兄は旅順高校の先輩とともに、大連の日本人の家に身を寄せ、大八車引きや煙草の吸殻を拾って巻いて売るなど、やれることは何でもやったとのことでした。そして、私より少し遅く帰国しました。

上京と苦学

兄と私は、広島市の郊外にいた祖父母のもとに身を寄せていました。広島市内に住んでいて原爆に遭い、清津等にあった海外資産をすべて失った祖父母にとって、いろいろと苦労があったと思います。食糧難の時代に食べ盛りが加わったのです。私も畑仕事を手伝いました。

兄はしばらく静養してから上京し、進駐軍のハウスボーイとしての働き口を見つけ、私に上京するようにとの手紙をよこしました。私は昭和二三年春、上京し、十条の叔母の家に寄宿して、昼間働き、夜間高校に通いました。私は兄の食糧配給を全部もらったので、ずいぶん助かりました。ハウスボーイは食事付きだったのです。

そのうち、兄の勧めに従い、私は仕事を止め、大学に入りました。学費と食費を兄が出してくれました。兄は稼ぎを増やすため、大型トラックの運転手をやりました。私の卒業を見届け、早稲田大学の夜間部に入学、二年後昼間部に編入して卒業しました。

前川製作所へ入社

兄は、卒業後、早稲田の出身者を多く採用していた前川製作所に入社しました。同社は、現在では冷凍機械、同システムなどを手がける中堅の優良会社ですが、兄が入社した当時は、自分も真夏に氷をリヤカーで運んで、家庭の氷冷蔵庫を届ける仕事をやるのだといっていました。のちに、冷凍機械から、同装置を製造、販売するようになると、その海外市場開拓に乗り出しました。ハウスボーイ時代に覚えた英会話を使い、単身でメキシコ、ブラジル、ヨーロッパ等の町に行き、電話帳から目ぼしい会社を拾って電話をして訪問するというやりかたで、いくつかの海外工場を作ったのです。そのような実績に加え、なにしろ兄は、朝早くから夜遅くまで働き、休みの日も出て行くことが多いという働きぶりで、役員にもなりました。

メキシコに工場を作った関係で、兄は一時メキシコ・マンゴーの輸入の仕事をやっていました。まだマンゴーが日本のお店で売られていない頃、マンゴーはちょっと癖があるが、食べ慣れると病み付きになるから、きっと日本でも売れるようになるといっていました。そのお陰で、今のように普及する前から、私どもはマンゴーを食べる機会がありました。

前川製作所は、ご存知の方もいらっしゃると思いますが、小集団経営で知られた会社で、工場の生産部門はもちろんのこと、販売部門である各支店を分社化するというやり方で、小集団にしたのです。私が勤務した徳山曹達株式会社（現・株式会社トクヤマ）も小集団活動を積極的に取り入れようとしていたので、前川製作所に私の兄がいることを知った役員の提案で、山口県の徳山工場へ兄に来てもらい、小集団経営の講演をしてもらったことがあります。

終わりに

兄は、昭和三四年、初代の前川社長の勧めにより、仏教学者・江部鴨村の次女・奈美子と結婚し、一女をもうけています。姉は、このような兄を支えて家庭を築いていました。その姉がいうのですが、雄さんはほんとうに仏様みたいな人だ、と。そういえば私も兄と兄弟喧嘩をした記憶がありません。私は結構じら（わがまま）をいって兄を困らせたと思うのですが。兄は、健康で、いつも穏やかな表情ですが、ときおり映画やクラシック音楽について熱っぽく語ったものでした。私はそんな時いつも聞き手でした。絵も好きで、特にルオーの絵が気に入っていました。

現在は、悠々自適の生活です。二年ほど前は、私と週に一度テニスを楽しんでいましたが、体調を崩して、今は散歩が一番の運動になっているようです。また、兄と私の夫婦四人で、年一、二回の小旅行をしています。今年の七月に長坂のオオムラサキ・センターで蝶の生態を見てきました。また、一二月には河口湖からの富士の霊峰の姿を満喫してきました。兄にはこれからも元気で長生きして欲しいと願っています。

（『天馬山』第十七号より）

第10章 内地で終戦、終戦前の引揚げ、その後

飯澤 政夫（第四期生）

昭和二〇年八月

この年、内地で迎えた初めての夏は、清津しか知らなかった私には特別に暑かった。

八月初め、私は佐世保軍港近くの針尾海平団に居た。予科練が教育中止になった後、陸戦隊に改編されて来たところがここ針尾だった。針尾には鳥取県美保航空隊から特別列車で山陽線経由、翌日の夕方到着した。途中徳山市が空襲を受けていたため、列車は難を避け、一つ手前の駅で燈火管制をしながら不安な一夜を過ごした。列車は夜が明けてから再び動き出した。徳山市内はほとんど焼野原になり、あちこちで焼残りの白煙が立ちのぼっていたが、なぜか人の姿は見えなかった。付近の電柱・電線にボロ布がたくさんぶら下がっていた。焼夷弾に付いていたものという話もあったが、何の役目をするものかは知らない。この時初めて関門トンネルを通った。九州に入ってまず目に入ったのは徹底的に焼き払われた小倉・八幡の姿だった。何もない、ただ白茶けた色だけが印象に残っている。

針尾滞在中の一日、佐世保が大空襲を受け、針尾も機銃掃射にさらされた。警報に従い、背後の小

山の横穴退避壕に逃げこんだものの、怖いもの見たさで穴の入口から外を眺めていた。兵舎の屋根に機銃弾が当たり、瓦が四、五枚吹飛ぶのが見えた。味方の反撃は全く行われず、敵艦載機は低空を我がもの顔に飛び廻っていた。なぜ反撃しないのか、歯がゆい思いのまま空襲は終わった。

ある日の早朝、内火艇に乗り陸戦隊として配置されたのが長崎県大瀬戸町、寺の本堂が宿舎になった。ここで最年少の私は数人の補充兵と共に炊事係をやらされた。何日かたった日の昼前、食糧倉庫にしていた、寺のうす暗い納屋に入っていた時、真夏の日光の何十倍も明るい真っ白い閃光が走った。十数秒後にドーンという音が二回続けて聞こえた。長崎原爆が炸裂した瞬間だった。当時は原爆という言葉も知らず、大型爆弾とのみ聞かされていた。翌日、町の漁協に魚を買いに行った時、長崎方面からリヤカー・大八車・ウバ車等にわずかな荷物と一緒に体が濃いコゲ茶色に焼けタダれた人を一人・二人乗せて炎天下の道をノロノロと進んでゆくのに出会った。後から後から続いた。これらの車は日と共に少なくなり、三日ほどで途切れたが何とも凄惨な姿であった。

漁協にはいつも数人の老人が居た。当時一六歳（満一四歳）の私を見て、こんな子供まで兵隊に行くようでは、この戦争は負けるよと話していた。私は負けるはずはないと思いながら聞いていた。

しかし八月一五日はそのすぐ後にきた。この日漁協で敗戦を聞かされたが、にわかに信ずることはできなかった。夕方陣地構築から戻った隊長の無条件降伏という言葉に、敗戦を信じない訳にはゆかなかった。その夜は、何のための戦争だったのか、今後どうなるのか、無念さと不安の気持が交錯する中で、誰もが深夜まで眠ることはできなかった。この頃清津は戦場になり、大勢の人が苦難の逃避中であったことなど、もとより知るすべもなかった。

再び戻った針尾は各地から集まった兵隊でごった返していた。翌日午後、一階級進級と復員を言い渡された。その時各自が持っていた被服類に現金八〇〇円と米を少し支給され、日没前に針尾海兵団を出た。ここで約五か月在籍した帝国海軍との縁が切れたことになる。とにかく朝鮮に帰ろうということで、羅中・城津中出身の数人と共に列車で下関に向かった。しかし下関では関釜連絡船運行がすでに打切られ、朝鮮に帰る道は閉ざされていた。朝鮮に帰りたいのは我々だけではない。多数の復員兵と、日本各地から集った朝鮮出身者も帰る手段がないまま下関の町に溢れ、異様な雰囲気を醸しだしていた。これらの一団に帰る船が見つかったら一緒に乗せてくれと話しかけてはみたが、互いにアテもなく途方にくれるのみだった。失望しながら旅館に入り、船がみつかるまで滞在することにした。今思うと、一四、五歳の子供の甘い考えという外ないが、当時の事態の深刻さにまで思いは至らなかった。

翌日も船を探しに宿を出た。七、八分歩いたところが竹崎町・彦島渡船の船着場だった。そこを通りかかった時、渡船から降りて来たのは誰あろう、清津にいるはずの母と弟ではないか。母の妹夫婦と近所に住んでいた人たちも一緒だった。何という偶然か。自分の息子を確認した母は荷物を投げだして抱きついてきた。清津と下関の距離、五か月の時間を隔てた再会の場所が下関の街角であろうとは。驚き、喜び、興奮の中で誰もが一時、声も出なかった。ややあって母、叔父が口々に朝鮮はひどく混乱して危険だ、清津はソ連軍が上陸して戦闘が行われ、一般人は全部避難して今どうなっているか全く判らないことなどを繰り返し話した。立ち話もならずその日は我々と同じ宿に泊ることにした。

母たちは八月一三日に清津を出て羅南まで歩き、あとはとにかく南へとの考えで貨車を乗り継ぎ、四、五日かかって京城に着いた。一泊後釜山へは客車で一気に着いたという。三八度線が閉ざされる前だったのか、割合順調に釜山まで来ることができた。釜山からが運よく日本の貨物船に乗ることができて門司に向かったが、翌日早朝、機雷に触れて浸水しやむなく彦島の岸辺に座礁させた。そこを地元の人に助けられ上陸し、町内会長宅で温かいもてなしを受けた後、渡船で下関に着いたところだった。後日、他の人の引揚げ話を聞くたびに、母たちはつくづく運がよかったのだと思った。

二泊した後、私は予科練の仲間と別れ、疲れを癒した母たちと共に秋田に向かった。秋田県男鹿の伯父宅にたどり着いたのは、下関出発後五日目の午後だった。ほっとする間もなく、折からの収穫期に向けた農作業を手伝ううちに昭和二〇年八月は過ぎ去って行った。古い記憶に残る、忘れ得ぬ一か月である。

(『天馬山』第七号より)

終戦前後

萩原 良夫(第一期)

四年の時、受験のため内地に渡る

昭和一九年一月、清中四年の三学期を迎えていた。ガダルカナル島撤退、アッツ島玉砕、学徒出陣など戦局は大きな局面を迎えていたが、清津の生活は食料品、衣料品などの不足は見られたが、さして緊張もなく平穏そのもので過ぎていた。学校の授業は教練や体育面の強化が図られていたが、その他は従来通りだった。体格の良い生徒は軍関係に進んでいたが、私はクラスで一番背が低く、体格も小柄で、貧弱だったため、それには全く無縁であった。

中学四年から上級学校進学の受験が可能となるのでもっぱら受験準備に精を出していた。志望は理系で、難関ではあるが腕試しにと佐賀高等学校、次に広島工業専門学校を選んで入学願書を取り寄せ、手続きを終えた。高校は郷里の鹿児島に第七高等学校があったが、流石にナンバースクールには、と少し目標を下げたつもりだった。母は私の内地旅行の計画を聞き、久し振りに内地を見たい、佐賀に親戚がいるので好都合と私に同行することになった。

日本海汽船（船名は覚えていないが、満州丸か、さいべりあ丸の古い型の船）で敦賀に向かった。私は船に弱く、二昼夜を寝たままで過ごした。上陸した敦賀は一面の銀世界、雪に埋まっていた。清津は積雪はあってもすぐ風に吹き飛ばされて積もらないので驚くのと美しい景色に見とれてしまった。列車が九州に入ると青々とした畑が続いていた。

佐賀の田舎の親戚宅に滞在して、佐賀高校、広島高専の入学試験を受けに出掛けたが、もともと四年終了では大変厳しいと判っていた。あわよくば広島の方はと思ったりしたが、両校とも入試に失敗。間違ってでも広島に合格していたらあの原爆に遭遇しただろう。

受験失敗、学徒動員される

勤労動員が徐々に増えてきて、日本原鉄での作業、砂地を耕してソバを植え、三菱製錬所では貨車に原料の積み込み等があったが、教室での授業は平常通り続けられた。英語は使用禁止が叫ばれる中、佐藤先生の語学は全く変わることなく最後まで続けられた。昭和二〇年を迎えると一月早々一か月間三菱製錬所に泊りがけの動員となった。私は身体が小さいので、用度課の資材倉庫に回された。仕事は資材の出し入れで、きついことはなく、楽だった。

しかし、体格の良い生徒は原料の鉄鉱石、コークス、石炭などを運搬車に積み、運転してロータリーキルンに投入する大変な作業だったと聞かされた。食事は高粱《コウリャン》など雑穀入りのご飯だったが量は十分にあった。作業後、工場の風呂で入浴を済ませ、宿舎に帰る途中手に持っていたタオルが棒のように凍ったのには驚いて今でも忘れられない。

内地の学校の受験は京城で

この年は進学の年であったが、朝鮮内の生徒は志望校での受験は取り止め、京城で全部まとめて行うこととなり、志望校、その他を書き込んだ書類は学校から一括提出された。二月上旬、書類選考によるる通知があり、中旬には京城で筆記試験と身体検査があった。M検（男性器の検査）が行われ、これにはびっくりしたが、試験は無事に終了した。やがて合否の通知が学校に届き、先生から合格校名を聞かされた時は本当にガッカリした。

希望校を多数記入していたが、全く見ず知らずの学校ですっかり落ち込んだ。どうしても気に入らず、浪人すると佐藤先生に告げたところ、学校のため勝手は許されないと大変怒られた。全く意に沿わなかったが、止むを得ないと覚悟した。振り返るとこの進学は実に大きな転換点でもあった。数か月後の敗戦で、人生の一つの節目を迎えたのだが、引揚げ途中で、姉、弟の死亡、兄の戦病死があり、私自身はこの苦難の引揚げに遭遇せずに済んだのだから。

進学のため京都に赴く

入学のための旅行は指示のあるまで自宅待機となった。六月一二日付、清中から至急の文書で釜山小学校集合、文部省係官の指示に従うよう通知があり、同じ京都市内の学校に進学した京谷君と二人で一三日、清津を出発、京城で乗り換えた。三十数時間の旅はさすがに疲れ、気分転換のため車内をうろうろ歩き回った。

関釜連絡船に乗船する時、全員が岩塩を一キロほど持たされた。入港したのは山口県長門市の仙崎港。列車で下関駅に行き、夜行列車で京都に向かった。夜明け頃、京都に到着、市電が動くまで駅構内で過ごし、始発の市電で学校に向かった。学校は勤労動員はされておらず、授業が行われていた。

京都での学生生活

入学の手続きを終え、寮に向かった。寮は学校の前の烏丸通りの次の室町通りにあり、学校からは一〇分もかからない近い場所だった。寮は元外人教授の住居で、木造二階建ての黄色の洋館造り、床は全部板張り、スプリングの効いた鉄製のベッドが各室に並び、洗面所は広く、洋式の水洗便所とバスタブが並んでいた。最初は少し戸惑ったが、すぐに慣れた。敷地の入口に小さな建物があり、賄いの小母さんと息子の小学生が住み、何かと面倒を見てくれた。寮には教授が一人、上級生二人、新入生が七人いた。早速、授業を受け始めた。

空襲のなかった京都

京都は空襲がなく、平穏そのものだったが、食糧事情が悪いのにはびっくりした。清津で何不自由なく食べられたのとは天と地の相違で、食べるものがなかった。週末に自宅に帰った寮生が「朝鮮から来た子に食べさせてあげなさい」と親から持たされた食物を頂戴したのは京都の町並みとともに忘れられない。休みの日には寮の上級生が市内観光に連れ回ってくれた。戦災のない、空襲のない京都なればこそで、神戸、三宮辺りから通学の同級生が時々途中の被害や空襲の模様を教室で話しているのを聞いた。

八月一五日、午前中は教練があり、道路を隔てた京都御所の中で訓練を受けていた。地下足袋を穿いていたが、砂利の上に立つと足の裏が焼け付くように暑く感じた。昼前、広場に集合し、拡声器でラジオ放送を聞いた。しかし、雑音ばかりで何のことかさっぱり判らなかった。「戦争が終わった」と理解するには時間がかかった。町には明かりが戻ってきた。

敗戦

夏の休暇になったが、行く先のない私は一人ぽつんと寮に残った。京谷君とは時折り連絡が取れて、阪神に住む彼の親戚の家に連れて行かれたことがある。懐の金は少なくなる、朝鮮の状況は全く不明で、悲観的な情報のみが入ってくるようになった。家族の安否は不明で、生きて帰って来るのか、判らない。父は年で、無事であっても私は働かなければならないのだろう、とあれこれ考え込む不安の日が続いた。寮にいた教授は退職して北海道に行くといい、私に一緒に行こうと声を掛けてきたが、家族の消息が不明になってもそこまでは踏み切れず、丁寧に断った。

両親の出身地は鹿児島県揖宿郡山川町（町村合併で指宿市となった）の港町。異母兄が住んでいるので、取り敢えず現状を連絡した。折り返し届いた手紙は、終戦前八月九日と一一日の二回、空襲で建物すべてが消失し、全くどうにもならないとあった。山川港は天然の良港で、南方向けの機帆船などの基地になっていたという。そこで、昭和一九年に受験のため訪れた佐賀の親戚に連絡したところ、当地に来るようにと良い返事を頂いた。寮の上級生が私（の窮状）を見兼ねたのか、つけていたシーマの腕時計を売って上げようといってきた（それは入学祝に漁港の島井さんから頂いたものだった）。やがて、二〇〇〇円で売れたと金を届けてくれた。

佐賀の親戚宅に身を寄せる

佐賀に身を寄せるため京谷君に連絡を取った。早速、寮に訪ねてきた彼は「金が要るだろう」と一〇〇円に近い金を差し出した。私と同じ状況の彼に借りる訳には行かないと断った。彼は「一番頼りになるのは金」と聞き入れず、私もこれ以上断るのは彼の気持ちを傷つけると有難く受け取った。本当に有難く、感謝の気持ちで一杯だった。一一月一七日、京都を発って佐賀へ向かった。途中、何もない焼野が原に列車は停まった。聞くと広島だという。二の句が告げないほど驚いた。

平成一八年一〇月末、清中会同窓会が広島で開催され、駅に降り立った時、六〇年の歳月は夢のようで、旅行の折、新幹線で通り過ぎる広島と全く異なるものを感じたことだった。門司を過ぎる頃、双発の飛行艇が低く飛んでおり、小倉、八幡と工場地帯は徹底的に破壊されており見る影もなかった。どの辺りの駅であったか、すれ違う貨物列車が動き始めていた。荷物の積まれた無蓋車の上に人がたくさん乗っていた。その中で突然手を振ってきた人がいた。よく見ると一級生の脇田君、こちらも手を振ったがその後、二度と消息は判らない。

慣れぬ労働

佐賀に着いたが、前年に訪れた時とは対応が全く違った。鍛冶屋の傍ら、農業をしていて、早速鍛治のハンマーを打たされた。体力がなく、うまく続かず、情けない気持ちだった。畑も耕すのだが、鍬は見たことのない形、腰を半分くらい曲げて使うもので、これは重労働（学校で使った鍬は唐鍬）。とにかく毎日休むことなく農作業の手伝いをした。

そのうち、隣町の有田町に仕事があるといわれ、働きに出た。二宮閑山の陶磁器の工房で（現在も有名な窯元である）、美術工芸品を作っており、土を捏《こ》ねたり、型に入れて、成型したり、半乾きをへラで成型するなど難しくなく、同年前後の女性が五名、男性三名で賑やかに仕事をした。片道四キロほどで毎日歩いて通ったが、歩くことは苦にならず、真冬も寒さは気にならず過ごし、給料をもらった。収入があったので、食事代等として金を払った。数か月経って京谷君からの借金が気になり、いざという時の用意に大事に保管していた金は返却しても大丈夫と考え、送金した。年が明けて、春を迎える頃、清中でも教壇に立たれていた清津高女の安藤一郎先生から姉が引揚げの途中、死亡したとの手紙を頂き、気を落とさないように告げ、さらに両親の引揚げも近いとの手紙を頂いた。

他人が亡くなっても、自分の家族が死ぬということはどうしても考えられないことだった。何かの間違い、見当違いだろうと思っていた。この混乱の時期、私の住所をどこで調べたのか、先生も清中にはごく一時期のみの在籍だったため、今でも不思議に思っている。

引揚げ始まる——悲しい再会

鹿児島の方からも引揚げが近いと連絡があり、六月、山川町の疎開先に身を寄せることになった。さつま芋の苗の植え付け時期で天候を見計らって苗床のつるを畑に植えたり、農作業等身体を動かす仕事は何でもしていた。七月に入って、農作業を終え、帰宅すると弟がいた。「両親は？」と聞くと中にいるという。「姉ちゃんはどこ？」と聞くと亡くなったという。無残ななりだったが、元気な両親を見てほっとしたが、あと一人の弟がいない。「嘉人ちゃんは」と聞くと咸興で亡くなったという。二人が一度に亡くなるとは。でも泣けなかった。リュックに鍋だけを持ち、一切合財を失って、食物も金もなく五人がこれから生きてゆかねばならないからだった。涙を流して悲嘆にくれるゆとりはなかった。いも植え、田植えなど農作業をしてその日を食べさせてもらえばよかった。しかし現金収入もなく、父は七〇歳、母は五〇歳（先妻が子供を残して病死し、後妻として来たのです）。私と三歳下の弟と二人で働いた。物を売りに、各家を回ったり、港で水揚げの魚を開いて田舎で米と換えた。母の妹の家が指宿で薬局をしていたので泊まり込んで手伝いをし、畑があったので農作業をしたり、店番もした。

近くの山の急斜面が放置されていると聞き、時期は少し遅いが芋なら植えられると考え荒地を耕した。雨上がりに芋のつるを植えたが、人が手をつけなかったので収穫はほとんどなかった。食料不足の折から、手のつけられるところはすべて作物が植えられ、世の中、そんなに甘いものではないと思い知らされたようだった。

充電所で働く

そのうち、町内に噴出する高温の温泉水を利用する製塩工場ができて、私と弟は二人で働きに出るようになった。復員軍人、引揚げ者など一七～一八歳から二四～二五歳位の若い人ばかり、単純な仕事で楽しく過ごしていた。仕事を終え、広い畑の中を帰る途中、皆で歌を歌った。日給は一八～一九円ほど貰った。仕事が一段落して、弟一人を残して他は全員が解雇された。その後、親戚の網元の世話で、山川町漁協の充電所で働くことになった。山川港には五軒の八田網の網元があり、六組の船団が出ていた。夕方、バッテリーを積んで出港（一組六隻）、集魚灯で魚を集め網で捕り、早朝に入港して市場に魚を揚げ、使用済みのバッテリーを充電所に搬入する。充電の施設として、三相交流水銀整流器三台と停電時用としてヤンマーディーゼル発動発電機があった。夕方までに充電が終了し、出漁のためバッテリーの積み込みが始まる。一二ボルト一〇〇アンペアの電池が毎日最低三六個と一般の分が加わるので朝は大忙しであった。月夜の晩は漁が休みになった。停電時の発動機の起動は手動で、フライホイルを回すのは大変な作業だった。隣の漁協の二階に海上保安庁の水路観測所があり、職員が一名いた。また、近所の税関監視署に二名の職員がおり、私と同年のY君がいた。彼は社交性があって、町内の多くの若い男女との交流があり、時折訪ねてきて話をするうちに小学校庭でバレーボールの練習をすることになり、この時期からのびのびと過ごせるようになった。

ラジオを組み立て、ダンスを楽しむ

この頃、ラジオを買うことになり、電気店を訪れ、同年くらいの店の人のラジオ修理を見ていて、話をするうちに大変興味を持った。新聞の通信教育（六か月）でラジオの組み立てができる広告があり、受講の手続きをした。テキストを見たり、電気店を訪れるうちに、組み立てができる自信ができて、五〇キロメートルある鹿児島市の電気店を紹介してもらいパーツを一式、半田コテなどの道具を一式買い揃えた。最初に五球スーパーを組み立てたが、丁寧なテキストのお蔭で迷うことはなく、スイッチを入れると既製品と変わらぬものができた。充電所の同僚から電蓄を作ってくれと頼まれ、ケース等は付けず、中身丸出しでよいとのことで大変に安くでき上がって喜ばれた。テスターを買ってからは、簡単な修理もできるようになった。

税関のY君が来てダンスを始めたいと相談された。近所の知り合いが場所を提供してくれたので、畳の間で六、七名を集め、夜七時頃からダンスのステップが書かれた本を皆で研究しながら、蓄音器をかけて動き始めた。案ずるより生むが易しというが、ブルースがどうやら判って来るとワルツ、タンゴと進んだ。

レコードを多く持っている高齢の人がいて、ぜひ聞かせて欲しいとお願いしたところ、快諾を得たので六、七人の仲間を集めて、夜、お伺いして聴いた。「赤い靴」が鹿児島市の映画館で上映されていると聞き、休みを利用して観に行った。酒もタバコも飲まなかったし、金を使うこともなく、給料は全部母に渡した。

家族にはダンスをしていることを全く話していなかった。ある日、どこで聞いてきたのか母が「上品な不良といわれている」と笑いながら話してくれた。町では初めてのことのようで、すぐに町内に伝わったようだ。二六年の暮れ、クリスマスパーティを催した。これには十数人の人が集まり賑やかに過ごすことができた。

京谷君のご家族全員が昭和二〇年の秋、元山で亡くなられたと知ったのはかなり年数が経ってからである。

海上保安庁に入る

昭和二六年、鹿児島市で人事院の採用試験があると友人から教えられ、試験を受けに出掛けた。海上保安庁から採用の通知があり、昭和二六年九月、開庁したばかりの山川海上保安庁に配属された。俸給は月二回に分けて貰ったが、半月分が約四千円ほどあり、充電所の月給が四千円だったからいきなり二倍になりびっくりした。大都会では官庁は一番安月給だが、風呂屋と焼酎工場しか煙突がないといわれ、給与水準の低さは全国一、二を争っていた鹿児島県であったのでもっともな話でした。

家族が引揚げてから、すぐ母から姉、弟の最後の模様を聞かされた。それ以外の引揚げの話はなく、弟たちも話はせず、私もその状況を聞くに堪えられなかったので、尋ねもしなかった。一年三か月を山川で勤務して、昭和二七年一二月、鹿児島県海上保安部に転勤、二年後の昭和二九年一二月、門司の第七管区海上保安本部に転勤した。弟もそのうち、中学から高校に進学できたが、卒業は同年の人より三年遅れた。

母が亡くなる前、これまで聞けなかったことを聞いた。平成元年だった。引揚げて間もなく、父がマラリアに罹かり、寒いと震えていた。この時父に食べさせてやる米がないと知った時のことが一番悲しい思い出である。芋でも何でも口に入れるものがあればよかったのだが。年老いた病人には酷な時代だった。どのように苦しくても両親は不満不平、グチをこぼすことはなく、素晴らしい両親を持ったと振り返るばかりである。

（『天馬山』第二十号より）

不幸中の幸い

杠《ゆずりは》　暁子（三期生中村利彦氏令妹）

清津と名がつくと、なぜか、どれどれと身を乗り出してしまいます。やはり、懐かしさでしょうか。兄の母校、「清中の会」があると知った時から、兄と同じ学び舎で一緒に過ごした方々とお逢いして、現在の兄を想像できるならと準会員になって紅一点、総会に参加させていただいています。

兄は無念にも若くして大学二年の時他界しました。私は無念な気持ちを妹として、供養する気持ちで清中の会に臨むのです。妹思いの強い兄でした。せめてもの感謝とお礼を含めて清中の会に参加し、その様子を兄の遺影に向かって「きょうは石川君にお逢いしたよ、彼はお元気で会長としてお世話してくださったよ」と報告します。

青年の顔しか浮かんでこない兄の顔にいつしか想像の年輪が増してくるのです。不思議なことだと思います。お盆やお彼岸にお墓参りするよりも身近に喜んでくれているようです。お花やお線香を手向けるよりも、同窓会の写真や天馬山を供える方が兄としては喜んでくれるような気がするのです。私の自己満足といえばそうでしょうが、心の問題としてご理解いただけるでしょうか。清中の会は兄と私をつなぐコミュニケーションの場であると同時に、兄への伝言を含めてのレクイエムの場でもあると信じています。

さて、本題の「不幸中の幸い」に入ります。私たちの清津時代は次のようなものでした。一言でいえば、「不幸中の幸い」と表現できると思います。あの頃の清津は今の言葉でいう発展途上でした。若い技術者は転勤を命ぜられ、親子四人は清津に着任しました。昭和一四年春に清津新駅近くに住居を設け、私たちは浦項小学校に転入しました。父は工業開発にちなみ、日夜飛び回って多忙な毎日で、子供の目にもどんどん進んでゆく工場進出の希望の星のように映りました。東京の本社や京城の支社には時間短縮を図るため飛行機で往復しました。今なら当たり前のことですが、その時間の先取りが不幸の原因になりました。

東京から清津に戻る飛行機は、清津特有の霧のため着陸に失敗し、輸城平野付近で不時着事故を起こしました。父はその衝撃で肋骨を複雑骨折し、胸部に大きな外傷を受けました。当時は外傷への十分な手当ても受けられず、抗生物質もない時代でしたので、合併症として膿胸を併発し、とうとう他界しました。現代なら医学や薬学の進歩により、当然防ぐことができただろうと思っています。このように不幸を背負って遺族となった私たち三人家族は途方にくれましたが、会社の籍もなくなり、清津に住み続ける理由はなくなりました。

昭和一八年六月、私たち一家は荷物をまとめて父の故郷、北海道の小樽へ引っ越しました。故郷へ錦を飾るということも叶わず、ひっそりと、とぼとぼと不幸の主役といった顔つきで辿り着いたのです。すべてに消極的だったように思います。小樽で兄は私立中学に進み、私も女学校に入り、昭和二〇年の終戦を迎えました。その後、清津からの引揚げ者のニュースを聞き、生死をかけた三八度線の逃避行の苦労話を聞きました。その時ふと自分が不幸と感じていたことが間違っていたのだと感じました。父が私たちに、不幸を通して幸いを与えてくれたのだと気がつきました。このことは不幸中の幸いなのだと心中に深く受け止めることができました。

父の、死が私たちに不幸をもたらしたことは確かでしたが、その天秤はゆらゆらと動き、中央を保ちながら私を見つめているようです。人間は苦しみに出会ったとき、わが身は不幸ばかりと決めつけないで、その中にも幸いがあると信じるしかないと思っています。引揚げ者は着の身着のままで清津を脱出し、命があるだけでも幸福ですといっていました。一方、私は机の引出しの鉛筆や消しゴム、好きな洋服、人形まで持ち帰りました。それを不幸といえるでしょうか。私にとって不幸中の幸いを再認識せざるを得ないと思っています。

また、清中の皆さまとお逢いできますことを楽しみにしております。一個人のことながら、背中に兄の名代を背負っての自己満足をお許しください。後ろから兄が「そうだ、そうだ」といっているかも知れませんね。

（清津を離れる時の兄の印象）

昭和一八年はまだ敗戦の色は全くなく、戦場は勝ち名乗りが毎日のように上がりました。ゲートルを巻いて通学する兄の姿が妹の目にはとても凛々しいと映りました。名古屋に引っ越して、ダンボールを整理しながら、写真がやっと見つかったので同封します。兄も喜んでいると思います。「やっと僕も天馬山にお仲間入りか」といっているようです。

（『天馬山』第十九号より）

天馬山

第二五号（最終号）

〈清津中学校同窓会誌〉

▲　"捧げ銃"　３８式歩兵銃は重かった。空腹の軍事教練が続く　▲

〈資料〉

三期生の入學試験の資料（『天馬山』第十号から転載）

昭和十七年度　入　學　志　願　者　募　集　要　項

清　津　公　立　中　學　校

本年四月入學セシムベキ第一學年生徒ヲ左記要項ニ依リ募集ス

一、募　集　人　員

二、入學志願者資格

（1）昭和十七年三月国民學校初等科六年卒業見込ノ者
（2）修業年限六年ノ尋常小學校を卒業シタル者又は昭和十七年三月同上卒業見込ノ者
（3）修業年限六年ノ普通學校ヲ卒業シタル者
（4）年齢十二年以上ニシテ前三項ニ該當セザル者
（5）尋常小學校或ハ普通學校ノ第五學年終了見込者ニツキ學業優秀且身體の發育十分ニシテ中學校ノ課程ヲ修ムルニ足ルコトヲ當該學校長ニ於テ證明シタル者

右ノ第四項目又は第五項ニ該當スル者ニ對シテハ資格試験ヲ行フ

資格試験ノ學科目ハ國語、算数、國史、地理、理科トス

但シ國語ト算数ハ選抜筆答諮問ヲ以テ之ニ代フ

三、入　學　試　験

（1）入學志願者ノ敷募集人員ニ超過スルトキハ選抜試験ヲ行フ

（2）右選抜は筆頭試問（國語、算数）口答試問及身体験査ヲ行フ
（3）受験者ハ準備ノタメ三月十一日（水曜日）午後二時本校ニ出頭スベシ
（4）試験期日ハ三月十二日ヨリ三月十五日迄四日間トス
（5）筆答試験問題ニ關シテハ左記何レノ読本ニ依ルカ其ノ一ヲ選ビテ入學願書所定ノ欄ニ明示スベシ

國語

1 小學國語讀本………（文　部　省編纂）
2 尋常小學國語讀本……（文　部　省編纂）
3 國語讀本…………（朝鮮總督府編纂）
4 普通學校國語讀本……（朝鮮總督府編纂）

算数

1 尋常小學算術………（現行ノモノ）
2 尋常小學算術書………（舊）

（6）合　格　通　知

合格者氏名ハ三月十七日（火）午前十時本校ニ提示發表シ同時ニ願書ニ記入セル父兄現住所並ニ出身學校長宛郵送ス（口答又ハ電話ニテノ問合セニハ一切回答セズ）

四、出　願　手　續

（1）入學志願者ハ本校所定ノ書式ニ従ヒ二月十四日ヨリ二月廿八日迄日本校ニ到着スル様在學又ハ出身學校長ヲ經テ左記書類ヲ差出スベシ

1 入學願書、履歴書、保證人納税額證明書
2 戸籍謄本（昭和十六年十二月以降ノモノ）
3 最近在學セル學校長ノ作成ニナル調査書
4 寫眞、最近撮影セル名刺形、無帽、半身像ニシテ台紙ニ附セズ裏面ニ氏名ヲ記入シ入學願書所定欄ニ貼附スベシ
5 入學受驗料金貳圓（郵送ノ場合は書留トスベシ）既納ノ受驗料ハ一切還付セズ

6　合格、不合格の通知用封筒（住所宛名ヲ記入シ四銭切手ヲ貼附セルモノ）

（2）　入學志願者ハ卒業又ハ在學ノ校長ニ入學志願ノ旨ヲ届出ズベシ但シ最近ニ學別箇ノ學校於テ終了又ハ卒業シタルモノニアリテハ其各々ノ學校長ニ届出スベシ

前項ノ届出ヲ受ケタル學校長ハ本校所定ノ書式ニ従ヒ入學志願者ニ對スル調査書ヲ作リ入學願書其ノ他ノ書類ト共ニ二月廿八日迄ニ到着スルヤウ本々校々長宛親展書トシテ送附スベシ

五、學資金概算額

	円
一、授業料	四、〇〇
一、旅行積立金	一、五〇
一、學校總力聯盟費	一、〇〇
一、後縁會費	一、〇〇

以上毎月納入スベキモノ

一、教科書、辭書、雜記帳	二八、〇〇
一、解剖器、木劍	六、五〇
一、制服（夏用）	八、〇〇
一、制靴、ゲートル	二二、〇〇
一、制帽（学帽、戦闘帽）	六、〇〇
一、背嚢、バンド、水筒	一五、〇〇
一、劍道用具	三五、〇〇
一、學校總力聯盟加入費	二、〇〇

以上入學當時納入スベキモノ

◎以上の外毎月學用品及雜費約四圓、下宿生ハ下宿料月ニ拾五圓内外ヲ要ス

◎尚五月、十月ニ考査用紙代一圓宛ヲ徴収ス（以上）

時代概要（『天馬山』第十号から転載）

昭和一五年（一九四〇）

●新体制運動――「新体制」運動は昭和一五年六月二四日の近衛文麿の新体制運動声明から動き出した。陸軍はナチスを夢見、各政党は解散して新しいバスを待ち、国民は新体制に何かを期待したが、そこに出てくるのは「八紘一宇」「臣道実践」「南進日本」「一億一心」「上意下達、下意上通」「万民翼賛」「承詔必謹」などの標語であり、行きつくところは一〇月一二日の「大政翼賛会」であった。近衛翼賛会総裁が「臣道実践につきる」というように精神運動にすぎず、一七年の翼賛選挙に至った。

●紀元二千六百年――『日本書紀』にある神武天皇の即位の年を元年としてかぞえると、昭和一五年は皇紀元年は西暦紀元前六百六十年としていた。昭和一五年一一月一〇日には「紀元二千六百年」祝賀行事があり、一四日まで提灯行列、旗行列などがつづき、赤飯用のもち米の特配もあった。この年生まれた子の名前には「紀」の字が多かった。

〈映画〉島耕二監督、杉狂児、森夕喜子『暢気眼鏡』伏水治監督、長谷川一夫、李香蘭『支那の夜』豊田史郎監督、夏川静江、杉村春子『小鳥の春』阿部豊監督、大日向伝『燃ゆる大空』吉村公三郎監督、上原謙『西住戦車長伝』〈洋画〉『民族の祭典』（独）『大平原』（米）〈白米〉二等十キロ三百二十六銭。〈米内光内閣〉一月一六日発足。〈第二次近衛内閣〉七月二二日発足。

〈流行語〉▽大政翼賛 ▽八紘一宇 ▽臣道実践 ▽南進日本 ▽上意下達下意上通 ▽万民翼賛 ▽万民翼賛 ▽承詔必謹 ▽粛軍演説 ▽聖戦貫徹決議 ▽七・七禁令（奢侈品等製造販売制限規則） ▽一党一国家 ▽一億一新百億貯蓄 ▽進め一億火の玉だ ▽雑草パン ▽桑の葉パン ▽芸名書生施風 ▽産業報国（産報） ▽たばこの改名 ▽祝ひは終わった、さあ働こう！▽国民体力法 ▽体力章

昭和一六年（一九四一）

● 太平洋戦争――開戦は昭和一六年一二月八日。一二日には政府は支那事変（日中戦争）を含めて「大東亜共栄圏確率のために日本が先頭に立っているという建前。アメリカ側は太平洋戦争と呼び、戦後はわが国でもこの言い方が定着している。開戦を告げるラジオは、「大本営陸海軍部発表。帝国陸海軍は今八月未明、西太平洋において米英軍と戦闘状態に入れり」であった。つづいて「朕慈二米国及英国二対シテ戦ヲ宣ス」という詔書が出た。

● 戦陣訓――昭和一六年一月八日、陸軍大臣東条英機が示唆した、戦場道義高揚のための訓諭。「戦へば必ず勝ち、遍く皇道を宣布し」「生きて虜囚の辱を受けず、死して罪禍の汚名を残すことなかれ」などの文句が見える。これが玉砕への道に通じた。『「戦陣訓」の歌』もできた。長びく日中戦争で、大陸駐留の兵の士気がゆるみ、道義が低下していたことへの歯止めのねらいもあった。

〈映画〉山本嘉次郎監督、高峰秀子『馬』今井正監督、原節子、夏川大二郎『結婚の生態』野村浩將監督、李香蘭、佐野周二『蘇州の夜』マキノ正博監督、長谷川一夫、山田五十鈴『昨日消えた男』
〈洋画〉『勝利の歴史』（独）『スミス氏港へ行く』（米）
〈白米〉二等十キロ三円二十五銭　〈ゾルゲ事件一〇月一五日、尾崎秀実、一〇月一八日R。ゾルゲが逮捕される。
〈東条英機内閣〉一〇月一八日成立。
〈流行語〉▽大東亜共栄圏　▽皇道宣布　▽生産力増強　▽産業戦士　▽半転職　▽米穀通帳　▽子宝報国　▽優良多子国家　▽勤労総動員　▽勤務秩序確立　▽臣民の道　▽外食券制度　▽ほし自尊運動　▽雑誌の統廃　▽銀輪部隊　▽適性音楽　▽適性器具（楽器）　▽あの旗を撃て　▽男装の麗人を廃止（宝塚）　▽肉なしデー　▽国民儀礼食　▽中華（支那はやめて）　▽幽霊人口　▽歩け歩け　▽貿う米から配給してもらう米へ

昭和一七年（一九四二）

● 初空襲――わが本土、初空襲を受く、―昭和一七年四月一八日ひる頃京浜、中京、阪神地区が米機ノースアメリカンB25の初空襲を受けた。被害はほとんどなかったが、国民の受けたショックはきわめて大きかった。

● 転進――行動の方向をかえることだが、戦時中には「敗走」と受けような解釈が国民のうちに定着し、それが真相であることがわかってきた。言われだしたのは昭和一七年の秋頃からだ。敗戦への転換点はミッドウェー海戦であり、決定的にしたのはガダルカナル島作戦であった。

●欲しがりません勝つまでは——昭和一七年秋、太平洋戦争一周年を機に公募した標語のトップ入選作。

●衣料切符——昭和一七年一月の食糧通帳配給制、ガス使用職割合制についで、二月には味噌醤油切符制、衣料品点数切符制が実施された。

〈映画〉山本嘉次郎監督、大河内伝次郎、藤田進『ハワイ・マレー沖海戦』日本映画社陸軍省監督『マレー戦記』小津安二郎監督、笠原衆『父ありき』日本映画社、陸軍運航本部監修『空の神兵』

〈中国映画〉『木蘭従軍』『西遊記』（東洋最初のアニメ、せりふは徳川夢声ら）〈白米〉二等十キロ三百二十五銭。

〈横浜事件〉九月から神奈川県特高が、つづいて警視庁が計三十数名を検挙した事実無根、狂気の言語弾圧。

〈流行語〉▽国民海浜　▽国民皆労　▽女子勤労挺身隊　▽ノースアメリカンB25　▽イエスかノーか　▽空襲なんぞ恐るべき　▽さあ二年目も勝ち抜くぞ　▽敵性語　▽かつぎ屋　▽大陸メロディー　▽一県一紙制　▽大東亜省　▽予科練、七つボタンへ　▽総力戦　▽大日本婦人会　▽ヨクサンマメグラフ　▽九配電会社　▽使ったつもり貯金　▽代用洗たく剤　▽隠膳　▽大詔奉戴日　▽玄米を食べよう

昭和一八年（一九四三）

●撃ちてし止まむ——昭和一三年三月一〇日陸軍記念日に「撃ちてし止まむ」が国民運動のスローガンになった。

●玉砕——昭和一八年五月二九日、アリューシャン列島アッツ島で山崎保代部隊長以下全員玉砕、昭和一八年一一月二五日マキン、タラワ島、一九年二月六日クェゼリン、ルオット島七月七日サイパン島、八月三日テニャン島、八月一〇日グアム島、二〇年三月一七日硫黄島と玉砕はつづく。

●学徒出陣——出陣学徒東京帝国大学以下七七校三万名。それを送る学徒九八校実に五万名。徴兵猶予特権が全面的に停止されての学徒出陣であった。

●買い出し——太平洋戦争の戦局があやしくなり出した頃から国内の食糧事情は悪化した。都市から近県の農村か漁村へ「買い出し」に出かける庶民がふえた。疎開者も自分で生産できない食糧を求め、衣類などと交換した。

〈映画〉黒沢明監督、藤田進、大河内伝次郎、轟夕起子『姿三四郎』稲垣浩監督、坂東妻三郎『無法松の一生』田坂具隆監督、小杉勇『海軍』

〈白米〉二等十㌔三円二十六銭。〈アジア新政権〉ビルマ、フィリピン、自由インド仮政府、中国王兆銘政権など

〈中野正剛代議士切腹〉一〇月二六日。「戦時宰相論」で東条批判。〈流行語〉▽大東亜会議 ▽東京都制 ▽貯蓄券 ▽一億戦闘配置 ▽統制会社（令） ▽軍需会社（法） ▽疎開 ▽競馬中止 ▽徴兵適齢一年引き下げ ▽芋パン ▽諸は主要食 ▽国策炊き ▽愛国いろはかるた ▽ラジオ貯金箱 ▽東京府結婚奨励組合 ▽人生二五年の精神

昭和一九年（一九四四）

● 鬼畜米英――国民に、負けるのではないかという厭戦気分が広がり出した昭和一九年、新聞論調には「鬼畜米英」がにじみ出す。

● B29――米軍の高速長距離重爆撃機ボーイングB29のことである。これによって日本本土は壊滅させられたのであり、原子爆弾がとどめをさしたのであった。

● 神風特攻隊――昭和一九年一〇月二五日、神風特別攻撃隊敷島隊はフィリピンのブルアン島沖、空母四隻を含む敵艦隊に体当たり攻撃し、大損害を与えた。これが体当たり特攻の始まりで、敗戦までつづく。陸海軍あわせて二千四百八十三機、体当たりが命中したもの二百四十四機という。神風特攻の発案者は第一航空艦隊の司令」長官大西滝治郎中将で、敗戦直後自決した。

● 松根油――松の木の根っ子を乾留してとる油。農商省は昭和一九年一〇月二三日、「松根油緊急増産対策措置要項」を決定、ガソリン代用品として活用することにした。

〈うた〉『ラバウル海軍航空隊』『特幹の歌』『大航空の歌』『少年兵を送る歌』『勝利の日まで』『轟沈』『水兵さん』『突撃ラッパ鳴り渡る』『僕は空へ君は海へ』『君こそ次の荒鷲だ』『サイパン殉国の歌』『ああ紅の血は燃ゆる』『同期の桜』『ラバウル小唄』

〈流行語〉▽一億国民総武装 ▽学童疎開 ▽空の要塞 ▽勝利の日まで ▽轟沈 ▽決戦 ▽粉食 ▽煙草のバラ売り ▽犯罪激減 ▽畜犬献納運動 ▽決戦非常措置要綱 ▽学生の工場化 ▽風船爆弾

昭和二〇年（一九四五）

●ピカドン――昭和二〇年八月六日午前八時一五分頃、ピカっという閃光、ドンという轟温とともに原子爆弾が米軍機によって広島市に投下された。

●虚脱状態――およそ負けいくさのなかった日本が、「大東亜戦争」に敗れて落胆、どちらを向いて歩いてよいかわからなかった気持ちは「虚脱」ということばが一番適切であった。

●戦犯――戦争犯罪人のこと。昭和二〇年九月一一日連合国総司令部（GHQ）は東条英機ら三九人の戦犯の逮捕を命令した。東条は自殺未遂。以後、戦犯は続々逮捕されたが、日本独自で戦犯を摘発すべきだとの声もあった。

●DDT――シラミの媒介する発疹チフスを防止するため敗戦直後米軍が多用した殺虫剤。

この年は、一月九日、米軍硫黄島上陸、三月一七日同島玉砕。三月一〇日未明。東京下町にB29三百三十五機来襲。東京の四割焼失。死者八万人以上、被災百万人。四月一日、米軍沖縄本島上陸、六月二三日牛島軍司令官ら自決。四月五日小機内閣総辞職し、鈴木貫太郎海軍大将が七日組閣。四月五日ソ連が日ソ中立条約破棄を通告。八月六日広島に原爆投下。八月八日ソ連対日宣戦布告満州、朝鮮、樺太に一斉進撃。八月九日長崎にも原爆投下。八月一〇日御前会議、ポツダム宣言受諾を決定。八月一五日天皇が戦争終結の詔書を放送した。

〈流行語〉

▽青空市場　▽勝ち札　▽宝くじ　▽進駐軍向け慰安婦養成所、特殊慰安婦施設協会（RAA）　▽野球復活　▽神州不滅　▽一億碎　▽ポツダム少尉　▽復員　▽マッカーサーの命より　▽カストリゲンチャ　▽紙の爆弾　▽十三文の靴をはいた大男　▽ひめゆり部隊　▽ぬくもり屋　▽一年間の授業停止

『天馬山』各号目次

創刊号（一九九一年三月七日）

第二号（一九九一年十二月二十日）

第三号（一九九二年六月三十日）

藤原 冶様　韓国同窓会々長、
二期生　許泳祐拝
藤原 冶様　一期生　李柱轍拝
木場雄俊様　二期生　徐善植拝
木場様　二期生　朱徳和拝
木場様　三期生　李鍾郁拝
木場様　三期生　李尚俊拝
木場様　三期生　金鐘洙拝

・バクタリィイーニセン…国体詩（岩崎行親）について
・美術の安藤先生が永眠
・会報〝清津〟を見て連絡あり
藤原 冶様　五期生　榎本 武弘
・はるばるインドメシアより　六期生　井上 嘉人
・北朝鮮および清津をめぐる参考文献
・熊本県・日奈久温泉に　三十四人の同窓生がつどう
〈清津小の会〉
・ハングルの辞典（日韓辞典・韓日辞典）
三期生　石川 一郎
・清津中学校同窓会会計
・清津中学校同窓会名簿

第四号（一九九三年三月五日）

（新春アンケート）
・いろとりどりに　人生の達人たちの近況
二十一名回答

・新年挨拶　四十四名
・金剛山より　六期生　蔡 英虎
・戦火をのがれて――清津脱出前後――
・朱・文の両氏を迎え　九州・島原で交流会

第五号（一九九三年十一月三〇日）

・次回は京都で開催へ　更に友好と連帯深めた
第三回日韓合同同窓会
・ソウルから慶州へ
・ＮＥＷＳいろいろ
・一九九五年までヨロシク！
・豆満江・清津・羅津・先峰・三港視察団に参加して
・清津で日本人捕虜　三二〇人を虐殺か
・清津からハルピンへ（一）――先生方のおはなし
藤原 冶
・学校行事の思い出　四期生　飯澤 政夫
・四十八年ぶりの清津中学　六期生　齋藤 博康
（旧姓　滝沢）
・ひとこと（同窓会へ参加できなかった方から）
二十名
・日本、北韓航路の船　三期生　石川 一郎
〝月山丸〟、〝気比丸〟一般配置図
・ブリッジデッキ配置図
・清津中学校同窓会会則

・経過報告

第六号（一九九四年五月二〇日）

・清津からハルピンへ（二）――先生方のおはなし　藤原 治
・天馬山消防隊転進す――わが青春彷徨記　三期生　大野幸夫
・清津中学の思い出　五期生　榎本武弘
・韓国の正月　六期生　蔡 英虎
（解説：石川一郎会長）
・韓国の歌曲　三期生　石川一郎
・今月の歌
・清津中学校同窓会名簿

第七号（一九九四年十一月二五日）

・追憶の清津：変遷の三十六年の小史　四期生　根石守雄
・昭和二十年八月　四期生　飯澤政夫
・清津脱出記　四期生　萩原良熊
・同窓会の皆様へ　秋山栄子
・母校〝清中〟　四期生　佐藤喜昭
・想い出すままに　四期生　倉田健歩
・亡き父のこと（故渡辺正先生の長女）　高橋英子
・追憶　小宮勇　羽深智恵子
・韓国の友人の呼び方　三期生　石川一郎
・清津中学校同窓会名簿

第八号（一九九五年八月十五日）

・『原爆詩集』序　峠 三吉著
・そして五十年　一期生　藤原 治
・わが清中の五か月　六期生　斎藤博康
（旧姓　滝沢）
・三つの想い出など……　一期生　萩原良夫
・張鼓峰事変前夜に火の玉を見た　三期生　寺田 繁
・滑空訓練の想い出　三期生　石川一郎
・開かれた清津の扉
・帰ってきた弟　羽深智恵子
・一〇月二三～二五日に　第四回日韓合同同窓会
・事務局だより

第九号（一九九六年三月三一日）

・京都で固い握手　盛り上がった交流と連帯
第四回日韓合同同窓会
・二つの大失敗の言訳
・出席者名簿

・京都合同同窓会収支報告　四期生　萩原良熊
・五十年ぶりの再会に感激　五期生　榎本武弘
・よみがえる清津の思い出
〝朝鮮紀行・一〇〇年前の朝鮮〟
——日本および日本人とのかかわりについて　四期生　根石守雄
・清津港で遊んだ日々　三期生　寺田繁
・私の記憶に残る張鼓峯　四期生　武部昭五
・「襄陽」のことなど　六期生　斎藤博康（旧姓　滝沢）
・想い出すままに　一期生　藤原治
・映画「三たびの海峡」上映中
・三期生の中森さん広島で健在　松岡さんは、
残念ながら」他界　三期生　石川一郎
・清中十ケ月の思い出　恩師・漢文担当　高島傳吉
・なつかしい文章に接して　一期生　藤原治
・韓国同窓会からの礼状
・韓国学友からの年賀状
・清津中学校同窓会名簿

第十号（一九九七年四月三〇日）

・座談会　わが清中を語る
・佐藤先生を囲む同窓の集い
・影響を受けた数学の伊藤先生
〝走れ〟〝走れ〟の田島先生
・辛かった新校舎への通学
・バクタリイニセン……の朝礼
・鍛えられたマラソンと教練
・学業捨てて原鉄動員へ
・資料
・清中十ケ月の思い出（承前）
恩師・漢文担当　高島傳吉
・〝朝鮮紀行——一〇〇年前の朝鮮〟（承前）
日本および日本人とのかかわりについて　四期生　根石守雄
・朝鮮紀行　岩手・滝沢村議会議員　沼崎照夫
・兄、滝沢栄治のこと　六期生　齋藤博康
・『南京事件』が示すもの　〝歴史は正しく後世へ〟　四期生　武部昭五
・チェーチュミ（私の趣味）　三期生　石川一郎
・戦後五〇年の長い道のり　三期生　牧山昭彦
・五十年ぶりの便り届く　一期生　山川民雄
・新人発掘　一期生　藤原治
・『東亜日報』にみる　北朝鮮・黄秘書の亡命　三期生　石川一郎
・文昌伯氏が来日
・一九九五年　平成七年度会計報告
・清津中学校同窓会名簿
・補足

第十一号（一九九八年四月三〇日）

・熱い友情のために　全員でイハヨ（乾杯）！
　第五回日韓合同同窓会
・ｏｈ！わが清中よ！　訪問かなわぬ母校　四期生　朱正和
・懐かしいオンドルでの交流
　つきぬ想いを胸に
　日韓合同同窓会に参加して　五期生　榎本武弘
・清津地区旅の思い出　二期生　田村憲司
・清津爆撃　江原大学教授・六期生　元鐘寛
・有り難う御座居ました　元鐘寛様の貴重な原稿
・古稀に想う　一期生　藤原治
・思い出すままに　一期生　田中礼蔵
・五七年振りに再会はたす
・咸鏡線および港湾建設等　交通網の整備状況に
　ついて　一期生　萩原良夫
・ある先輩への便り　三期生　石川一郎
・〝第四分隊〟集合　令夫人も参加して
　九州でミニ三期会
・「私の履歴書」　牧山邦彦
・「赤紙」を読んで　小澤真人　著の一九九頁に
　創元社
・『日本人を売った、関東軍参謀』齋藤六郎　著
　「シベリアの挽歌」を読んで
　五期生　牧山邦彦
・清津あれこれ（1）　三期生　木場雄俊
・はるかなる天　岩手県・滝沢村村議会議員
　沼崎照夫（清津商業三期生）
・戦争の悲劇回避へ　黄長燁元書記の論文（要旨）
・平成九年度会計報告
・清津中学校同窓会名簿

第十二号（一九九九年五月一日）

・一〇月七〜八の両日に　第六回日韓合同同窓会
・新しい廃水処理「合成高分子の凝集剤」
　一期生　山川民雄
・トニオプソヨー　六期生　齋藤博康
・三八年式歩兵銃と　ハングル文字　三期生　石川一郎
・清津を脱出するまで　五期生　牧山邦彦
・想い出すままに　わが街・清津　一期生　萩原良夫
・ホットに残暑払い　神谷バーに九人が集う
・京谷氏も参加して　今年もヨロシクと新年会
・清津あれこれ（2）　三期生　木場雄俊
・資料
・平成一〇年度会計報告
・清津中学校同窓会名簿

第十三号（二〇〇〇年五月一日）

・再会へ固い握手　さらに深まった友情
第六回清中合同同窓会　三期生　田中幸四郎
・三つの思い出　六期生　蔡英虎
・日本軍歌と童心
・タイタニックと気比丸の救助活動
——タイタニックでのシーマンシップはどうなっていたのか？　三期生　石川一郎
・中田久美子さんへの手紙　六期生　齋藤博康
・清津あれこれ（3）　三期生　木場雄俊
・事務局だより
・清津中学合同同窓会収支報告
平成一一年一〇月七～八日
・平成一一年度会計報告
・清津中学校同窓会名簿

第十四号（二〇〇一年五月一日）

・清津の思い出　五期生　国枝淳一
・思い出の清津　一期生　萩原良夫
・金相明氏と邂逅の記　三期生　寺田繁
・二〇〇一年在京同窓生の新年会
・馬場篤美氏葬送の詞　三期生　寺田繁
・俳句　四期生　武部昭五
・川柳　四期生　武部昭五
・現在も生き続ける韓国古典文学　三期生　石川一郎
・老兵のつぶやき　投稿　久保魯玖
・正調・高橋お伝々　三期生　木場雄俊
・事務局だより
・平成一二年度会計報告
・清津中学校同窓会名簿

第十五号（二〇〇二年五月一日）

・田崎幸彦さんを偲んで　一期生　田中礼蔵
・田崎幸彦君と私　一期生　京谷乙彦
・田崎先輩を偲んで　三期生　田中幸四郎
・田崎氏令弟・豊義氏より
・内川先輩を偲ぶ　三期生　木場雄俊
・私の北朝鮮・清津から海州まで　五期生　立石正博
・中国東北部（旧満州）慰霊巡拝追悼の旅　五期生　国枝淳一
・輸城川　四期生　飯澤政夫
・諸行無常　六期生　斎藤博康
・老兵のつぶやき（2）　香川　久保魯玖
・酔生夢死　三期生　木場雄俊
・平成一三年度会計報告
・清津中学校同窓会名簿

第十六号（二〇〇三年八月三一日）

- 清津の海の思い出　一期生　藤原冶
- 寄稿　思い出　清津点描　友永卓夫
- 病気とのお付き合い　五期生　国枝淳一
- 包丁と俎板　三期生　石川一郎
- 軽き者の儀　忠臣蔵に見る下級武士の悲哀　六期生　斎藤博康
- 報告事項　御無沙汰しております　三期生　石川一郎
- 同窓会アンケート結果

第十七号（二〇〇四年二月二一日）

- わが青春の思い出　三期生　大野幸夫
- あの頃の清津製鉄所と清羅街道　一期生　京谷乙彦
- 中学校の思い出　一期生　藤原冶
- 清津の衛星写真を見て　四期生　飯澤政夫
- もつれ糸　五期生　榎本武弘
- 兄のこと　五期生　佐藤尚
- 水の世紀を生きる　六期生　斎藤博康
- 清津中学校第十四回同窓会に寄せて　三期生　石川一郎
- 初めて同窓会総会に参加して　五期生　国枝淳一
- 木場の思い出　三期生　石川一郎
- 個人消息　木場雄俊さんを偲んで　五期生　立石正博
- 清津中学校同窓会名簿

第十八号（二〇〇五年二月二八日）

- 「清津」を想う　一期生　京谷乙彦
- 老人のひとりごと　三期生　大野幸夫
- 古い手帳　三期生　石川一郎
- 四元義隆会長を偲んで　五期生　榎本武弘
- 奇遇が奇遇を呼ぶ　一期生　宮地昭雄
- 佐藤先生を囲んで　一期生　藤原冶
- 第十五回同窓会を終わって　三期生　石川一郎
- 熊野三山を歩く　六期生　斎藤博康
- 人間の軌跡　五期生　立石正博
- 韓国料理を作ってみませんか　三期生　石川一郎
- 全国清津会（北朝鮮地域在住同胞懇話会）に参加して　五期生　国枝淳一
- 七六会合同慰霊祭に参加して　五期生　国枝淳一
- スリランカの結婚式　六期生　斎藤博康
- 清津中学校同窓会会則の改正
- 清津中学校同窓会名簿

第十九号（二〇〇六年三月一日）

・山川（初代）、倉田（第二代）校長の思い出　一期生　宮地昭雄
・日本原鉄（株）と高周波電撃精錬法　一期生　京谷乙彦
・清津の思い出　三期生　原田信二
（旧姓　渡辺）
・不幸中の幸い　三期生中村利彦氏令妹　杠　暁子
・清津の衛生写真　三期生　石川一郎
・天馬小学校同窓会誌に紹介された「天馬山」　三期生　石川一郎
・第十六回同窓会の報告　三期生　石川一郎
・第十六回清津中学校同窓会に参加して　一期生　田中礼蔵
・鋏と糊で模型作り　三期生　石川一郎
・体のためになる食品　五期生　立石正博
・サイパンーその戦跡を訪ねて　六期生　斎藤博康
・会員通信　三期生　大野幸夫
・個人消息
・平成一七年度会計報告
・清津中学校同窓会名簿

第二十号（二〇〇七年三月二〇日）

・清中新校舎を見れなかったのが唯一の心残り　一期生　藤原治
・終戦前後　一期生　萩原良夫
・またまた老人の独り言　三期生　大野幸夫
・朝鮮引揚げで思い出したこと　五期生　立石正博
・下手の横好き　中村利彦氏・三期生令妹　杠　暁子
・第十七回清津中学校同窓会の報告　解散は
せずまだ当分のあいだ継続決定　三期生　石川一郎会長
・清津中学校第十七回同窓会近況
・大和ミュージアムの見どころ　五期生　榎本武弘
・ホームヘルパーと特別養護老人ホーム
ホームヘルパーの資格を得て　三期生　石川一郎
・筑波山と予科練　六期生　斎藤博康
・清津中学同窓会の皆さまへ
田中礼蔵の妻　田中美智子
・平成一八年度会計報告
・平成一八年度会計入金状況報告書
・清津中学校第一七回同窓会関連収支
・清津中学校同窓会名簿
・個人消息

第二十一号（二〇〇八年三月二五日）

・北朝鮮脱出記　清津商業学校教頭　田崎信治
・家族の情況　妻の日記より

・私の予科練　四期生　飯澤 政夫
・清中ラッパ部　四期生　飯澤 政夫
・キムチと私　準会員　杠 暁子
・清徳丸と護衛艦「あたご」の衝突　三期生　石川 一郎会長
・第十八回清津中学校同窓会の報告　三期生　石川 一郎会長
・平成一九年度清津会総会収支報告書
・第十八回総会出欠と近況
・平成一九年度会計報告
・平成一九年度会計入金状況報告書
・清津中学校同窓会名簿
・個人消息

第二十二号（二〇〇九年四月二〇日）

・僅か四か月の清津中学　六期生　武尾 嘉明
・思い出雑感　三期生　大野 幸夫
・清津の山と海の思い出　五期生　佐藤 尚
・健康で長生きしてください。　五期生　立石 正博
・あなたは何才まで生きられる（チュックリスト）
・フラグ　Flag
・呼吸に合わせた動き　らくらくヨーガ
・古典折紙　三期生　石川 一郎
・第十九回清津中学校同窓会の報告　三期生　石川 一郎会長
・総会への出欠と近況　六期生　斎藤 博康
・元　鐘寛さんへ　返信
・会長からの返信
・特別慰労品の授与　六期生　斎藤 博康
・平成二〇年度清津中学校同窓会会計報告
・清津中学校同窓会名簿

第二十三号（二〇一〇年四月二〇日）

・押花　一期生　萩原 良夫
・おんどるとコンドル　準会員　杠 暁子
・オンドル　その2　三期生　石川 一郎
・民謡と私　三期生　花田 正臣
・老人ホームでの奉仕。　三期生　石川 一郎
・昭和二十年十一月　引揚船で山口県仙崎港へ　三期生　牧内 一郎
・昨年新たに会員になった三期生細野敏郎氏の弟さんからの引揚記　細野 忠雄
・第二十回清津中学校同窓会の報告　石川 一郎
・二期生　中田雅徳さんの奥様よりの手紙
・同期生細野敏郎さんと六十九年ぶりの再会　三期生　石川 一郎
・何時までも忘れられない言葉　五期生　立石 正博
・石田敏行氏御逝去　四期生　佐藤 喜明
・武尾君を悼む　六期生　藤田 玲一

・六期生蔡英虎さんよりのお便り
・清津中学校同窓会名簿
・平成二一年度清津中学校同窓会会計報告書
・平成二一年度会計入金状況報告書

第二十四号（二〇一一年二月二〇日）

・清津公立中学校生徒信條
・第二十一回同窓会中止の経緯　石川　一郎
・同窓会の今後の方針
・同窓会への出欠と近況
・清津会平成二十二年総会の報告
・茂山から清津へ出て　準会員　杠　暁子
・思い出アーカイブス　三期生　石川　一郎
・オルガンとピアノに寄せて　五期生　藤本　宣隆
・咸興の冬　準会員　細野　忠雄
・事実は小説より奇なり　三期生　石川　一郎
・清津の衛星写真　三期生　石川　一郎
・人が倒れている。如何しよう　五期生　立石　正博
・最近思い出したこと
・清津中学校同窓会会計報告書
・会計入金状況報告書
・平成二一年度清中会総会会計報告
・清津中学校同窓会名簿

第二十五号（最終号）（二〇一三年四月二〇日）

・無題　一期生　宮地　昭雄
・天馬山最終号によせて　五期生　榎本　武弘
・母と母性　準会員　杠　暁子
・平成二十四年の我が家の出来事　三期生　牧内　一郎
・無題　寺田　繁氏夫人
・清津中学校同窓会の解散に際して　三期生　細野　敏郎
・遂に来るべき時が来た　三期生　大野　幸男
・無題　三期生　李　尚俊
・清津からの引揚の思い出　五期生　佐藤　尚
・苺ジャムを作って　石川　一郎
・旧況報告
・解散に当たって　石川　一郎
・清津中学校同窓会の今後（返信）
・清津会の報告　石川　一郎
・清津中学校会計報告書
・清津中学校同窓会会費入金状況報告書
・清津中学校同窓会名簿

第二十五号（最終号追録）（二〇一三年七月三一日）

・清津中学同窓会解散に思う　細野　忠雄
・清津中学校同窓会会計報告
・あとがき

あとがき

清津中学校の同窓誌『天馬山』は、当時を生きた一人ひとりの思い出が、文字や手描きの絵、写真などによって豊かに表現されている。この同窓誌『天馬山』を記録として本の形で残そうとするプロジェクトは、二〇一一年に父の苦難の経験を大学の授業で話してもらったのがきっかけであった。このような授業の試みを知った同僚の都馬バイカル氏が、歴史学者の立場から、北朝鮮からの引揚げについてのストーリーや同窓誌『天馬山』を回想録として残すべきではと勧めてくれた。歴史の専門ではない私にできるか正直、迷った。しかし、戦争引揚げ者の体験者の労苦を語り継ぐことは、身内の私にできる責務ではないかとの思いもあった。多文化共生のゼミの一つのテーマとして、北朝鮮からの引揚げの歴史について学んでいた当時のゼミ生に、引揚げ者の同窓誌『天馬山』に記載された体験を資料として残す案を話したところ、三〇名全員が賛同し、協力して本文を入力する労をとってくれた（ゼミ生の氏名を後半に掲載）。

同窓誌の出版にあたり、同窓会会長石川一郎氏、同窓会会計の立石正博氏が賛同して下さったのが幸いだった。本に掲載することを承諾して下さった『天馬山』の著者お一人おひとりに感謝したい。すでに他界されている方、住所が不明の方もおられ、とくに韓国在住の同窓生に連絡がとれなかったのが残念であった。石川会長は、同窓誌に掲載された内容の抜粋、編集を編著者に任せて下さった。編集作業の中で、清津中学校時代から引揚げまでの歴史がまとまって理解できるように、できるだけ多く記録を収録した。しかし、紙面に限りがあり全てを掲載できなかったことをお詫び申し上げる。Ⅱ部とⅢ部に掲載した記録の内容は、各々の同窓生の体験とそれに基づく意見や感想であり、編著者のものではないことを申し添えたい。編集作業の中で、編著者として、表記上の統一などを行ったが、内容については、同窓生の意向を尊重している。

本書を出版の企画から編集そして多くの助言をいただいた桜美林大学歴史家の都馬バイカル先生、アジア史の専門家としてアドバイスを下さった同大学の中生勝美先生、本書の企画から出版までプロの視点からご助言いただいた春風社の山岸信子氏はじめ三浦衛社長、また、出版を励まして下さった兵庫県立大学の宮本節子先生に心より感謝したい。妹の佐藤香織には、出版に際して留意すべき重要な点についてアドバイスをもらった。常に励まし協力してくれた家族にも感謝する。

本書が、歴史の資料として、あるいは、多文化共生や異文化コミュニケーションの歴史的な事例として読まれ、将来の平和へとつながることを願ってやまない。

桜美林大学リベラルアーツ学群 浅井ゼミ二〇一四年度生の三〇名（敬称略）

石井彩香、石川愛実、泉山由佳、井上翔斗、大村真由、金井彩音、亀井美輝、喜多玲也、久慈彩香、小林玲海、小峰寛之、佐々井まゆこ、篠田綏奈、柴﨑恵輝、鈴木知亜貴、鈴木麻由、田川遼太郎、土持梓、常松涼、野呂雪乃、濵西遼、番場由眞、古川亨、ブティハイチャム、堀口直人、室岡瑞季、山田直人、山本拓也、横瀬恵理、吉田毅

この本は、終戦というつらい体験を味わい、私を今まで支えてくれた両親と、この本に携わって下さったすべての方々に捧げる。

二〇一六年五月一二日

浅井　亜紀子

『天馬山』二十五巻の原本は、平和記念展示資料館（〒163-0248　東京都新宿区西新宿2-6-1　新宿住友ビル48階）に保管を依頼している。

【編著者】浅井亜紀子（あさい・あきこ）

一九六一年生まれ。

桜美林大学リベラルアーツ学群教授。

東京女子大学文理学部卒業後、富士ゼロックスに四年間勤務、サンフランシスコ州立大学スピーチコミュニケーション大学院に留学（異文化コミュニケーション・修士）。お茶の水女子大学大学院人間文化研究科（人文科学・博士）。

カリタス女子短期大学言語文化学科准教授を経て、二〇〇九年より桜美林大学リベラルアーツ学群コミュニケーション学専攻准教授、二〇一六年より教授。専門は、異文化コミュニケーション、異文化理解教育。

著書『異文化接触における文化的アイデンティティのゆらぎ』（ミネルヴァ書房、二〇〇六）、『フィールドワークの技法と実際Ⅱ』（共著、ミネルヴァ書房、二〇〇九）、『異文化コミュニケーション事典』（共編著、春風社、二〇一三）。

主要論文「日本・インドネシア経済連携協定による看護人材受入れをめぐる組織コミュニケーション」（共著、『多文化関係学』、二〇一一）。

北朝鮮や満州など引揚げの事例を取り入れ、異文化コミュニケーションや平和教育を実践している。

多文化共生研究会代表。

天馬山《てんまさん》——北朝鮮からの引揚げ者の語り
(Mountain Tenma: Memories of Japanese Repatriates from North Korea after World War II)

二〇一六年八月二日 初版発行

編著者 浅井亜紀子《あさいあきこ》

発行者 三浦衛
発行所 春風社 *Shumpusha Publishing Co.,Ltd.*
横浜市西区紅葉ケ丘五三 横浜市教育会館三階
〈電話〉〇四五・二六一・三一六八 〈FAX〉〇四五・二六一・三一六九
〈振替〉〇〇二〇〇・一・三七五二四
http://www.shumpu.com ✉ info@shumpu.com

装丁 桂川潤
印刷・製本 シナノ書籍印刷株式会社

乱丁・落丁本は送料小社負担でお取り替えいたします。

ISBN 978-4-86110-519-7 C0021 ¥2200E